HARALD SCHNEIDER

Pfalz Wein Mord

TÖDLICHE WEINLEGENDE Neben dem Neustadter Saalbau stolpert Palzki in einer Baugrube über einen ermordeten Historiker, der die Geschichte des Saalbaus erforschte. Nach einer Legende soll ein Handwerker bei der Grundsteinlegung neben alten Weinflaschen unbemerkt Teile seines Vermögens mit eingemauert haben. Palzki, der zum zweiten Mal gemeinsam mit dem Schriftsteller Michael Landgraf ermittelt, findet heraus, dass mehrere prominente Personen wie zum Beispiel der Oberbürgermeister Marc Weigel und der Ordensmeister der Weinbruderschaft, Oliver Stiess, auf der Suche nach dem Schatz sind. Nach einer Explosion im Keller des Saalbaus wird der Geschäftsführer des Tourismusbüros Martin Franck tot im Kühlhaus aufgefunden. Während sich die Zahl der Verdächtigen rasant erhöht, überwindet Kommissar Palzki unter Lebensgefahr weitere Widrigkeiten. Schließlich kommt es am Tag der Wahl zur Pfälzischen Weinkönigin und einen Tag später bei der großen Pfalzweinprobe im Saalbau zum doppelten Showdown.

Harald Schneider, 1962 in Speyer geboren, wohnt in Schifferstadt und arbeitete 20 Jahre lang als Betriebswirt in einem Medienkonzern. Seine Schriftstellerkarriere begann während des Studiums mit Kurzkrimis für die Regenbogenpresse. Der Vater von vier Kindern veröffentlichte mehrere Kinderbuchserien. Seit 2008 hat er in der Metropolregion Rhein-Neckar-Pfalz den skurrilen Kommissar Reiner Palzki etabliert, der, neben seinem mittlerweile 24. Fall »Pfalz Wein Mord«, in zahlreichen Ratekrimis in der Tageszeitung Rheinpfalz und verschiedenen Kundenmagazinen ermittelt. Schneider erreichte bei der Wahl zum Lieblingsautor der Pfälzer den 3. Platz nach Sebastian Fitzek und Rafik Schami. 2023 wurde er in den PEN Deutschland berufen.

HARALD SCHNEIDER

Pfalz Wein Mord

KRIMINALROMAN

Immer informiert

Spannung pur – mit unserem Newsletter informieren wir Sie
regelmäßig über Wissenswertes aus unserer Bücherwelt.

Gefällt mir!

Facebook: @Gmeiner.Verlag
Instagram: @gmeinerverlag

Besuchen Sie uns im Internet:
www.gmeiner-verlag.de

© 2024 – Gmeiner-Verlag GmbH
Im Ehnried 5, 88605 Meßkirch
Telefon 0 75 75 / 20 95 - 0
info@gmeiner-verlag.de
Alle Rechte vorbehalten
1. Auflage 2024

Lektorat: Claudia Senghaas, Kirchardt
Herstellung: Mirjam Hecht
Umschlaggestaltung: U.O.R.G. Lutz Eberle, Stuttgart
unter Verwendung eines Fotos von: © killykoon / stock.adobe.com
Druck: CPI books GmbH, Leck
Printed in Germany
ISBN 978-3-8392-0721-5

Bei mir steht immer der Mensch im Mittelpunkt
Bernd, 42, Scharfschütze

INHALT

PERSONENGLOSSAR

Stammpersonal

Reiner Palzki	Kriminalhauptkommissar und stellvertretender Dienststellenleiter der Kriminalinspektion Schifferstadt
Klaus P. Diefenbach	Palzkis Chef, Spitzname KPD
Gerhard Steinbeißer, Jutta Wagner, Jürgen	Kollegen Reiner Palzkis
Stefanie Palzki	Reiner Palzkis Ehefrau mit den Kindern Melanie, Paul, Lisa und Lars
Frau Ackermann	Palzkis Nachbarin, die Frau, die schneller spricht als ihr Schatten
Dietmar Becker	Krimischreibender Student
Doktor Matthias Metzger	Not-Notarzt

*

Realpersonen

Marc Weigel	Oberbürgermeister der Stadt Neustadt an der Weinstraße

Martin Franck	Geschäftsführer Tourist, Kongress und Saalbau GmbH
Volker Schmidt	Leiter Saalbau
Oliver Stiess	Ordensmeister der Weinbruderschaft der Pfalz
Michael Landgraf	Museumsleiter und Bruderschaftsmeister
Thomas Huber	Schatzmeister der Weinbruderschaft
Bernd Dieffenbacher	Chronist der Weinbruderschaft
Jochen Hamatschek	Fachbuchautor und Schriftsteller
Elisabeth Hamatschek	Ehefrau von Jochen Hamatschek
Joachim Specht	Polizeioberkommissar
Günter Wallmen	Gehilfe von Doktor Metzger, Dirndlnotarzt von Speyer, Leitender Arzt Unfallchirurgie Zentrale Notaufnahme im Sankt Vincentius-Krankenhaus Speyer
Steffen Boiselle	Cartoonist, *100% PÄLZER!* – Inhaber des Neustadter *Agiro-Verlags*

1 FEHLTRITT

Es hätte so ein schöner Tag werden können.

Die Automatiktür glitt zur Seite, und sofort brach die Hölle über mich herein. Eine ungeduldige Menschenmenge drängte mich rücksichtslos ins Freie. Statt der Hitze des Fegefeuers erwartete mich ein böiger Wind, der meine Sinne zusätzlich verwirrte. Eine krächzende Stimme, unverständlich und kaum als menschlich zu erkennen, dröhnte aus einer undefinierbaren Richtung aus mehreren Lautsprechern. Die Geräuschkulisse, die sich mit dem Öffnen der Tür schlagartig entfaltete, war eine Bedrohung für Leib und Seele. Musik, und zwar mehrere Lieder gleichzeitig, in verschiedenen Stilrichtungen und ungleicher Lautstärke, ließ mein Trommelfell flattern. Aber nicht nur die Musik, auch das Stimmengewirr in meiner unmittelbaren Umgebung, das auf- und abschwellende Geschrei in einiger Entfernung und der immense Verkehrslärm waren kaum zu ertragen.

Zusammen mit der Menge wurde ich zu einem Treppenabgang gedrängt, der in einen Tunnel führte. Das Lärmkonglomerat flachte etwas ab, aber der nun entstehende Hall änderte an meinem Unbehagen nichts. Ich wagte einen hoffnungsvollen Blick nach vorne, und tatsächlich: Ich sah Licht am Ende des Tunnels. Es ging ein paar Stufen nach oben, und plötzlich wusste ich, was mich erwartete.

Mit flehendem Blick sah ich meine Frau Stefanie an, die tief durchatmete und dann mit rollenden Augen sagte: »Jetzt weißt du, warum ich darauf bestanden habe, dass wir mit der S-Bahn nach Neustadt fahren und nicht mit dem Auto.«

Mein Unterkiefer klappte ein paarmal auf und zu, bis ich einigermaßen verständlich sprechen konnte. »Was soll das? Ich wollte … wir wollten doch …«

Vor einer guten Stunde saß ich noch gut gelaunt zu Hause auf der Terrasse, las Zeitung und genoss meinen Urlaub. Die Temperatur war für den Beginn des vierten Quartals durchaus akzeptabel und das mörderische Rasenmähen für dieses Jahr überstanden. Besonders genoss ich, dass unsere Kinder bei meiner Schwiegermutter in Frankfurt waren. Ein Hilferuf der hessischen Kollegen blieb bisher aus, den Rest des Chaos, das die Kinder unweigerlich anrichteten, würde die Haftpflichtversicherung übernehmen. Selbst an die Kriminalinspektion Schifferstadt und vor allem an meinen Vorgesetzten KPD, wie wir den Dienststellenleiter Klaus P. Diefenbach wegen seiner Initialen nannten, dachte ich nur noch selten.

Ich genoss die Ruhe und die Zeit mit meiner Frau. Nur diese Einladung störte meine Euphorie seit Tagen wie ein Damoklesschwert. Natürlich freute ich mich über die gut gemeinte und persönliche Einladung, zumal Stefanie mit von der Partie sein durfte. Sie beklagte sich ohnehin ständig, dass ich viel zu selten etwas mit ihr unternehme. Dennoch würde mich dieser Abend unweigerlich wieder mit meinem Beruf konfrontieren.

»Genau«, sagte meine Frau jetzt und fügte hinzu: »Treffpunkt vor dem Saalbau. Wie hätten wir in der Nähe einen Parkplatz finden sollen? Natürlich hätten wir vom

Parkplatz Festwiese an der Wiesenstraße bis hierher laufen können.« Sie starrte mir unverhohlen auf die Taille. »Aber das wollte ich dir in deinem Zustand nicht zumuten.«

»In welchem Zustand? Findest du nicht, dass du wieder einmal maßlos übertreibst?«

Stefanie seufzte. »Maßlos, das ist das richtige Wort. Aber egal, du siehst ja, was hier los ist.«

»Ausnahmezustand«, bestätigte ich. »Ich hatte gar nicht daran gedacht, dass jedes Jahr von Ende September bis Anfang Oktober auf dem Bahnhofsvorplatz das Deutsche Weinlesefest gefeiert wird. Was für ein Wahnsinn! Gefühlt sind die halbe Bevölkerung der Pfalz sowie Weinfreunde aus aller Welt auf dem kleinen Platz. Sogar ein Riesenrad ist aufgebaut.«

»So klein ist der Platz gar nicht«, widersprach sie. »Aber der Lärm ist schon heftig. Lass uns zum Treffpunkt gehen.«

Wir ließen das Pfälzer Winzerdorf mit den *Haiselscher*, wie die temporär aufgebauten hölzernen Weinstuben in Fachwerkoptik genannt wurden, rechts liegen und schlängelten uns durch Heerscharen von Besuchern jedes Alters, die auf den Wegen zwischen den Dutzenden Wein-, Getränke- und Essensständen standen und das Leben genossen. Hinter der Planung des Weinlesefestes, das mit dem größten Winzerfestumzug Deutschlands den Höhepunkt der pfälzischen Weinfestsaison bildete, musste eine logistische Meisterleistung stecken. Nur so war es möglich, die riesige Anzahl von Verkaufsständen und Fahrgeschäften bis hin zum Riesenrad auf dem Bahnhofsvorplatz aufzubauen.

Wir wurden bereits erwartet. Winkend stand er auf dem Plateau der Eingangsempore des Saalbaus. »Pünktlich wie die S-Bahn«, begrüßte er uns, als wir die wenigen Stufen hinaufstiegen.

»Ausnahmsweise«, erwiderte ich, denn mit öffentlichen Verkehrsmitteln hatte ich schon andere Erfahrungen gemacht.

»Schön, Sie wiederzusehen«, begrüßte er meine Frau mit Handschlag. »Sie natürlich auch«, fügte er in meine Richtung hinzu.

Michael Landgraf war Theologe und leitete unter anderem das Bibelmuseum in Neustadt. In einem der spektakulärsten Ermittlungsfälle meiner beruflichen Laufbahn jagten wir vor ein paar Monaten gemeinsam unter ständiger Lebensgefahr durch zahlreiche historische Gebäude der hiesigen Altstadt, stets verfolgt von zwielichtigen Ganoven. Der Grund war für mich zunächst banal: eine gestohlene jahrhundertealte Bibel. Dass sie uns zu einem der größten und wertvollsten Reliquienschätze Süddeutschlands führen würde, wurde mir erst im Laufe der Ermittlungen klar. Die Stiftskirche am zentralen Marktplatz spielte dabei eine wichtige Rolle.

»Alles klar mit dem Kopf? Sind Ihre Bibeln noch alle da?«, begrüßte ich ihn in humorvoller Anspielung auf den Bibeldiebstahl, bei dem er von einem Unbekannten mit einem Schwert niedergeschlagen worden war.

»Klar, ich zähle sie täglich nach«, gab Landgraf schmunzelnd und schlagfertig zurück. »Und meinem Kopf geht es gut.«

»Sind Sie allein?«, fragte Stefanie enttäuscht. »Ich dachte ...«

Der Theologe unterbrach sie lächelnd. »Meine Frau Barbara wartet in der *Kunigunde* auf uns. Sie hatte einen auswärtigen Termin und ist direkt dorthin gefahren.«

Die *Kunigunde* war ein Restaurant in der gleichnamigen Straße in der Altstadt, in das uns Landgraf eingeladen hatte, um sich für die Wiederbeschaffung seiner Bibel zu bedanken.

»Ich bin mit dem E-Bike vom Bibelhaus den Berg hinuntergerollt«, erklärte er. »Mit elektrischer Unterstützung ist der Rückweg nicht so anstrengend.«

Da Stefanie eine wichtige Information fehlte, klärte ich sie auf: »Die Landgrafs wohnen im Obergeschoss des Bibelhauses, auf der anderen Seite des Bahnhofs, ein paar 100 Meter den Berg hinauf.«

»Ich habe mein Fahrrad hinter dem Saalbau abgestellt. Ich nehme es gleich mit, es ist nur ein kurzer Weg zum Restaurant.« Landgraf blickte in Richtung Festgelände. »Am besten gehen wir um den Saalbau herum, da ist nicht so viel los. Ich kenne einen schmalen Durchgang für Fußgänger, und der ist wenig frequentiert.«

»Eine Baustelle hier während des Weinlesefestes?«, fragte ich erstaunt. »Koordinations- und Absprache-probleme scheint es in allen Verwaltungen der Welt zu geben.«

Landgraf winkte amüsiert ab. »Die Baugrube sollte längst geschlossen sein. Aber es wurden alte Fundamentreste gefunden, die erst noch erforscht werden müssen.«

»Hoffentlich finden sich darin keine Leichen. Oder ein alter Schatz«, fügte ich erheitert hinzu.

»Dort stehen nur alte Kellermauern ohne historischen Wert. Vor dem Bau des Bahnhofs und des Saalbaus gab es verschiedene Vorgängerbauten. Die Fundamentreste müssen weg, um Platz für das neue Glasfaserkabel zu schaffen. Neustadt ist jetzt auch auf dem Weg ins nächste Jahrtausend.«

Fast wäre ich der Versuchung erlegen, ihn zu fragen, welches Jahrtausend er denn meine.

Der etwa 30 Meter lange Graben, der an den Enden bis an die Außenmauern der angrenzenden Gebäude reichte, war rundum mit hohen Gittern gesichert. Nur in der Mitte gab es einen knapp zwei Meter breiten Durchgang mit einer Art Bohlenbrücke. Diese Brücke war ebenfalls mit Absperrgittern umgeben, sodass man auch mit höherem Alkoholpegel sicher auf die andere Seite gelangen konnte. Leider wurde dieser Durchgang von einer Gruppe Heranwachsender blockiert, die sich genau diese Engstelle für ihre spätpubertären Ränkespiele ausgesucht hatten.

»Da will ich nicht durch«, sagte Stefanie. »Wenn ich mir vorstelle, dass unsere Kinder auch in dieses schreckliche Alter kommen.«

Michael Landgraf gab sich lösungsorientiert. »Dann gehen wir einfach einmal um den Saalbau herum. Alle Wege führen zu meinem Fahrrad.«

»Warum so umständlich«, entgegnete ich und zeigte auf eine Verbreiterung der Baustelle direkt vor der Außenwand des Saalbaus. Neben der Baugrube lagen Materialstapel, daneben standen eine mobile Toilette und ein Baucontainer. Die Grube war teilweise mit mächtigen Planen abgedeckt, vermutlich um Maschinen und größere Werkzeuge, die nach Feierabend nicht einfach weggeräumt werden konnten, vor Regen zu schützen. Über dem abgedeckten Teil der Grube lagen zwei Bohlen. »Wir huschen schnell über die Bretter, das merkt keiner und ist völlig ungefährlich.«

»Reiner, lass das!«, rief meine Frau, aber ich hatte schon eine der Absperrungen zur Seite geschoben. Das war leicht, denn diese Stelle war wohl der Zugang für die Bauarbeiter.

»Ach komm, was soll schon passieren«, forderte ich sie auf. »Als wir jung waren, da …«

Weiter kam ich nicht. Kaum hatte ich den ersten Fuß auf das Brett gesetzt, stolperte ich. Das Holz lag wohl nicht ganz eben über der Grube, sodass es heftig schwankte. Reflexartig knickte ich nach vorne und konnte mit dem anderen Fuß gerade noch das zweite Brett erreichen. Ich merkte sofort, dass es feucht war. Meine Beine zog es zur Seite und ich fiel rücklings auf die Bretter. Durch die noch vorhandene Bewegungsenergie meines Körpers rutschte ich über die Brettkante, ohne etwas dagegen tun zu können. Der Sturz auf die Plane, die die Grube abdeckte, war nur eine Zwischenstation. Die Plane gab nach, und ich fiel zweieinhalb Meter in die Tiefe. Der Aufprall war unerwartet weich, aber die gesamte Plastikplane rutschte nun ebenfalls in die Grube und nahm mir Sicht und Orientierung. Ohne etwas sehen zu können, versuchte ich, mich von der starren und endlos erscheinenden Plane zu befreien. Meine Befreiungsversuche waren alles andere als einfach, da ich zusätzlich durch die Seitenwände der Grube in meiner Bewegungsfreiheit eingeschränkt war. Nach mehreren vergeblichen Versuchen, bei denen ich mich immer tiefer in das Planengewirr verstrickte, gelang es mir, einen Ausgang zu finden. Mein erster Blick fiel direkt auf ein Gesicht. Es war das Gesicht eines Toten. Nach einer Schrecksekunde bemerkte ich, dass ich auf dem Oberkörper des Toten saß. Offensichtlich hatte der Leichnam meinen Sturz abgefedert. Oder hatte die Person vor meinem Sturz noch gelebt?

2 PLANÄNDERUNG

»Reiner, alles in Ordnung?«

Ich schaute nach oben, konnte aber niemanden aus meiner Perspektive erkennen. »Alles okay, ich bin nicht verletzt. Bleib, wo du bist.« Auf jeden Fall musste ich meiner Frau den Anblick der Leiche ersparen.

»Ist deine Kleidung sehr schmutzig geworden?«

Diese Frage war wieder einmal typisch für meine Frau. Ob ich nun, zumindest hypothetisch, die Niagarafälle hinunterstürzte oder von Gewehrkugeln durchsiebt wurde, ihre Sorge galt meinem makellosen Äußeren.

Zugegeben, ich hatte in den vergangenen Jahren einige Hemden, Hosen und andere Kleidungsstücke verschlissen, was fast immer auf einen Einsatz zurückzuführen war. Aber ich war noch nie im Einsatz auf einen Toten gefallen. »Kaum der Rede wert«, rief ich nach oben, wohl wissend, dass Stefanie mir sowieso nicht glauben würde. »Ich komme jetzt hoch.«

»Kann ich Ihnen helfen, Herr Palzki?«, rief jetzt Landgraf.

»Das schaffe ich schon«, antwortete ich optimistisch. »Passen Sie bitte auf, dass keine Gaffer auf die Baustelle kommen.«

»Okay, ich schiebe das Gitter wieder zurück.«

Inzwischen hatte ich mich vollständig aus der Plane befreit und konnte meine Extremitäten wieder frei bewegen. Um den Fundort der Leiche nicht weiter zu kontaminieren oder zu verändern, kroch ich ein Stück durch den Graben in Richtung der Außenwand des Saalbaus. Dort lagen alte Ziegelsteine, die ich als Aufstiegshilfe benutzen wollte. Leider war es in der Praxis nicht so einfach, wie ich es mir in der Theorie vorgestellt hatte. Die Wände waren fast senkrecht und jeden halben Meter mit Metallpfosten gegen Abrutschen gesichert. Vor zwei oder drei Jahrzehnten wäre ich noch wie ein Wiesel hochgeklettert, meine heutigen Versuche waren weniger von Erfolg gekrönt.

»Reiner, wo bleibst du denn?« Stefanie wurde ungeduldig.

»Nur noch ein, zwei Ver…, äh, ich bin gleich bei euch.«

Im selben Moment hörte ich Michael Landgraf, der am Grabenrand auftauchte, um mir beizustehen, aufschreien. Ich schaute auf und sah, dass nicht ich der Grund für den Schrei war.

»Das darf doch nicht wahr sein!«, rief Landgraf. »Was ist denn da passiert?«

»Eine Leiche«, rief ich etwas leiser zurück, in der Hoffnung, dass meine Frau mich nicht hören würde. »Jemand hat sie unter der Plane versteckt. Die liegt da bestimmt schon eine Weile.«

»Eher nicht«, antwortete Landgraf trocken. »Ich kenne den Toten. Er war heute Morgen noch bei mir, und das quicklebendig!«

Da war sie wieder, die Bestätigung der Behauptung meiner Frau, ich könne nirgendwo hingehen, ohne in ein Verbrechen verwickelt zu werden. Noch hoffte ich, dass es sich um einen Unfall handeln könnte.

Landgraf verschwand kurz aus meinem Blickfeld, dann

schoben sich wie von Geisterhand die Sprossen einer Holzleiter über den Grubenrand. »Achtung, Herr Palzki, ich lasse jetzt die Leiter, die neben dem Toilettenhäuschen lag, herunter.«

Über die Leiter konnte ich den schrecklichen Ort verlassen. Oben angekommen, nickte ich Landgraf dankend zu und versuchte vergeblich, den Schmutz von meiner Kleidung zu wischen.

Stefanie hatte längst gemerkt, dass etwas nicht stimmte. »Reiner, jetzt sag schon, was ist passiert?«, fragte sie besorgt und schaute gleichzeitig auf einen überdimensionierten Schlammfleck auf meiner Hose.

Da meine Frau auf der anderen Seite des Absperrgitters stand, ging ich auf sie zu. »In der Baugrube liegt ein Toter«, erklärte ich ihr betont ruhig. »Vielleicht einer der Bauarbeiter?«, fügte ich fragend hinzu, obwohl der Tote auf mich nicht den Eindruck eines Arbeiters gemacht hatte.

Stefanie sah mich eindringlich an. »Sag schon: Mord?«

»Keine Ahnung«, wiegelte ich ab. »Das müssen die Neustadter Beamten klären.«

Landgraf war bereits mit seinem Smartphone zugange, um die örtliche Polizei zu verständigen. »Wir sollen warten und darauf achten, dass sich niemand der Fundstelle nähert«, sprach er und nickte mir zu.

Schneller als erwartet kamen zwei uniformierte Streifenbeamte angerannt. Die Gruppe Halbwüchsiger, die nach wie vor nur wenige Meter von uns entfernt herumlungerte, aber von unserem Leichenfund nichts mitbekommen hatte, rannte erschrocken davon. Die Polizisten überlegten kurz, ob sie der Gruppe folgen sollten.

»Hier bei uns sind Sie richtig«, rief ich ihnen zu. Ich vermutete, dass die Beamten als Vorhut von der Zentrale alarmiert worden waren, während sie einen Rundgang über das Festgelände machten.

»Haben Sie einen Toten gemeldet?«, fragte daraufhin eine Beamtin in forschem Ton, die mit einem deutlich jüngeren Kollegen unterwegs war.

Ich deutete in die entsprechende Richtung. »Der liegt unten in der Grube.« Als kleinen Gefallen öffnete ich das Absperrgitter.

»Sie bleiben draußen«, befahl sie. »Kevin, komm mit.« Die beiden gingen zum Rand der Grube und schauten hinunter. »Wo genau?«, fragte die Beamtin.

»Unter der Plane«, antwortete ich. »Sie können die Leiter nehmen. Die Leiche liegt etwa drei Meter links davon.«

»Siehst du nach, Kevin?«, fragte die Polizistin ihren jungen Kollegen.

»Ich soll da runter?«, erwiderte er erschrocken.

Als aufmerksamer Beobachter sah ich, wie die Polizistin genervt reagierte. »Schon gut, ich mach das selbst.« Es dauerte nicht lange, bis ihre Stimme aus der Grube drang.

»Gib der Zentrale Bescheid, wir brauchen das volle Programm.«

»Liegt da wirklich eine Leiche?«, fragte Kevin mit belegter Stimme.

»Ist das dein erster Toter? Mach dir keine Sorgen. Der tut dir nichts.« Sie kam zurück und wandte sich mir zu. »Ich muss Sie bitten, auf meine Kollegen zu warten. Kannten Sie den Toten?«

Ich schüttelte den Kopf, denn die Beamtin sah nur mich an. Landgraf stand etwas im Hintergrund neben meiner Frau, wirkte nachdenklich und sagte kein Wort zu der Polizistin.

»Was haben Sie da unten gemacht?«, fragte sie.

»Ich bin bestimmt nicht freiwillig in die Grube gefallen«, klärte ich sie auf und deutete auf den Schmutzfleck auf meiner Hose. »Ich bin gestolpert.« Um zu verhindern, dass sie mich für verdächtig hielt und mir Handschellen anlegte, fügte ich hinzu: »Ich bin übrigens ein Kollege, Dienststelle Kriminalinspektion Schifferstadt.«

»Schifferstadt?«, wiederholte sie amüsiert. »Nää, odder?«, brach es auf Pfälzisch aus ihr heraus. Sie verkniff sich eine Erklärung für ihre seltsame Reaktion, die mich die Stirn runzeln ließ, was die Beamtin wohl noch mehr amüsierte und süffisant grinsend ein drittes Mal »Schifferstadt« murmeln ließ.

Viel Zeit zum Sinnieren über diese Szene hatte ich nicht. Da die Polizeidirektion Neustadt nur einen Katzensprung vom Bahnhof entfernt lag, fuhren nun die ersten Einsatzwagen vor. Routiniert sperrte eine Handvoll Beamter die gesamte Baustelle ab und drängte die immer zahlreicher werdenden Schaulustigen zurück.

Ich roch ihn, bevor ich ihn sah. Nur wenige Gerüche hatten sich so intensiv in meine Synapsen eingebrannt wie dieser Zigarrengeruch. Wer diesen Mann kannte, kannte automatisch auch den typischen Geruch seiner italienischen Zigarren *Toscano Antico*.

»Michael, was machst du …?«, fragte er überrascht, als er den Theologen entdeckte. Seine Frage blieb unvollendet, weil er mich in diesem Moment wahrnahm. »Palzki, äh, Herr Palzki, Sie auch hier?«, tönte seine sonor klingende laute Stimme. Und mit hochrotem Kopf: »Ist das die versteckte Kamera? Wollen Sie mich verarschen? Sehen Sie sich doch mal um! Wir haben alle Hände voll zu tun, damit das Weinlesefest friedlich bleibt.« Er schnappte nach Luft, dann kam ihm ein anderer Gedanke. Hektisch schaute er sich in alle Richtungen um. Dann kam er auf mich zu, sodass unsere Köpfe nur wenige Zentimeter voneinander entfernt waren. »Wo ist er? Wo ist Ihr arroganter, nichtsnutziger Chef und Kumpel Diefenbach? Wo Sie sind, treibt sich sicher auch der unfähigste Beamte aller Zeiten herum.«

»KP, äh, Diefenbach ist nicht mein Kumpel«, antwortete ich innerlich aufgewühlt. »Aber sonst haben Sie ihn gut charakterisiert.«

»Und wo ist er?« Auf die Diagnose bezüglich meines Chefs ging er nicht ein.

»Keine Ahnung«, antwortete ich. »Hoffentlich ist er im Moment nicht in Neustadt.« Herausfordernd sah ich Joachim Specht an. »Ich kann auch ohne meinen Chef Leichen finden. Sogar im Urlaub.«

Specht stand neben seiner hauptberuflichen Tätigkeit als Polizeioberkommissar der katholischen Stiftskirchengemeinde in Neustadt vor. Diese war besonders, denn in ihr feierte man die Tridentinische Messe in lateinischer Sprache. Bei meinen Ermittlungen im Fall der verschwundenen Neustadter Bibel war er mir ständig in die Quere gekommen. Zeitweise verdächtigte ich ihn sogar, die Bibel gestohlen zu haben, um an den historischen Kirchenschatz heranzukommen. Zusätzliche Schwierigkeiten ergaben sich daraus, dass sein Dienstsitz normalerweise in Grünstadt war, er aber wegen Personalmangels als kommissarischer Leiter der Kriminalpolizei in Neustadt eingesetzt wurde. Dieser Zustand dauerte offensichtlich an.

Meine Behauptung verwirrte ihn. Er sah abwechselnd zu Landgraf und zu mir. Zur Beruhigung nahm er zwei oder drei Züge, dann wandte er sich an Landgraf. »Ist das wahr, Michael?«

Er nickte. »Ich habe Herrn Palzki und seine Frau zum Essen eingeladen, weil er unserem Bibelrätsel auf die Spur gekommen ist. Auf dem Weg zum Restaurant haben wir zufällig die Leiche entdeckt.«

»Zufällig?«, wiederholte der Polizeioberkommissar, immer noch ungläubig. »Ihr habt die Leiche zufällig entdeckt und habt nichts damit zu tun?« Er nahm einen weiteren Zug von seiner Zigarre. »Ihr wart nur auf dem Weg in ein Restaurant und kennt den Toten nicht?«

Landgraf holte gerade Luft, um über das Baustellen- und Wegechaos sowie über meinen Sturz zu berichten, doch Specht wurde von einer Beamtin gerufen. »Wir haben den Ausweis des Toten gefunden. Es handelt sich um ...«

»Jochen Hamatschek«, unterbrach sie Landgraf. Nachdem er Spechts unfreundlichen Blick bemerkt hatte, ergänzte er: »Er ist Weinexperte, wie ich ein Mitglied der Weinbruderschaft der Pfalz und ein bekannter Autor. Nachdem Herr Palzki in die Baugrube gestolpert ist und ihn entdeckt hat, habe ich einen kurzen Blick in die Grube geworfen. Jochen habe ich sofort erkannt.«

Joachim Specht überlegte, während er seine Zigarre dezimierte. »Natürlich kenne ich Hamatschek auch«, erklärte er und sah Landgraf noch eindringlicher an als zuvor. »Und das war wirklich nur Zufall? Wann hast du den Toten das letzte Mal gesehen? Lebendig, meine ich.«

Der Theologe zögerte einen Moment mit der Antwort. »Heute Morgen«, erklärte er leise. »Bei mir zu Hause.«

Dem Polizeioberkommissar fiel beinahe die Zigarre aus dem Mund, und er war für einen Moment sprachlos. »Du hattest heute Kontakt mit Hamatschek? Und da sprichst du von Zufall?«

»Kein Grund, sich so aufzuregen«, versuchte Landgraf, ihn zu beruhigen. »Sein Besuch bei mir war sicher kein Motiv, ihn zu ermorden. Er hat mich gegen 10 Uhr verlassen, und ich habe keine Ahnung, was er danach gemacht hat.«

Specht war der Meinung, einen Widerspruch herausgehört zu haben. »Woher willst du wissen, dass er ermordet wurde? Hast du nicht gesagt, du hättest ihn nur kurz aus der Ferne gesehen?«

Jetzt war es an der Zeit, mich einzumischen. »Herr Specht, lassen Sie Herrn Landgraf in Ruhe. Wir haben den Toten, der mir übrigens völlig unbekannt ist, nur deshalb gefunden, weil ich meine sportlichen Fähigkeiten unter Beweis stellen wollte, indem ich eine Abkürzung über die Baustelle nahm. Dabei bin ich ausgerutscht und in die Grube gefallen. Der Tote lag vor meinem Missgeschick versteckt unter der Plane und war von oben nicht zu sehen. Einen Suizid oder einen plötzlichen Tod ohne Fremdeinwirkung würde ich aufgrund der Auffindesituation ausschließen.«

Der Polizeibeamte aus Neustadt war für einen kurzen Moment sprachlos. »Sie wollten also Ihre sportliche Fitness unter Beweis stellen …«, sagte er lächelnd und blickte, wie zuvor meine Frau, eindringlich auf meine Taille, sodass ich mich unweigerlich leicht umdrehte. Specht setzte noch einen drauf. »Warum sind Sie nicht einfach über die Fußgängerbrücke gegangen? Waren Ihnen die zehn Meter Umweg zu viel?«

Ich wollte gerade zu einem verbalen Gegenangriff ausholen, als in diesem Moment der Notarzt eintraf. Laut fluchend kletterte der Arzt die durch den Schlamm glitschige Leiter in die Grube hinunter. Die erste Leichenschau sollte grundsätzlich am Fundort der Leiche durchgeführt werden, was bei den beengten Platzverhältnissen sicher nicht angenehm und eine Herausforderung war. Diese Szene brachte mich auf eine Idee. Ohne auf Spechts Hinweis mit dem Steg einzugehen, machte ich ihm einen Vorschlag. »Herr Specht, Sie können von mir aus die wildesten Vermutungen anstellen und absurde Geschehensabläufe konstruieren. Dass Herr Landgraf und ich die Leiche nur zufällig gefunden haben, ist jedenfalls eine unumstößliche Tatsache. Ich biete Ihnen an, dieser These zu folgen und uns wie normale Zeugen zu behandeln. Andernfalls werde ich …« Ich brach mitten im Satz ab, um seine Aufmerksamkeit zu fördern.

»Und *was* würden Sie dann tun?«, fragte er mit sarkastischem Unterton. »Ihren Anwalt anrufen?« Er lachte.

»Ich brauche keinen Anwalt«, antwortete ich ruhig. »Aber ich könnte meinen lieben Chef, Herrn Diefenbach, informieren. Der wäre garantiert innerhalb einer Stunde in Neustadt und würde erste Ermittlungen einleiten. Sie wissen ja, wie die Sache das letzte Mal ausgegangen ist.«

Joachim Specht erblasste. Die Auseinandersetzungen zwischen ihm und KPD waren legendär. »Nur über meine Leiche! Diefenbach ist in Neustadt sowieso nicht zuständig«, versuchte er, die Situation zu retten.

»Das hat ihn bei der Suche nach der Neustadter Bibel und den Reliquien, die er für seinen Erbbesitz hielt, auch nicht gestört. Sie wissen ja: Mein Chef mischt sich immer und überall ein. Er wird keine Ruhe geben, und Sie werden von morgens bis abends wegen Diefenbach genervt sein. Auch nachts«, fügte ich hinzu. Bevor er antworten konnte, fuhr ich fort. »Bei mir ist das anders. Ich will nur meine Ruhe haben und mich nicht in Ihre Ermittlungen einmischen. Sobald Sie unsere Aussagen aufgenommen haben, werden Sie mich nicht mehr sehen. Ich habe kein Interesse daran, diesen Todesfall zu untersuchen. Außerdem bin ich im Urlaub.«

»Ich mische mich auch nicht ein«, ergänzte Landgraf. »Aber natürlich stehe ich dir zur Verfügung, wenn ich helfen kann.«

Wieder wurden wir unterbrochen. Ein Beamter übergab Joachim Specht einen Beutel mit Beweismitteln. »Der Arzt meint, das Teil könnte die Tatwaffe sein.«

»Was ist das?« Specht betrachtete den Gegenstand, der wie ein Holzhammer aussah.

»Ein Fassbinderhammer, hat man mir gesagt«, erklärte der Beamte. »Das Ding wird auch Küferschlegel genannt und wohl im Weinbau verwendet.«

Ich sah, wie Landgraf kurz zusammenzuckte, behielt diese Reaktion aber für mich. Es war mir persönlich egal, mit welcher Waffe man diesen Weinexperten ermordet hatte. Da er auch ein Schriftsteller war, mit sicher überbordender Fantasie, war er mir ohnehin schon suspekt.

»Mitnehmen und der Spurensicherung übergeben«, befahl Specht dem Beamten, bevor er sich wieder mir zuwandte. »Herr Palzki, Ihr Vorschlag gefällt mir. Fahren Sie mit Ihrer Frau nach Hause und lassen Sie sich vorerst nicht mehr in Neustadt blicken.« Sein Blick wanderte über meine Kleidung, und er kommentierte sarkastisch: »So wie Sie aussehen, wird der Restaurantbesuch wohl ohnehin ausfallen.«

Recht hatte er. In meinen schmutzigen Klamotten sah ich wenig alltagstauglich aus. Auch Stefanie machte nicht den Eindruck, als würde sie sich noch auf eine Einkehr in der *Kunigunde* freuen.

»So machen wir das«, bestätigte ich ihm. »Wir verabschieden uns kurz von Herrn Landgraf und nehmen dann die nächste S-Bahn zurück nach Schifferstadt. Falls Sie mich brauchen, Sie wissen ja, in welcher Dienststelle ich arbeite.«

»Nie im Leben käme ich auf die Idee, in Schifferstadt anzuru...«

»Hallo, Herr Palzki!«, rief mir in diesem Moment jemand zu. »Michael, du auch hier?«, fuhr der Mann fort. Im selben Moment entdeckte er auch Joachim Specht, dem er nur wortlos zunickte. »Ich war gerade mit den Kandidatinnen zur Wahl der Pfälzischen Weinkönigin auf einem Rundgang über das Weinlesefest«, erklärte Marc Weigel, Oberbürgermeister von Neustadt. »Auf der Baustelle soll ein Toter gefunden worden sein, wurde mir gerade berichtet. Stimmt das?«

»Jochen Hamatschek.« Landgraf beantwortete die Frage des Stadtoberhauptes. »Vermutlich ermordet, jedenfalls nach der ersten Begutachtung durch Herrn Palzki. Er hat die Leiche auch gefunden.«

»Das ist ja furchtbar!«, sagte der Oberbürgermeister. »Hamatschek! Wissen Sie schon etwas Genaueres über die Tat? Könnte es sich auch um einen tragischen Unfall handeln?«

»Hallo!«, unterbrach Joachim Specht lautstark das Gespräch. »Guten Abend, Herr Oberbürgermeister, ich leite hier die Ermittlungen. Ihre Fragen beantworte ich gerne nachher, aber dafür ist es noch zu früh.«

»Sehr gut, Herr Specht«, sagte Weigel. »Machen Sie sich an die Arbeit, ich weiß, dass auf Sie Verlass ist. Ich unterhalte mich derweil mit Herrn Landgraf und Herrn Palzki.«

Grummelnd und unzufrieden über die Abfuhr zog sich der Polizeioberkommissar zurück.

Auch der Oberbürgermeister wirkte unzufrieden. »Ich weiß ja, dass die Personalnot bei unserer Polizei in Neustadt groß ist und wir auf Beamte aus den umliegenden Dienststellen zurückgreifen müssen. Aber warum muss ausgerechnet Specht heute Dienst haben?«, fragte er sich eher selbst. Jetzt entdeckte er meine Frau, die er freudig begrüßte. »Hallo, Frau Palzki, was hat Ihr Mann wieder angestellt?« Sofort drehte er sich zu mir um. »Das war nur ein Scherz, Herr Palzki. Ich freue mich, dass Sie in Neustadt sind. Aber was ist passiert?«

»Wir haben keine Ahnung«, sagte Landgraf. »Herr Palzki ist versehentlich in die Baugrube gestürzt. Unter einer Plane hat er Jochen Hamatschek tot aufgefunden. Wahrscheinlich ist er ermordet worden.«

Der Oberbürgermeister sah sich kurz um. »Wie kann man aus Versehen in die Grube fallen? Haben ein paar Randalierer die Absperrungen entfernt?«

»Das spielt keine Rolle«, sagte ich schnell. »Tatsache ist, dass wir nichts damit zu tun haben.«

»Um Himmels willen, das habe ich auch nicht behauptet«, ruderte der OB zurück. »Mir ist nur etwas anderes unangenehm.«

»Ich glaube, ich weiß, was du meinst«, pflichtete Landgraf ihm bei. »Hamatschek ist, äh, war ein großartiger Autor, der interessante Sachbücher über den Wein und die Weinbruderschaft geschrieben hat. Sein Buch über die Geschichte der …«

»Ja, das auch«, unterbrach ihn der OB ungeduldig. »Aber ich meine eher die nähere Zukunft.«

»Ach so, du meinst das kommende Wochenende?«, riet der Theologe.

Weigel nickte. »Unter anderem.«

»Würde mich bitte jemand aufklären?«, unterbrach ich die beiden.

»Natürlich, Herr Palzki.« Der Oberbürgermeister wandte sich an mich. »Das nächste Wochenende ist eines der wichtigsten im Jahreskalender der Stadt Neustadt. Hier nebenan«, er deutete auf den Saalbau, »wird am Freitag die Pfälzische Weinkönigin gewählt und gekrönt. Und einen Tag später findet an gleicher Stelle die große Pfalzweinprobe der Weinbruderschaft der Pfalz statt.«

Es war das zweite Mal, dass ich den Begriff *Weinbruderschaft* hörte. Ob sich dahinter ein Geheimbund verbarg? Ich prägte mir den Namen dieser ominösen Gruppe ein.

»Was hat das mit diesem Verbrechen zu tun?«, fragte ich. »Außer der Nähe zum Tatort scheint es keine Verbindung zu den von Ihnen erwähnten Ereignissen zu geben. Und wenn doch, wird Herr Specht es herausfinden.«

Der OB senkte die Stimme. »Genau das ist das Problem, Herr Palzki. Seit Ihren letzten Ermittlungen in Neustadt wissen Sie, dass sich Joachim Specht manchmal wie der berühmte Elefant im Porzellanladen verhält. Als Beamter aus Grünstadt ist er nicht so sensibilisiert für das, was hier passiert. Im Grunde möchte ich vermeiden, dass diese beiden Ereignisse mit dem Tod von Herrn Hamatschek in Verbindung gebracht werden, und sei es auch nur versehentlich. Schlechte Imagewerbung können wir in Neustadt weder jetzt noch zu einem anderen Zeitpunkt gebrauchen. Ein Unfall ist wirklich auszuschließen?«

»Ist das Image jetzt wirklich unser wichtigstes Problem?«, grübelte Landgraf laut ohne böse Absicht.

»Äh, nein, äh, natürlich nicht«, stotterte der OB und wurde leicht rot.

»Wie können wir dir bezüglich Joachim Specht helfen?«
Landgraf wollte mit seiner konkreten Frage dem Oberbürgermeister helfen, dessen Gesicht zu wahren.

Marc Weigel blickte unsicher zwischen uns beiden hin
und her. »Ich weiß auch nicht so recht, das kommt alles
so plötzlich und ohne Vorwarnung.« Nach einer kurzen
Pause fragte er: »Könnten Sie, Herr Palzki, nicht …?«

Ich ahnte sofort, worauf er hinauswollte. »Auf keinen
Fall, ich genieße gerade meinen Urlaub. Außerdem sind
weder ich noch meine Kollegen oder mein Chef zuständig. Letztes Mal hat sich Diefenbach bekanntlich nur eingemischt, weil er sich für den Haupterben der Wittelsbacher hielt.«

Sein überbordendes Ego und die vermeintlich ruhm-
reiche Vergangenheit seiner Vorfahren beschäftigten meinen Chef immer wieder. Kürzlich ersteigerte er eine alte
Urkunde, aus der seiner Meinung nach hervorging, dass
er der einzig wahre Nachkomme der Wittelsbacher sei.
Diese Urkunde sollte der Experte Michael Landgraf für
ihn überprüfen. Landgraf stellte meinem Chef ein Ulti-
matum: Er würde sich der Urkunde annehmen, wenn ich
im Gegenzug die verschwundene Bibel aufspüren würde.
Natürlich stellte sich die Urkunde später als Fälschung
heraus.

»Nicht mal ein bisschen nebenher?«, fragte Weigel
besorgt. »Specht wird sich mir gegenüber in Schweigen
hüllen, von ihm habe ich nichts zu erwarten. Als Stadt-
spitze sollte ich jederzeit wissen, wo wir stehen. Wenn es
nicht so ein unglücklicher Zeitpunkt wäre, würde ich das
nicht so kritisch sehen.«

Michael Landgraf war mir keine Hilfe. »Herr Palzki,
wissen Sie noch, wie wir den letzten Fall zusammen gelöst

haben? Wir waren doch ein super Team, oder? Meinen Sie nicht, dass wir hinter den Kulissen mitmischen könnten? Als Privatpersonen natürlich. Ich habe gute Kontakte. Wir könnten beispielsweise Hamatscheks Witwe in Landau besuchen, auf die Idee kommt Specht sicher nicht.«

»Bei Problemen helfe ich natürlich auch. Quasi als Türöffner, wenn es irgendwo hakt.« Marc Weigel strahlte Landgraf an. »Und wenn meine Unfalltheorie zutreffen sollte, ist das auch okay.«

»Ich weiß nicht«, begann ich vorsichtig, obwohl meine Ablehnung unumstößlich war. Ich würde mich auf keinen Fall in die Ermittlungen einmischen. Für die nächsten Tage war schönes Wetter vorhergesagt, was mir ein paar weitere erholsame Urlaubstage auf meiner Terrasse garantierte. »Diefenbach wird das nie gutheißen.«

»Ich bitte Sie, Ihr Chef?« Landgraf grinste mich an. »Sie haben mir doch selbst gesagt, dass Sie und Ihre Kollegen sich in der Regel nicht an die Anordnungen Ihres Chefs halten.«

»Das stimmt«, gab ich zu. »Aber das hat andere Gründe. Ich meine …«

Der OB unterbrach meinen Satz. Er wandte sich aber nicht an mich, sondern an meine Frau. »Frau Palzki, wie sehen Sie die Situation? Am Freitag findet im Saalbau die Wahl der Pfälzischen Weinkönigin statt. Waren Sie schon mal bei einer Wahl live dabei?«

Stefanie schüttelte den Kopf. »Ich war noch nie im Saalbau. Mein Mann geht nur ganz selten mit mir aus. Meistens nur zur Weihnachtsfeier seiner Dienststelle.« Dann wurde sie sarkastisch: »Ansonsten liegt mein Mann meist faul zu Hause auf der Couch, statt den Garten winterfest zu machen.« Sie klang deprimiert, was der OB sofort bemerkte und gnadenlos ausnutzte. Dabei gab es meiner Meinung nach Anfang Oktober noch keinen Grund, den Garten winterfest zu machen.

Weigel zog zwei Eintrittskarten aus seinem Jackett. »Das sind Ehrenkarten für die Wahl am Freitag. Freuen Sie sich auf einen schönen Abend.«

»Zur Krkrkrönungsfeier der Pfälzischen Weinkönigin …«, hauchte Stefanie, fasste sich mit der rechten Hand ans Herz und schaute gen Himmel. Ihr seliger und strahlender Blick verriet mir, dass ich auf verlorenem Posten stand. Egal, was ich jetzt einwenden würde, es würde mit einem weiteren Mord enden. Da ich weiterleben wollte, blieb ich stumm wie ein Fisch mit Schnappatmung.

Meine Frau bedankte sich so überschwänglich beim Oberbürgermeister, dass sie weiter stotterte. »Ich, äh, ich muss mir erst noch ein neues Kleid kaufen.« Sie erschrak, dann sah sie mich an. »Für meinen Mann muss ich mir auch noch etwas einfallen lassen. Mit seinem alten Anzug aus dem vergangenen Jahrtausend kann ich ihn nicht mitnehmen, zumal der sicher schon hundertmal in die Reinigung musste, weil er nie auf seine Klamotten aufpasst.«

Der OB schmunzelte, musterte mich jedoch aus dem Augenwinkel. Meine Verteidigungsrede lag mir schon auf der Zunge, aber zum Glück stoppte mich mein Überlebenswille rechtzeitig.

»Dann ist ja alles bestens geregelt«, freute sich der OB. »Michael Landgraf ist sowieso wie in den letzten Jahren bei der Wahl dabei. Ihr Mann wird zusammen mit ihm dafür sorgen, dass die Veranstaltungen im Saalbau ohne Störfeuer von außen über die Bühne gehen können, und Sie, werte Frau Palzki, werden dafür ein unvergessliches Ereignis genießen.«

Stefanie schaute mir lange in die Augen, ohne ein Wort zu sagen. Ihre nonverbalen Signale waren eindeutig und nicht verhandelbar.

»Also gut, ich werde morgen mit Herrn Landgraf einen kleinen Rundgang durch Neustadt machen und mögliche Zeugen befragen. Aber um keine Unklarheiten aufkommen zu lassen: Ich komme als Privatmann Palzki und nicht als Kriminalhauptkommissar.«

»Selbstverständlich.« Der OB atmete hörbar auf. »Klären Sie Ihr Vorgehen direkt mit Herrn Landgraf.«

Ich wandte mich an den Theologen. »Ich werde morgen gegen 14 Uhr bei Ihnen im Bibelhaus sein, passt Ihnen die Zeit?« Schließlich hatte ich Urlaub.

»So spät?«, schoss Landgraf quer. »Sie wissen doch, dass ich ein Frühaufsteher bin. Morgens gegen 4 Uhr habe ich meine beste Zeit. Aber übertreiben wir es nicht. Sagen wir, um 9 Uhr?«

»Mein Mann wird pünktlich sein.« Stefanie nahm mir die Antwort ab, die allerdings nicht in meinem Sinne war.

»Gut, dann mache ich gleich die ersten Termine«, ereiferte sich Landgraf. »Wir fahren zur Witwe von Hamatschek, dann sollten wir mit Martin Franck von der Tourist-Info wegen der Wahl der Weinkönigin und mit Oliver Stiess von der Weinbruderschaft wegen der großen Pfalzweinprobe sprechen und auf jeden Fall auch mit …«

»Von mir aus«, unterbrach ich seinen euphorischen Redeschwall. »Planen Sie die Gespräche so, wie Sie es für richtig halten.« Ich unterdrückte ein Seufzen. Ich hatte mir meinen Urlaub anders vorgestellt, als wahllos fremde Menschen zu befragen, ohne die geringsten Hintergründe zu kennen.

Marc Weigel bedankte sich bei uns dreien mit Handschlag. »Ich bin in den nächsten Tagen jederzeit erreichbar. Keine Sitzung ist mir so wichtig, dass ich sie nicht unterbreche, wenn ich gebraucht werde. Michael, du hast meine private Handynummer. Ich wünsche euch viel Glück. Und Ihnen, Frau Palzki, wünsche ich für den Freitag einen unvergesslichen Abend. Wir sehen uns bestimmt bei der Veranstaltung.« Er drehte sich zum Tatort um und seufzte tief. »Jetzt werde ich mein Glück bei Joachim Specht versuchen. Vielleicht hat er Neuigkeiten für mich.«

Landgraf gab mir mit einer kleinen Kopfbewegung zu verstehen, dass ich ihm folgen sollte. »Ich bin gleich wieder da«, sagte ich schnell zu Stefanie.

»Wir halten uns möglichst im Hintergrund«, flüsterte mir Landgraf zu.

»Wollen Sie den OB belauschen?«, flüsterte ich zurück.

»Nein, natürlich nicht«, widersprach er. Zu einer weiteren Erklärung kam es nicht, denn ein Beamter versperrte uns den Weg.

»Tut mir leid, meine Herren. Hier ist gesperrt.«

»Das wissen wir«, entgegnete Landgraf selbstbewusst und fügte förmlich hinzu: »Wir beide haben die Leiche gefunden und sind wichtige Zeugen. Ihr Chef, Joachim Specht, und der Oberbürgermeister von Neustadt, Marc Weigel, wollen uns sprechen.«

»Ach so, das wusste ich nicht, entschuldigen Sie bitte.« Der Beamte machte uns den Weg frei. Landgraf lächelte mich an. »Ich habe nicht einmal gelogen.«

»Jedenfalls nur im Detail«, verbesserte ich ihn.

Da der abgesperrte Baustellenbereich sehr beengt war und es von Polizisten nur so wimmelte, fielen wir nicht auf.

Ich entdeckte unsere Zielpersonen zuerst. »Da drüben sind sie. Wir können uns hinter dem Toilettenhäuschen verstecken. Aber bitte nicht zu auffällig, das ist an diesem Ort kontraproduktiv.«

»Also möglichst unauffällig auffällig?«, fragte mich Landgraf.

»Oder umgekehrt«, verbesserte ich das meiner Meinung nach unpassende Wortspiel. »Hauptsache, man kann dem Gespräch folgen.«

Entweder hatte Landgraf ein besseres Gehör als ich oder er verstand die Zusammenhänge besser. Ich tippte auf Letzteres, denn die Wortfetzen, die ich in den nächsten Minuten hörte, waren für mich böhmische Dörfer. Irgendwann entdeckte uns Specht. Mit großen Schritten kam er auf uns zu. Dann nahm er einen langen Zug an seiner Zigarre, bevor er uns aggressiv anfauchte. »Haben wir nicht eine verbindliche Abmachung getroffen? Oder haben Sie noch eine Leiche gefunden?«

»Nein«, sagte ich, weil mir spontan keine Ausrede einfiel.

Landgraf hatte eine bessere Verteidigungsstrategie. »Ich wollte dir nur sagen, dass Jochen Hamatschek ein neues Buch über die Weinbruderschaft geschrieben hat. Vielleicht hilft dir das weiter.«

»Das weiß ich längst«, erwiderte der kommissarische Leiter der Kriminalpolizei. »Und jetzt verlasst bitte den Tatort.«

Der Oberbürgermeister, der in der Nähe stand, reagierte nicht. Wahrscheinlich wollte er Specht nicht auf einen naheliegenden Gedanken bringen.

»Alles in Ordnung, Joachim«, bestätigte Landgraf. »Wir sind schon weg.«

»Das ist ja noch mal gut gegangen«, schnaufte ich laut, als wir wieder bei meiner Frau waren. »Haben Sie verstanden, worüber die beiden gesprochen haben? Es ging um eine Grundsteinlegung im Jahr 1800irgendwas. Und um eine Einweihung.«

Landgraf nickte. »Ich glaube Ihnen aufs Wort, dass Sie nur Bahnhof verstanden haben, Herr Palzki. Ich wollte Ihnen deshalb meinen neuen Reiseführer über Neustadt an der Weinstraße schenken – da stehen wichtige Hintergrundinformationen drin, die das Gesagte aufklären.« Landgraf zog ein handliches Buch aus der Tasche und drückte es mir in die Hand. Ich nahm das Buch entgegen, las den Titel *Neustadt an der Weinstraße und seine Weindörfer – der Reiseführer* und blätterte kurz darin.

»Das Buch sieht gut und informativ aus«, sagte ich anerkennend, »aber zum Lesen komme ich sicher erst zu Hause. Klären Sie mich jetzt einfach nur auf.« In mir jedoch regte sich der Widerspruch, denn eigentlich wollte ich mit dieser blöden Sache immer noch nichts zu tun haben.

»Jochen Hamatschek besuchte mich heute, weil er auf der Suche nach Informationen war. Er hat nicht nur ein Buch über die Geschichte der Weinbruderschaft geschrieben, sondern recherchierte auch zu historischen Themen der Region, in denen es um das Thema Wein ging. Sein Besuch stand im Zusammenhang mit einem neuen Projekt. Er hatte Kopien von Originaldokumenten über die Grundsteinlegung des alten Saalbaus 1871 und die Einweihung 1873 dabei, und ich hatte zuvor im Rahmen meiner Recherchen für den Reiseführer ebenfalls über die Ereignisse im 19. Jahrhundert recherchiert, das wusste er.«

Ich betrachtete das imposante Gebäude. »Das soll 150 Jahre alt sein?«, fragte ich skeptisch.

»Das ursprüngliche Bauwerk ist 1980 abgebrannt, wurde aber in Windeseile wieder aufgebaut, sodass der damalige Bundeskanzler Helmut Kohl den Saalbau 1984 wieder eröffnen konnte«, erklärte Landgraf. »Was Sie sehen, ist der Neubau, der zwar den alten neoklassizistischen Stil aufgreift, aber mit einer modernen Technik ausgestattet wurde«, ergänzte er, indem er mir den Reiseführer aus der Hand nahm, aufschlug und mir die Seite zeigte.

»Das ist ja alles schön und gut, aber deshalb ist er sicher nicht ermordet worden. Die Originale liegen bestimmt in einem Archiv, und die Inhalte sind zumindest allgemein bekannt.«

Landgraf zuckte mit den Achseln. »Jedenfalls hat die Spurensicherung diese Kopien bei der Leiche gefunden. Das hat Specht vorhin zum OB gesagt.«

»Er war damit schließlich vor ein paar Stunden bei Ihnen«, stellte ich fest. »Der Mörder hatte es jedenfalls nicht auf die Dokumente abgesehen. Ich vermute daher, dass es um etwas völlig anderes geht.«

»Ich auch«, war sich der Museumsleiter sicher. »Morgen kann ich sie Ihnen zeigen. Ich habe mir ebenfalls Kopien für mein Neustadt-Archiv gemacht.« Für einen Moment erstarrten seine Gesichtszüge. »Volker Schmidt, den sollte ich auch auf unsere Besuchsliste setzen.«

»Tun Sie, was Sie nicht lassen können.« Ich verkniff mir aus purem Desinteresse die Frage, was es mit diesem Schmidt auf sich hatte, aber Landgraf spürte meinen Unmut und fühlte sich bemüßigt, mir eine Information nachzureichen.

»Volker Schmidt ist in diesem Zusammenhang wichtig, denn er ist der Leiter des Saalbaus. Ich hatte Hamatschek empfohlen, ihn für seine Recherchen zu kontaktieren, und Jochen ist sicher meinem Rat gefolgt.«

Ich konnte mir eine spitze Bemerkung nicht verkneifen. »Ich gehe nicht davon aus, dass man im 45 Jahre neuen Saalbau 150 Jahre alte Informationen findet.«

»War ja nur so eine Idee«, brummte mich Landgraf leicht verstimmt an.

3 VOLLES PROGRAMM

Auf der Rückfahrt nach Schifferstadt musste ich mir zwar von Stefanie einige Vorwürfe wegen meines Abkürzungsversuchs durch die Baustelle anhören, aber insgesamt überwog ihre Vorfreude auf den kommenden Freitag. »Zur Wahl der Pfälzischen Weinkönigin«, murmelte sie, inzwischen gefasst und stolz, vor sich hin. Mit dem Kartengeschenk des Oberbürgermeisters war ich für meinen jugendlichen Leichtsinn gleich doppelt bestraft worden: Zum einen hatte ich nichts für Großveranstaltungen jeglicher Art übrig, es sei denn, man konnte sie von der heimischen Couch aus im Fernsehen verfolgen, zum anderen rückte eine unheilvolle Zukunft immer näher.

»Wann gehen wir Kleidung kaufen?«, fragte meine Frau am nächsten Morgen am Frühstückstisch, eine Frage wie ein Genickschlag.

»Morgen«, murmelte ich abweisend. Mir war klar, dass ich mit einer dauerhaften Verdrängung diese Nahtoderfahrung nicht würde verhindern können.

»So machen wir das«, lächelte Stefanie. »Gleich morgen früh brechen wir auf. Magst du wieder nach Mannheim, oder sollen wir es in Neustadt versuchen? Dort gibt es auch einige Herrenausstatter.«

Mit großen Augen sah ich sie erschrocken an: »Wie kommst du darauf, dass ich nach Mannheim fahren will?

Du weißt doch, wie unser letzter Versuch, Klamotten zu kaufen, ausgegangen ist.«

»Dann eben Neustadt«, legte Stefanie fest. »Du kannst dich von mir aus auf den Kopf stellen, Reiner. Diesmal werde ich mich durchsetzen. Du bekommst einen neuen Anzug, und wir gehen am Freitag zu der Veranstaltung im Saalbau. Hast du verstanden?«

Sie hatte nicht nur ihre Stimme erhoben, sondern sich gleichzeitig vor mir aufgebaut. Mit funkelnden Augen fixierte sie mich, bereit, mich bei einer falschen Antwort in den Boden zu stampfen.

Da jede noch so kurze Antwort trotzdem falsch sein konnte, schwieg ich und nickte ergeben wie ein kleines Kind.

Zum Abschied gab mir meine Frau noch einen Rat mit auf den Weg. »Bitte versuche, allen Schwierigkeiten aus dem Weg zu gehen. Niemand erwartet von dir, dass du die Arbeit der Neustadter Polizei übernimmst, auch wenn Herr Landgraf und der Oberbürgermeister das anders sehen. Ich bin mir sicher, dass du deine Pseudo-Ermittlungen so weit treiben kannst, dass du im Laufe des Tages zu der Erkenntnis kommst, dass du den beiden nicht helfen kannst. Denn ich möchte nicht, dass du in etwas Gefährliches hineingezogen wirst.«

»Gefährlich? Aber Stefanie, was ist daran gefährlich?«

Stefanie seufzte. »Das sagst du jedes Mal.« Sie gab mir einen flüchtigen Kuss. »Sagst du es deinen Kollegen von der Inspektion?«

»Warum? Es gibt nicht den geringsten Grund. Ich bin weiterhin im Urlaub und begleite Herrn Landgraf nur zu ein paar harmlosen Gesprächen. Und am Freitag fahre ich zur Belohnung mit dir nach Neustadt zu diesem, äh, Dingsbums, äh, Königinnenwahlfest.«

Während ich meine Schuhe anzog, schaute Stefanie zufällig aus dem Fenster. »Meine Güte, unsere Nachbarin steht im Vorgarten.«

Diese Feststellung wäre normalerweise ein guter Grund, das Haus nicht zu verlassen. Unsere Nachbarin Frau Ackermann war die Frau, die schneller sprach als ihr Schatten. Nicht nur ihre Sprechgeschwindigkeit war legendär bis tödlich, auch ihre endlosen Monologe waren ein Grund auszuwandern.

Ein kurzer Blick auf die Uhr zeigte mir, dass Landgraf in einer halben Stunde meine Ankunft erwartete, und genauso lange dauerte die Autofahrt. Spontan rannte ich nach oben in das verwaiste Kinderzimmer meines zehnjährigen Sohnes Paul. Mit einem Griff unter das Bett zog ich einen Karton hervor, sein geheimes Versteck. Bei den meisten Sachen darin hatte ich keine Ahnung, wofür man sie brauchte und ob sie für Kinder geeignet waren, aber das, was ich suchte, lag ganz oben.

Zurück bei Stefanie, öffnete ich die Terrassentür. Ich drückte ihr den Knallkörper und ein Feuerzeug in die Hand. »Sobald ich vorne die Tür öffne, zündest du den Böller an und wirfst ihn in den Garten.«

»Woher hast du das Monstrum?«, fragte sie, erstaunt über dessen Größe. »Ist so etwas in Deutschland überhaupt erlaubt?«

»Das muss mir beim letzten Ausmisten der Asservatenkammer aus Versehen in die Tasche gefallen sein«, erklärte ich wenig plausibel. »Aber jetzt mach schon, sonst verlangt der OB die Eintrittskarten zurück.«

Der Knall im mittleren dreistelligen Dezibelbereich hörte sich an, als würde eine ganze Armada von Düsenjets gleichzeitig direkt über unserem Haus die Schallmauer durchbrechen. Ich hoffte, dass Stefanie eine gute Ausrede parat hatte, wenn in wenigen Minuten ein Heer von Polizisten auftauchen würde, das von der umliegenden Nachbarschaft informiert worden war.

Die Aktion hatte Erfolg. Noch einen Kilometer von meinem Haus entfernt standen Menschen auf der Straße und diskutierten über einen vermeintlichen Meteoriteneinschlag. Ich musste unbedingt bald ein ernstes Wort mit meinem Sohn reden.

Pünktlich erreichte ich das Bibelhaus in der Neustadter Stiftstraße, wenige Meter westlich des örtlichen Krankenhauses. Ich zog die Handbremse bis zum Anschlag an, um zu verhindern, dass mein Wagen auf der an dieser Stelle recht steilen Straße ins Rollen kam. Gerade als ich klingeln wollte, kam Landgrafs Frau Barbara aus der Tür.

»Guten Morgen, Herr Palzki«, begrüßte sie mich freundlich. »Mein Mann hat mir alles ausführlich erzählt. Es tut mir leid, dass Sie schon wieder Zeuge eines Verbrechens in Neustadt geworden sind. Aber ich kann Ihnen versichern, dass die meisten Bürger friedlich sind. Ausnahmen gibt es leider immer. Auch bei den Pfälzern.«

»Guten Tag, Frau Landgraf«, erwiderte ich die Begrüßung. »Ich gehe nicht davon aus, dass sich aus dieser Geschichte etwas Größeres entwickeln wird. Die hiesige Polizei hat den Fall sicher längst aufgeklärt.«

»Sie meinen Joachim Specht?« Barbara Landgraf lachte laut auf. »Nee, nee, das ist völlig unmöglich. Ohne Hilfe von Ihnen und meinem Mann sind die Beamten aufgeschmissen«, schmeichelte sie mir. »Michael hat da ein paar wilde Theorien, er konnte deswegen die Nacht kaum schlafen. Aber das erzählt er Ihnen gleich selbst. Ich muss jetzt los zur Schule, die Schülerinnen und Schüler warten.«

Ich wusste, dass Barbara Landgraf Lehrerin an der Berufsbildenden Schule war. Sie führte mich zur westlichen Ecke des Hauses und schloss mir die Tür zum Garten auf. »Am besten gehen Sie neben dem Haus runter zum Garten. Michael ist unten im Museum.«

Da das Bibelhaus am Hang gebaut war, konnte man auf der Rückseite ebenerdig in den Keller gelangen, in dem sich das Museum befand. »Danke für den Hinweis, ich werde Ihren Mann sicher finden.«

»Davon gehe ich aus«, sagte sie lächelnd. »Und viel Glück bei der Verbrecherjagd!«

Nach einem kurzen, aber steilen Weg erreichte ich den Garten, in dem sich mehrere lauschige Sitzecken befanden. Die Terrassentür stand offen. Ich klopfte an die Scheibe und trat ein.

Landgraf stand mit dem Rücken zu mir an einem großen Tisch, der aus mehreren zusammengestellten Einzeltischen bestand. »Treten Sie näher, Herr Palzki«, begrüßte er mich, ohne sich umzudrehen. »Ich markiere gerade die letzten Verbindungen.«

»Machen Sie kreative Malübungen?«, fragte ich erstaunt, als ich sah, womit er sich beschäftigte. Auf dem Tisch lag eine ausgerollte Raufasertapete, die an einigen Stellen mit Kreppband auf der Tischplatte fixiert war. Mit bunten Filzstiften hatte Landgraf die Tapete mit zahlreichen Strichen, Pfeilen und ovalen Kreisen verziert. Ungefähr in der Mitte befand sich ein skizziertes Gebäude, das mit *Saalbau* bezeichnet war, aber nur eine entfernte Ähnlichkeit mit diesem hatte. Weitere kleine rätselhafte Zeichnungen konnte ich nicht zuordnen. Ohne den Hinweis *Saalbau* wäre ich der Versuchung erlegen, ihn zu fragen, ob die Tapete aus einer Kindergartenwerkstatt stamme.

Jetzt wandte sich Landgraf mir zu. »Kreativ ist richtig, Herr Palzki. Ich bin seit heute Morgen um 4 Uhr an dem Fall dran. Ich habe schon Erstaunliches entdeckt.«

»Entdeckt?«

»Na ja, entdeckt ist vielleicht etwas übertrieben«, ruderte er zurück. »Sagen wir, ich habe relevante Hinweise zum Tod von Jochen Hamatschek gefunden, die wir gemeinsam überprüfen müssen.«

Ich machte mir die Mühe, die Texte in den ovalen Kreisen zu lesen. »Warum stehen da überall Namen?«, fragte ich ihn. »Oberbürgermeister Marc Weigel, Martin Franck, Geschäftsführer der *Tourist- und Saalbau GmbH*, Volker Schmidt, Leiter des *Saalbaus*, Oliver Stiess, Ordensmeister der Weinbruderschaft. Über diesen Geheimbund müssen Sie mich sowieso noch aufklären.«

»Welchen Geheimbund?« Landgraf schaute mich fragend an.

»Die Weinbruderschaft«, kommentierte ich. »Aber das klären wir später«, unterbrach ich ihn, weil ich mich zunächst auf das Filzstiftchaos auf der Tapete konzentrieren wollte. »Also, warum diese Namen?«

»Das sind diejenigen, die irgendwie mit dem Fall zu tun haben könnten«, erläuterte Landgraf. »Wenn ich etwas von Ihnen bei unseren letzten Ermittlungen gelernt habe, dann, dass zunächst jeder verdächtig ist, der mit dem Fall zu tun hat.«

Mir wurde schwindelig. Wenn wir alle Personen auf seiner gemalten Liste überprüfen wollten, würden wir Monate brauchen. Provokant, wie ich manchmal war, schnappte ich mir einen der herumliegenden Filzstifte in einer zufälligen Farbe und malte neben dem Saalbau ein weiteres ovales Personenfeld und schrieb *Michael Landgraf* hinein.

»Ich? Ernsthaft?«, sagte Landgraf und runzelte dabei die Stirn, als er das Ergebnis meiner Planergänzung sah.

»Warum nicht? Sie könnten Ihr Fahrrad absichtlich auf der anderen Seite des Saalbaus abgestellt und mir die Abkürzung durch die Baustelle suggeriert haben, sodass ich den Toten zwangsläufig finden musste.«

Landgraf blickte mich grübelnd an und nickte. »Stimmt, dann trau ich mir mal selbst nicht. Man weiß ja nie, wozu man fähig ist«, sagte er schmunzelnd.

»Nein, natürlich traue ich Ihnen diese Gemeinheit nicht zu. Sie waren für mich glaubhaft überrascht, als wir die Leiche gefunden haben. Aber darum geht es nicht. Nach Ihrer Skizze geht es zunächst einmal darum, alle möglichen Täter zu erfassen.«

»Und Barbara?«, fragte Landgraf provokativ.

Das war ein schwieriges Thema. Tatsächlich hatte ich sie bei der Jagd nach der Bibel und dem Reliquienschatz lange verdächtigt, weil sie immer wieder wie zufällig in unsere Ermittlungen gestolpert war. Schmunzelnd reichte ich Landgraf den Stift. »Schreiben Sie den Namen Ihrer Frau dazu.«

»Ich bin doch nicht lebensmüde«, antwortete er. »Wenn sie meine Handschrift erkennt, ist es aus mit mir.« Dennoch fügte Landgraf einen weiteren Namen auf seiner Tapete hinzu.

»Ich?«, rief ich verwundert. »Na gut, von mir aus. Dann schreiben Sie bitte noch Dietmar Becker daneben.«

»Becker?« Landgraf runzelte wieder die Stirn. »Ist das nicht der Krimiautor, der diese tollen und realistischen Regionalkrimis schreibt, die bei uns in der Kurpfalz spielen? Was hat der mit dem Mord zu tun?«

»Weil seine Krimis so abstrus und unglaubwürdig sind«,

klärte ich ihn auf. »Wenn ich der Täter bin, dann nur, weil dieser Möchtegernschriftsteller sich seiner völlig desolaten Fantasie bedient.«

»Warum sollten Sie der Täter sein?«

»Aber Sie haben mich doch gerade selbst auf die Liste der Verdächtigen gesetzt.« Ich zeigte ihm meinen Namen.

Mit einem Seufzer strich er meinen Namen durch.

»Jetzt sind wir zurück in der Realität«, sagte ich zufrieden. Ich konnte nur hoffen, dass Becker sich wenigstens dieses eine Mal nicht in meine Ermittlungen einmischte, obwohl er unweigerlich von dem Todesfall erfahren würde.

Landgraf deutete auf einen kleinen Tisch mit zwei Stühlen neben der historischen Druckerpresse. »Setzen wir uns ein paar Minuten, bevor wir mit unserer Tour beginnen. Ich hole mal einen Kaffee«, sagte er, ging in die kleine Küche des Museums, und ich hörte das klackende und mahlende Geräusch eines Kaffeevollautomaten.

Auf dem Tisch entdeckte ich einige Kopien. Ich überflog die schwer lesbaren Texte in altmodischer Schrift. »Lange her«, sagte ich. »Grundsteinlegung 1871 und zwei Jahre später die Einweihung.« Ich sah Landgraf an. »Was ist daran so besonders?«

»Jochen Hamatschek war dabei, ein Buch über die Geschichte und Bedeutung des alten Saalbaus zu schreiben. Viele große Weinevents finden hier statt – ein wirklich spannendes und lohnenswertes Projekt für alle Weinfreunde. Es gibt zwar einige Unterlagen im Stadtarchiv, aber ein zentrales Werk über den Saalbau, was seine Entstehung, seine Entwicklung und vor allem sein kulturelles Leben betrifft, fehlt bisher.«

Ich füllte meine Tasse bis zum Rand mit Milch, um den extrem starken Kaffee zu verdünnen.

»Nur zu«, sagte Landgraf. »Mir kann der Kaffee nicht stark genug sein.«

Nachdem sich mein Herzschlag nach dem ersten Schluck etwas beruhigt hatte, wiederholte ich meine gestrige Aussage: »Deshalb ist Herr Hamatschek sicher nicht ermordet worden. Wir müssen woanders suchen.«

»Nicht so voreilig, Herr Palzki«, bremste mich der Museumsleiter. »Es gibt etwas, das nicht in den Kopien steht. Aber dazu muss ich leider ein wenig ausholen.«

Ich versuchte, ruhig zu bleiben. Wie ich wusste, kam Landgraf schnell ins Dozieren, was zwar jedes Mal hochinteressant war und meinen Wissensstand erheblich erweiterte, aber leider war das Zuhören extrem zeitaufwendig. Ich lehnte mich zurück und versuchte, eine bequeme Sitzposition zu finden.

»Der Deutsch-Französische Krieg von 1870 bis Mai 1871 war eine militärische Auseinandersetzung zwischen Frankreich und dem Norddeutschen Bund sowie anderen deutschen Ländern unter der Führung Preußens«, begann Landgraf mit einem völlig unerwarteten Thema. »Aufgrund seiner militärischen Überlegenheit gewann die deutsche Allianz den Krieg und rief im Spiegelsaal zu Versailles bei Paris das Kaiserreich der Deutschen aus. Erst da sprechen wir erstmals von einem geeinten Deutschland.« Ich erinnerte mich vage an meinen Geschichtsunterricht, der gefühlt 100 Jahre zurücklag. Landgraf fuhr fort: »Frankreich musste damals Elsass-Lothringen an das im Januar 1871 neu gegründete Deutsche Kaiserreich abtreten. Das führte zu einer Feindschaft zwischen beiden Ländern, die bis in die Mitte des 20. Jahrhunderts andauerte.«

»Und was hat das mit dem Saalbau zu tun?«, unterbrach

ich ihn. »Elsass-Lothringen ist zwar nicht weit von Neustadt entfernt, aber ich sehe da keinen Zusammenhang.«

»Sie müssen das politische Klima in Ihre Überlegungen mit einbeziehen. Der Sieg über Frankreich 1871 und das dadurch geeinte Deutschland setzte damals Kräfte frei, die auch zum Bau des Saalbaus führten. Doch manche dachten vielleicht auch schon an einen Gegenschlag der Franzosen. Der Wiederaufbau der französischen Armee ging schnell voran, bereits Ende 1871 plante man mit einer Truppenstärke von 600.000 Mann.«

Meinen fragenden Blick fasste Landgraf als Aufforderung auf, fortzufahren. »Die Angst der Bevölkerung war ja nicht unberechtigt. Die linksrheinische Rheinpfalz gehörte seit 1816 zum Königreich Bayern. Zuvor war man rund 20 Jahre unter der Fremdherrschaft von Napoleon. Arme Bauern, der wohlhabende Mittelstand, aber auch Beamte und Handwerksmeister legten finanzielle Reserven in Sachwerten, aber auch in Gold an, was man gut verstecken konnte.«

»Ich verstehe immer noch nicht.« Inzwischen hatte ich die Kaffeetasse halb geleert, mehr wollte und konnte ich meinem Herzen nicht zumuten.

»Jochen Hamatschek war bei seinen Recherchen auf viele Informationen gestoßen«, fuhr Landgraf fort. »Bei der Grundsteinlegung wurde unter anderem eine Kiste Wein des Jahrgangs 1865 an einem bis heute unbekannten Ort vergraben und ummauert. Dieser Wein muss inzwischen ein kleines Vermögen wert sein, und wer weiß, was man sonst noch in dem Grundsteinloch hinterlassen hat. Es gehen viele Gerüchte um.«

»Alter Wein?«, unterbrach ich ihn, und mein Oberkörper erschauerte. »In den Flaschen ist doch längst nur noch

Essig drin.« Ich sah den Museumsleiter an und schüttelte langsam den Kopf. »Wer schert sich heute noch um ein paar alte Flaschen Wein, und die Gerüchte, dass jemand wegen der Franzosen da zusätzlich etwas eingemauert hat, die sind doch albern.«

Landgraf schenkte sich bereits die dritte Tasse ein. »Sie bringen da etwas durcheinander, Herr Palzki. Der Wein von 1865 und die Grundsteinlegung sind authentisch. Bei der Qualität des Weines dürfte er durchaus noch genießbar sein, es wäre jedenfalls eine Sensation, wenn man ihn finden würde. Alles andere sehe ich wie Sie, das ist alles Spekulation.«

»Aber der Saalbau ist doch abgebrannt«, wandte ich ein. »Und was hat das mit dem Krieg zu tun?«

»Ganz ruhig, Herr Palzki.« Landgraf lächelte. »Die Grundsteinlegung hat an einer bisher unbekannten Stelle des damaligen Kellergewölbes stattgefunden. In den 1980er Jahren wurden Teile der Kellerfundamente beim Wiederaufbau des neuen Saalbaus verwendet. In den vergangenen 150 Jahren gab es jedoch zahlreiche Veränderungen und Erweiterungen der Bausubstanz, die auch den Kellerbereich betrafen. Dabei ging viel Wissen verloren. Es gibt keine Baupläne des ursprünglichen Kellers. Beim Wiederaufbau wurden der historische Wein und das ummauerte Grundsteinloch jedenfalls nicht gefunden.«

Er holte tief Luft, dann sprach er weiter. »Der Wein selbst hat nichts mit dem Deutsch-Französischen Krieg zu tun. Aber wir müssen nun doch einmal über die Gerüchte sprechen, denn manchmal verstecken sich dahinter auch Tatsachen oder zumindest Legenden. Jochen Hamatschek jedenfalls wollte dem auf den Grund gehen.«

Ich schaute auf, denn eine Legende bedeutete ja, dass sich hinter einer Geschichte ein wahrer Kern befand.

Landgraf legte eine kurze, aber dramatische Pause ein. »Um den Bau des Saalbaus zu finanzieren, wurde die *Saalbau AG* gegründet, an der sich über 200 Personen mit 1339 Aktien beteiligten. Etwa ein Fünftel der Aktionäre waren Handwerker, die zum Teil auch am Bau beteiligt waren. Laut Hamatscheks Unterlagen waren das unter anderem zwei Baumeister, ein Maler, ein Schreiner und ein Spengler.« Er sah mich an. »Wir sind immer noch im Bereich der nachweisbaren Fakten.«

»Interessant«, kommentierte ich seine Ausführungen, obwohl es mir langsam zu ausführlich wurde.

»Das finde ich auch«, fuhr Landgraf fort. »Dem Gerücht oder eben der Legende nach soll einer der Handwerker in der Nacht nach der Grundsteinlegung einen Teil seines Vermögens in der Weinkiste versteckt haben.«

»Und warum?«, entfuhr es mir enttäuscht. Ich hatte mit einer Sensation gerechnet, aber nicht mit solch einer kruden Geschichte.

»Immer noch wegen der Kriegsgefahr«, erklärte der Museumsleiter geduldig. »Viele Pfälzer rechneten nach dem Krieg mit einem Rachefeldzug der Franzosen. Der Handwerker wollte einen Teil seines Vermögens in Sicherheit bringen. Er weihte niemanden ein, und die Kiste mit dem Wein war wohl schon am nächsten Tag eingemauert. Sein Vermögen war nun fast so sicher wie in Fort Knox, das es zu diesem Zeitpunkt noch gar nicht gab.«

»Ich weiß nicht«, murmelte ich. »Der Handwerker kam ja auch nicht mehr an sein Geld.«

»Gold, nicht Geld«, verbesserte Landgraf. »Jedenfalls wird das vermutet.«

»Womit wir beim springenden Punkt wären. Wenn dieser Handwerker sein Gold mit der Weinkiste hat einmauern lassen, dann gibt es zwei Möglichkeiten: Entweder hat er sein Gold später wieder an sich genommen, was wahrscheinlich nicht so einfach war, oder es liegt immer noch da. Oder er hat …«

Landgraf waren meine Ausführungen wohl zu kompliziert. »Jochen Hamatschek hat herausgefunden, dass dieser Handwerker kurz nach der Fertigstellung gestorben ist.«

Ich schüttelte den Kopf. »Das alles gehört ins Reich der Fantasie, Herr Landgraf. Wenn dieser Handwerker wirklich sein Gold in der Weinkiste versteckt hat und gleichzeitig niemandem davon erzählt hat, woher soll dann irgendjemand davon wissen?«

Landgraf nickte eifrig. »Deshalb sage ich ja, es ist entweder ein Gerücht oder eine Legende. Es kann gut sein, dass sich vor vielen Jahrzehnten diese Geschichte verselbstständigt hat und sich nach dem Prinzip der Stillen Post immer weiter verbreitete. Diese Erzählung vom Schatz in der Weinkiste lässt sich jedenfalls mindestens seit dem letzten Weltkrieg nachweisen. In verschiedenen Variationen freilich, aber darum geht es jetzt nicht.«

»Nach dem Brand vor 45 Jahren hätte man sicher danach gesucht.«

»Das hat man«, bestätigte der Theologe. »Sogar sehr gründlich, aber letztlich erfolglos. Durch das Löschwasser und den Einsturz diverser Mauern blieben nur Teile des Kellers und des Fundaments stehen und konnten wiederverwendet werden. Es ist gut möglich, dass die bei der Grundsteinlegung eingemauerte Weinkiste beim Brand verschüttet wurde und damit unwiederbringlich verloren ist. Aber mit Sicherheit kann das niemand sagen.«

Langsam dämmerte es mir. »Heißt das, Herr Hamatschek war auf Schatzsuche, und sein Buchprojekt stand gar nicht im Mittelpunkt?«

»Nein, nein«, korrigierte Landgraf. »Jochen Hamatschek ist, äh, war absolut souverän. Er war mit Herzblut dabei, als er sein Manuskript über die Geschichte des Saalbaus schrieb. Nur durch Zufall ist er auf diese Gerüchte gestoßen, wie er mir gestern erzählte. Von mir wollte er wissen, was es damit auf sich hat.«

»Ich kann immer noch nicht glauben, dass er deswegen ermordet wurde. Schließlich hatte er die Dokumente bei sich, als er starb. Außerdem haben Sie selbst zugegeben, dass es mehrere Varianten der Erzählung gibt und sie wahrscheinlich von Generation zu Generation mündlich weitergegeben und verändert wurde.«

Landgraf füllte seine Tasse wieder auf. »Jetzt kommt der Umschlag ins Spiel.«

Ich horchte auf. Warum musste man manchen Leuten die wirklich relevanten Fakten buchstäblich aus der Nase ziehen? Um den Zeitverlust durch weitere rhetorische Ausschmückungen zu reduzieren, streckte ich ihm meine Hand entgegen. »Dann geben Sie mal her.«

»Was meinen Sie?«, fragte Landgraf überrascht.

»Das Kuvert.«

»Ich habe das Kuvert nicht.«

Ein leises Stöhnen meinerseits zeigte mein Missfallen. »Dann sagen Sie mir, was sich in dem Umschlag befindet.« Ich rückte mein Sitzkissen zurecht und stellte mich auf eine längere Geschichte ein.

»Jochen Hamatschek hat mir nur das verschlossene Kuvert gezeigt«, behauptete Landgraf. »Darin soll sich ein Teilplan des ursprünglichen Kellers des Saalbaus befinden. Auf dem Plan sei die Nische eingezeichnet, in der der Grundstein mit der Weinkiste eingemauert wurde.«

»Und wo ist dabei das Problem? Wir beauftragen einen seriösen Architekten, und ruckzuck ist das Rätsel gelöst. Wenn es denn eines gibt.«

»So einfach ist das nicht, Herr Palzki.« Landgraf stellte seine Tasse ab und seufzte. »Hamatschek hat mir den Plan nicht gezeigt. Die Angelegenheit war ihm zu heikel. Deshalb hat er mich um Rat gefragt. Mein Ruf stand für ihn wohl außer Frage.«

»Sie haben keine Ahnung, wo die blöde Kiste sein könnte?«

Landgraf schüttelte den Kopf. »Und es wird noch blöder. Hamatschek hatte den Umschlag nicht bei sich, als er ermordet wurde.«

»Woher wissen Sie das?«

»Ich habe es vorhin am Telefon von unserem OB erfahren«, erklärte er mir. »Hamatschek hatte nur Kopien der Unterlagen über die Grundsteinlegung und den ersten Spatenstich bei sich. Ein Umschlag oder ein Lageplan wurden bei ihm nicht gefunden.«

»Wer wusste von dem Plan?«, tastete ich mich weiter vor. Inzwischen war ich mir nicht mehr so sicher, ob wir auf einer falschen Fährte waren.

»Niemand außer mir«, sagte Landgraf spontan. »Seine Frau vielleicht, die könnte es wissen. Und wahrscheinlich Volker Schmidt, der Leiter des Saalbaus, wenn Hamatschek ihn besucht hat. Jedenfalls hatte ich ihm das empfohlen.«

»Sonst niemand?«, fragte ich. »Was ist mit dem Oberbürgermeister? Den haben Sie doch nach dem Umschlag gefragt?«

»Marc Weigel? Ich bitte Sie, Herr Palzki. Trauen Sie ihm einen Mord zu?«

Ich ließ seine Frage unbeantwortet, denn ich wusste, dass jeder ohne Ausnahme zum Mörder werden konnte. »Ist die Liste der Eingeweihten damit komplett?«

Landgraf zögerte. »Da Jochen Hamatschek bei der Weinbruderschaft war, hat er vielleicht noch mit Oliver Stiess und Bernd Dieffenbacher darüber gesprochen. Ich habe bei beiden die Recherche Hamatscheks kurz erwähnt. Aber das war, bevor Hamatschek ermordet wurde. Da konnte ich noch nicht wissen, dass sich die Situation so dramatisch entwickeln würde.«

Damit war endgültig klar, dass ich den ganzen Tag in der Gegend herumfahren musste, um Leute zu befragen. Sicherlich würden Landgraf noch weitere Personen einfallen, die von dem Kellerplan und der Recherche wussten. Ich blickte auf die Wanduhr. »Dann fangen wir mit den Befragungen bei der Witwe an. Hoffentlich hat ihr Mann eine Kopie des Plans zu Hause herumliegen. Weiß sie, dass wir kommen?«

»Wir können sie erst um 14 Uhr in Landau treffen. Heute Vormittag hat sie einen Termin bei der Polizei in Neustadt.«

»Gut«, sagte ich. Vielleicht bekämen wir auf diesem Umweg Informationen über die polizeilichen Ermittlungen aus erster Hand. »Und was ist mit diesem Dieffenbacher? Sie haben sich nicht versprochen und meinen Diefenbach? Ich höre das Wort so ungern wie Rote Bete oder Rosenkohl.«

Landgraf lachte kurz auf. »Keine Sorge, Bernd ist nicht mit Ihrem chaotischen Chef zu vergleichen.« Er wurde kurz nachdenklich. »Obwohl es zumindest theoretisch eine Verbindung zwischen den beiden geben könnte. Jedenfalls aus der Sicht Ihres Chefs. Aber das erkläre ich Ihnen später, denn das hat mit unseren Ermittlungen nichts zu tun.«

Ich ließ es dabei bewenden, auch wenn ich im Laufe meines Berufslebens immer wieder zu hören bekam, dass dieses und jenes nichts mit den Ermittlungen zu tun habe, es am Ende aber doch so war.

4 AUF DER SUCHE NACH EINEM MOTIV

»Dann wollen wir uns jetzt mal an die Arbeit machen«, sagte ich zu Landgraf und stand auf. »Was oder wer steht als Erstes auf der Tagesordnung?«

Der Museumsleiter trank seine noch halb gefüllte Tasse aus und sagte: »Zunächst fahren wir zu Volker Schmidt, dem Leiter des Saalbaus. Normalerweise ist er um diese frühe Uhrzeit noch nicht an seinem Arbeitsplatz, aber seit Tagen laufen die Vorbereitungen für die beiden Veranstaltungen am Wochenende.«

Während wir die Wendeltreppe ins Erdgeschoss des Bibelhauses hinaufstiegen, meinte er: »Zum Saalbau ist es nur ein Katzensprung.« Sein Blick streifte wie zufällig kurz meinen Oberkörper. »Sie wollen wohl nicht zu Fuß gehen, oder?«

»Ich bin mit dem Auto hier, ich nehme Sie natürlich mit«, wich ich dem unangenehmen Sportprogramm geschickt aus.

»Und wo wollen Sie dort parken? In Bahnhofsnähe finden Sie auch um diese Uhrzeit keinen Parkplatz. Höchstens auf der Festwiese, aber das ist noch weiter weg als von hier.«

Um ein Haar hätte ich den Kardinalfehler begangen und ihm vorgeschlagen, zum Saalbau zu wandern. Schließlich ging es nur bergab. Aber gerade noch rechtzeitig fiel mir ein, dass wir ja irgendwann auch wieder zurückmussten. »Taxi?«, fragte ich vorsichtig. »Die Spesen können wir doch sicher beim OB geltend machen.«

Landgraf grinste. »Ich habe eine bessere Idee. Wir nehmen die Elektrofahrräder. Das Rad meiner Frau können Sie haben. Sind Sie schon mal E-Bike gefahren?«

»Ich habe seit Jahrzehnten ununterbrochen den 3er Führerschein«, antwortete ich ausweichend mit einem Anflug von Humor. Auf einem Fahrrad hatte ich schon lange nicht mehr gesessen, das musste er ja nicht wissen.

»Na dann«, sagte der Theologe lapidar. In einer ziemlich unaufgeräumten Garage zeigte er auf ein Damenmodell. »Ich hoffe, Sie kommen damit zurecht. Der Elektromotor schaltet zwar bei 25 Stundenkilometern ab, aber bergab kann das Rad allein durch sein Gewicht unerwartet schnell beschleunigen.« Auf das zusätzliche Gewicht des Fahrers ging er nicht ein.

»Die Bremsen reagieren ziemlich hart«, sagte er noch und reichte mir einen Helm. »Als Erwachsener sollte man immer ein Vorbild sein.«

Da dieses Argument nicht von der Hand zu weisen war, schließlich hatte ich selbst Kinder, setzte ich den Helm widerwillig auf.

»Nicht so schnell!«, rief er mir schon nach 100 Metern aus der Ferne zu, aber der Geschwindigkeitsrausch hatte mich längst im Griff. Dann erinnerte ich mich an die Bemerkung über die hart reagierenden Bremsen und machte die Probe aufs Exempel.

Als Landgraf eine halbe Minute später neben mir zum Stehen kam, zitterte ich immer noch wie ein Aal. Gegen die blockierende Bremse war eine Nahtoderfahrung ein

Klacks. Nur unter Aufbietung meiner ganzen Körperkraft konnte ich einen Salto über den Lenker verhindern. So musste es sich anfühlen, wenn bei einem Unfall im Auto der Airbag auslöste.

»Ich habe Sie gewarnt, Herr Palzki«, sagte Landgraf. »Sollten wir die Räder nicht besser den Rest des Weges schieben? Es sind ja nur noch ein paar Meter.« Wir standen kurz vor der Brücke, die über die Bahngleise führte. Gleich dahinter lag der Saalbau. Da ich zumindest für die nächsten Jahrzehnte genug vom Radfahren hatte, stimmte ich ihm zu.

Irgendwie reizte es mich, die Baustelle und den Tatort noch einmal in Augenschein zu nehmen.

»Nein, wir nehmen besser den anderen Weg«, kritisierte Landgraf, als er sah, welchen Weg ich einschlug. »Marc Weigel hat mir am Telefon gesagt, dass Joachim Specht im Laufe des Vormittags die Baustelle ein zweites Mal absuchen lassen will. Wir sollten es also nicht riskieren, ihm zu begegnen.«

»Das ist mir recht«, pflichtete ich ihm bei. »Weiß Specht eigentlich, dass Hamatschek vor seiner Ermordung den Saalbauleiter aufsuchen wollte?«

Landgraf hielt kurz inne und sah mich lächelnd an. »Woher soll er das wissen? Mich hat er nicht gefragt.«

Nachdem wir die Räder neben der Freitreppe gewissenhaft abgesperrt hatten, betraten wir das Foyer des Saalbaus. Eine Dame, die meinen Begleiter kannte, kam uns entgegen. »Kann ich Ihnen helfen, Herr Landgraf?«

»Wir sind mit Volker Schmidt verabredet«, erklärte dieser.

»Ich habe ihn vor Kurzem noch im Saal gesehen«, sagte sie und deutete auf eine offene Doppeltür. »Sonst müsste er in seinem Büro sein, Sie kennen doch den Weg?«

Landgraf bestätigte, und wir gingen in den Saal. Um ein Haar wären wir mit Joachim Specht zusammengestoßen, der gerade im Begriff war, den Saal zu verlassen. Atemlos starrte er uns wütend an. »Ja, das ist doch die Höhe!«, polterte er ohne Gruß los. »Habe ich mich gestern nicht deutlich genug ausgedrückt? Ich werde euch beide in Untersuchungshaft nehmen müssen, damit ihr mir nicht ständig über den Weg lauft und meine Ermittlungen stört.« Er baute sich direkt vor mir auf. »Wollten Sie Neustadt nicht bis auf Weiteres meiden?«

Weder Landgraf noch mir fiel spontan eine Notlüge ein. Während wir hilflos herumstotterten, kam uns der Zufall in Gestalt des Oberbürgermeisters zu Hilfe. In seiner Begleitung befanden sich drei junge Damen. Mein Begleiter erkannte die günstige Gelegenheit. »Es geht um die Proben für die Wahl der Pfälzischen Weinkönigin«, sagte er dreist zu Specht. »Wir sind auf Anregung von Marc Weigel gekommen«, ergänzte er mit einem flehenden Blick in Richtung des Oberbürgermeisters. Der verstand sofort und nickte. Auch ich erlaubte mir, die Wirksamkeit unserer Lüge zu untermauern: »Meine Frau hat mich quasi gezwungen, nach Neustadt zu fahren«, log ich den Polizeioberkommissar ohne schlechtes Gewissen an. Alternative Fakten hatten sich schließlich längst in Politik und Gesellschaft etabliert. »Herr Weigel war so nett und hat meiner Frau und mir gestern zwei Ehrenkarten für die Veranstaltung geschenkt. Heute Morgen hat er Herrn Landgraf angerufen und uns beide zur Probe eingeladen.«

»Genauso war es«, bestätigte der OB todernst.

Specht sah uns abwechselnd an, dann sagte er: »Und das soll ich glauben? Da läuft doch was hinter meinem Rücken.«

»Warum so aufgeregt, Herr Specht?«, versuchte der OB, ihn zu beruhigen. »Meine Aufgabe als Stadtoberhaupt ist es, die beiden Veranstaltungen am Wochenende reibungslos über die Bühne zu bringen, und Ihre Aufgabe ist es, den Mord an Hamatschek aufzuklären. Dass wir uns hier treffen, kann man nur als Zufall bezeichnen.«

Michael Landgraf hatte noch ein weiteres Argument im Köcher. »In meiner Funktion als Bruderschaftsmeister der Weinbruderschaft der Pfalz darf ich am Samstag die frisch gekrönte Weinkönigin bei der großen Pfalzweinprobe in den Saal führen. Da möchte ich die Kandidatinnen natürlich vorher kennenlernen.« Er ging auf die drei Damen zu und schüttelte jeder die Hand. »Ich freue mich, Sie begrüßen zu dürfen.«

Im Zusammenhang mit der von mir vermuteten »Sekte« der Weinbruderschaft prägte ich mir die neue Vokabel »Bruderschaftsmeister« ein. Ob Landgraf vielleicht doch ein doppeltes Spiel spielte? Bei nächster Gelegenheit musste ich mich unbedingt in die Materie einarbeiten.

Der stellvertretende Leiter der Kriminalpolizei hatte inzwischen so viele Begründungen für unsere Anwesenheit gehört, dass er sie nicht mehr ignorieren konnte. »Dann akzeptiere ich es halt so«, sagte er und klang wenig überzeugt. »Aber wenn ich einen von Ihnen in der Nähe des Tatorts erwische, ist er fällig.« Symbolisch packte er seine grimmigste Mimik aus und verschränkte die Hände. Dann ging er sichtlich verärgert in Richtung Foyer.

»Schon was rausgefunden?«, fragte der OB leise.

»Es ist noch keine Stunde her, dass wir telefoniert haben«, entgegnete Landgraf. »Herr Palzki und ich sind zwar ziemlich gut, aber hexen können wir nicht.«

»Das habe ich auch nicht so gemeint«, ruderte Marc Weigel zurück. Mit einem seligen Blick zu den drei Damen fügte er hinzu: »In ein paar Minuten beginnen wir mit der Vorprobe. Wollt ihr zuschauen?«

»Das geht leider nicht«, widersprach ich schnell, bevor mein Aushilfsermittler unseren straffen Zeitplan durcheinanderbrachte und sich die Überstunden häuften. »Wir wollen zu Herrn, äh, zum Saalbauleiter.«

»Warum denn das?«, fragte der OB überrascht. »Hatten wir nicht vereinbart, den Saalbau und die Veranstaltungen möglichst unbehelligt zu lassen und nicht mit dem Mord in Verbindung zu bringen?«

»Ausschlussverfahren«, sagte ich knapp. Schon gestern war es mir seltsam vorgekommen, dass der OB zwar unabhängige Ermittlungen durch Landgraf und mich initiierte, diese aber in eine bestimmte Richtung zu manipulieren versuchte. »Keine Sorge. wir arbeiten in Ihrem Sinne«, beruhigte ich Marc Weigel mit einer unverbindlichen Standardfloskel.

»Eine von den dreien wird am Freitag zur neuen Pfälzischen Weinkönigin gekürt«, meinte Landgraf, nachdem wir uns verabschiedet hatten und auf dem Weg zur Bühne waren. »Wie ist Ihr erster Eindruck?«

»Ich gebe nichts auf meinen ersten Eindruck von Menschen.« Ich hatte mich schon zu oft geirrt. Die Vielfalt des Lebens war viel zu komplex, um Menschen nach ihrem Äußeren beurteilen zu können.

»Am Freitag werden Sie Gelegenheit haben, mehr über die Kandidatinnen zu erfahren«, fuhr Landgraf unbeirrt

fort. »Dann geht es um mehr als um Äußerlichkeiten.«
Er öffnete eine unscheinbare Tür links neben der Bühne,
und wir landeten in einem Treppenhaus. »Wir müssen ein
Stockwerk höher.«

In diesem Trakt befanden sich einige Büros, darunter
auch das von Volker Schmidt.

Landgraf klopfte an die offene Tür. »Hallo, Volker, können wir reinkommen?«

»Nur rein in die gute Stube«, begrüßte uns Schmidt,
der für seine Position erstaunlich jung war. Er deutete
auf eine Sitzgruppe am Fenster. »Kaffee?«

»Ajo«, sagte Landgraf auf Pfälzisch, und ich nickte
zustimmend.

Die Kanne stand schon auf dem Tisch, er hatte uns
erwartet.

»Schmeckt gut«, stellte ich nach dem ersten Schluck fest
und meinte es auch so. Was für eine Wohltat nach Landgrafs Koffeinschock.

»Traurig, was passiert ist«, begann Schmidt, nachdem
er sich zu uns an den Tisch gesetzt hatte. »Ich kannte
Jochen Hamatschek allerdings kaum. Weiß man schon
etwas über die Hintergründe?«

»Wir sind völlig ratlos«, antwortete Landgraf. »Vielleicht kannst du uns weiterhelfen.«

»Natürlich. Ich bin zwar gerade sehr beschäftigt, aber
sag, wie kann ich helfen? Mit der Baustelle vor dem Saalbau haben wir leider nichts zu tun.«

»Es geht weniger um die Baustelle als um Herrn Hamatschek«, erklärte ich ihm. »Er war doch gestern bei Ihnen,
kurz bevor er ermordet wurde?«

»Bei mir?«, fragte Schmidt verdutzt. »Das muss ein
Irrtum sein. Ich habe ihn schon lange nicht mehr gese-

hen. Halt, halt, vor ein paar Wochen war er tatsächlich bei mir.« Schmidt überlegte kurz. »Er war dabei, ein Buch über die Geschichte des Saalbaus zu schreiben, und hat Archivmaterial gesucht. Bei mir war er aber an der falschen Adresse. Ich habe ihn an das Stadtarchiv verwiesen, aber das Archiv kannte er natürlich.«

Damit gab sich Landgraf nicht zufrieden. »Er war gestern Vormittag bei mir und hat mir einige Unterlagen gezeigt. Ich habe ihn dann zu dir geschickt, weil ich ihm nicht helfen konnte.«

»Ich glaube, ich weiß, was du meinst«, sagte Schmidt und stand auf. Er ging zu seinem Schreibtisch und zog ein vergilbtes Heft aus einer Schublade. *Geschichte des Neustadter Saalbaus* war zu lesen und die Jahreszahl 1958. »Das Heft ist von Richard Uhrig, dem damaligen Geschäftsführer der *Saalbau AG*. Ich habe es vor einiger Zeit beim Aufräumen in einem Schrank gefunden.«

»Das meinen wir nicht«, erklärte ich dem Saalbauleiter. »Hat Hamatschek dieses Heft gekannt?«

»Natürlich, ich habe es für ihn kopiert«, bestätigte Schmidt. »Das ist ja keine geheime Verschlusssache. Das Heft war das Einzige, womit ich ihm helfen konnte.«

Landgraf zog die Kopien über die Grundsteinlegung des alten Saalbaus und die Einweihung aus der Tasche und zeigte sie Schmidt. Der wurde sofort blass und stammelte: »Wo, äh, wo hast du das her? Das kann doch nicht sein.«

»Hamatschek hat sie mir gestern gezeigt. Hast *du* ihm die Kopien gegeben?«

»Nein!« Schmidt reagierte heftig und viel zu laut. »Ich habe die Originale erst Tage nach seinem Besuch gefunden.«

»Die sind von Ihnen?«, nahm ich den Ball auf. »Wo sind die Originale, und wie ist Hamatschek an die Kopien gekommen?«

Volker Schmidt versuchte, das Zittern seiner Hände sowie seine Stimme unter Kontrolle zu bringen. »Ich weiß es nicht«, sagte er schließlich. »Okay, ich erzähle am besten die Geschichte von Anfang an.« Er trank seine Tasse leer, dann begann er zu sprechen. »Ich habe das Heft für Jochen Hamatschek kopiert – so weit, so gut. Bis dahin hat mich das alte Heft nicht interessiert. Nach seinem Besuch wurde ich neugierig, habe es gelesen und fand es stellenweise sehr interessant. Daraufhin durchsuchte ich weitere alte Schränke, Kartons und Kisten in unserem Lager. Dabei bin ich auf die Originale der Grundsteinlegung und der Einweihung gestoßen.«

»Und wo sind die jetzt?«, unterbrach Landgraf.

Schmidt zuckte mit den Schultern. »Sie sind vor Kurzem gestohlen worden. Hier aus meinem Büro. Die Papiere lagen offen auf meinem Schreibtisch.«

»Wer kann das gewesen sein?«, fragte ich sofort. »Und wem haben Sie von den Dokumenten erzählt?«

»Eigentlich alle, die hier arbeiten«, sagt Schmidt. »Sogar der eine oder andere Besucher kommt theoretisch infrage, mein Chef, der Oberbürgermeister, mehrere Stadträte wie Herr Landgraf, die hier Aufsichtsratssitzung hatten, und ...« Er hielt kurz inne. »Mein Büro ist die meiste Zeit geöffnet – das kann also jeder gewesen sein, der sich im Saalbau aufhielt.«

Landgraf kam auf den zweiten Teil der Frage zurück. »Wem hast du von den Unterlagen erzählt?«

»Darüber muss ich nachdenken«, sagte Schmidt. »Auch da kommt sicherlich eine ganze Reihe von Leuten in

Betracht. Es sind ja schließlich keine geheimen Dokumente von besonderem Wert, die ich gefunden habe.«

»Gab es außer den beiden genannten noch weitere Dokumente?«

»Ich fand noch ein paar alte handgeschriebene Briefe und solche Sachen, die kaum zu entziffern waren«, erklärte Schmidt. »Aber nichts Offizielles oder offensichtlich Wertvolles.«

»War da zufällig ein Grundriss dabei?«, fragte ich. »Ein Kellerplan?«

Mit weit aufgerissenen Augen starrte mich Schmidt an. »Wie kommen Sie denn auf so etwas, Herr Palzki? Nein, ich habe keinen Plan gefunden. Wie gesagt, nur handgeschriebene Dokumente wie Briefe. Aber warum diese Frage? Suchen Sie einen Plan?«

»Hamatschek hat mir einen Umschlag gezeigt«, übernahm Landgraf das Gespräch. »Er meinte, darin sei ein Plan vom Keller des ursprünglichen Saalbaus. Weißt du etwas darüber?«

Volker Schmidt schaute überrascht. »Das ist das erste Mal, dass ich davon höre. Hamatschek hat mich auch nicht auf den Keller angesprochen. Ich habe auch keinen Plan vom alten Saalbau …« Er hielt inne. Dann blätterte er in dem Heft von 1958. »Da steht einiges über die frühere Nutzung des Saalbaus drin«, erklärte er. »Einige Passagen beziehen sich auf den ehemaligen Keller. Ist das für euch wichtig?«

Ich war froh, dass Landgraf ihm nicht die Hintergründe verriet, sondern der Frage geschickt auswich. »Das wissen wir noch nicht. Fakt ist, dass Hamatschek den Umschlag nicht mehr bei sich hatte, als er ermordet wurde. Die Kopien der Grundsteinlegung und der Einweihung hingegen schon.«

»Ich fürchte, da kann ich nicht helfen«, sagte Schmidt. »Bei meiner Suche im Lager habe ich jedenfalls keinen Plan gefunden. Was ich euch bieten kann, ist ein Plan vom jetzigen Ausbauzustand des Saalbaus. Ich kann euch auch durch alle Kellerräume führen, aber ihr werdet enttäuscht sein. Dort unten gibt es nichts Geheimnisvolles, keine versteckten Ecken oder Nischen.«

Landgraf sah mich an. »Was meinen Sie, Herr Palzki, sollen wir eine Führung durch den Saalbau machen?«

»Das nehmen wir auf Wiedervorlage«, bügelte ich dieses sicherlich zeitraubende Ansinnen ab. »Wir melden uns, wenn wir in den nächsten Tagen nicht weiterkommen, Herr Schmidt. Dann sehen wir uns die Kellerräume an.«

»Wie Sie wünschen, Herr Palzki. Nächste Woche wäre mir am liebsten, dann sind die Veranstaltungen vorbei, aber ich glaube nicht, dass Sie bei Ihrer Mörderjagd darauf Rücksicht nehmen. Da fällt mir gerade ein: Weiß Herr Specht eigentlich, dass Sie ebenfalls in diesem Fall ermitteln?«

Landgraf schaute Schmidt direkt an. »Nein. Und er braucht es auch nicht zu wissen. Hast du ihm etwas verraten?«

Schmidt rollte mit den Augen. »Natürlich nicht. Er hat die Dokumente auch gar nicht erwähnt. Er fragte mich nur, ob ich oder ein anderer Mitarbeiter etwas mit der Baustelle zu tun hätten. Eigentlich eine absurde Frage, und dann war er auch schon wieder weg.«

»Dafür sind wir umso gründlicher«, sagte Landgraf und stand auf. »Kannst du uns bitte dieses Heft auch kopieren?«

Volker Schmidt grinste. »Ich kann es dir sogar mailen. Nachdem ich mich dafür interessiert und zu lesen begonnen hatte, störten mich die vielen Stockflecken. Deshalb habe ich das Heft eingescannt.«

»Das ist sogar noch besser«, lobte Landgraf. »Du hast ja meine E-Mail-Adresse.«

Der Saalbauleiter begleitete uns nach unten und ließ uns durch einen Seitenausgang hinaus. »Ich schließe gleich auf, in ein paar Minuten kommt der Caterer mit einer größeren Lieferung.«

Nach einer kurzen Verabschiedung führte mich Landgraf über den Bahnhofsvorplatz. Ich war erstaunt, dass um diese Zeit schon einige Getränkestände der *Haiselscher*, wie man die im Fachwerk gestalteten Buden des Weinlesefestes auf Pfälzisch nannte, geöffnet hatten. »Für eine Schorle oder einen Schoppen Wein ist es mir noch zu früh«, meinte mein Begleiter. »Oder möchten Sie etwas trinken?«

»Auf keinen Fall«, antwortete ich und dachte daran, dass ich bestimmt wieder einen sauren Wein erwischen und sofort an Sodbrennen sterben würde. »Wohin gehen wir als Nächstes?«

Landgraf deutete auf eine Unterführung. »Wir müssen nur die Straße unterqueren, um in die Altstadt zu gelangen. Aber keine Angst, unser Ziel ist in Sichtweite.« Er wies auf ein Gebäude gegenüber dem Saalbau. »Da drin ist das Büro der Tourist-Info. Martin Franck ist der Geschäftsführer, übrigens auch der Vorgesetzte von Volker Schmidt, denn die *Tourist, Kongress und Saalbau GmbH*, wie sie korrekt heißt, ist auch für den Saalbau zuständig.«

Vor der ersten Stufe des Tunnelabgangs blieb ich abrupt stehen. Mein Blutdruck explodierte, und das Adrenalin schoss mir förmlich durch den Schädel. Von einer Sekunde auf die andere wusste ich, dass sich jetzt wieder alles ändern würde.

Landgraf bemerkte meinen Schock sofort. »Um Himmels willen, Herr Palzki, was ist denn mit Ihnen los? Haben Sie einen Schlaganfall?«

Da ich mich immer noch nicht bewegen konnte, versuchte Landgraf, zunächst einen nichtmedizinischen Grund zu finden. »Ist es die Treppe oder der Tunnel unter der Hauptstraße? Leiden Sie unter Klaustrophobie, oder sind es zu viele Stufen? Wir können auch zur Fußgängerampel gehen, das ist nur ein kleiner Umweg.«

»Da, da …« Mit zitternder Hand deutete ich auf den Saalbau.

5 EIN TOLLER TAG FÜR ALLE WEINTRINKER

»Ein Doppeldeckerbus«, erkannte Landgraf und sah mich an. »Was ist daran so ungewöhnlich?«

Der rote Bus stand in der Nähe der Baustelle. »Lesen Sie die Werbung an der Seite des Busses«, stöhnte ich in seine Richtung. Jetzt entdeckte ich zwei Personen, die ich leider nur zu gut kannte und die meine Vermutung über den Besitzer des Busses bestätigten.

Landgraf kannte das Duo zwar ebenfalls von unserem letzten Abenteuer vor der Stiftskirche, hatte aber in den letzten Jahren keinen so aufdringlichen und vor allem häufigen Kontakt wie ich. Völlig sorglos las er vor:

Warscht uffem Woifescht
kannscht net laafe,
willschder a kä Taxi kaafe.
Nemmscht des Audo,
des is kä Problem,
muscht vorher blos zum Metzger gehn

»Was hat das zu bedeuten?«, fragte er, weil er das Ende der Welt immer noch nicht begriffen hatte.

»Doktor Metzger«, keuchte ich.

»Meinen Sie diesen verrückten Notarzt?«, fragte Landgraf. »Der fährt doch so ein komisches Wohnmobil, in dem er operiert.«

Ich nickte. Doktor Matthias Metzger hatte vor Jahren seine Kassenzulassung als Notarzt zurückgegeben und fuhr seitdem mit seiner mobilen OP-Klinik durch die Region rechts und links des Rheins, um seine Kunden, wie er die Patienten nannte, mehr oder weniger erfolgreich zu behandeln. Natürlich nur *privat* und *schwarz*, das war seine Devise. Wie durch ein Wunder schien es genügend Kunden zu geben, die seine medizinischen Eingriffe überlebten und durch Mundpropaganda für einen wachsenden Kundenstamm sorgten. Ich hatte keine Ahnung, wie er die überlebenden Kunden dazu motivierte, denn das Innere seines OP-Mobils war ein Kabinett des Grauens. Hygienische Zustände wie bei einer mittelalterlichen Pestepidemie waren das eine, das andere waren seine abstrusen und hochgefährlichen Angebote, die weder in der Schulmedizin noch in einer noch so wirkungslosen Naturheilkunde einen Platz hatten.

Seit einiger Zeit hatte er mit Günter Wallmen einen Arztkollegen an Bord, der als Oberarzt in einem Speyerer Krankenhaus arbeitete. Da dieser unter seiner fehlenden Promotion litt, hatte er ein Sabbatjahr genommen, um gemeinsam mit seinem Freund Metzger medizinische Angebote zu kreieren. Als Dank für seine Hilfe schrieb ihm Metzger, der sich in der Karibik einen Professorentitel erschlichen hatte, die gewünschte Doktorarbeit.

»Was machen die mit dem Bus?«, riss mich Landgraf aus meinen schrecklichen Gedanken.

»Keine Ahnung«, antwortete ich, hatte aber eine Vermutung. »Vor ein paar Wochen haben die baden-württembergischen Kollegen Metzgers OP-Mobil vorübergehend stillgelegt, ich glaube, wegen mangelnder Profiltiefe der Reifen. Dann haben sie sich die Jacht meines Chefs geliehen, die sie kurz darauf auf einer Insel im Speyerer Reffenthal schrottreif gefahren haben.«

»Sie meinen Ihren kürzlich abgeschlossenen Fall mit dem dubiosen Jachthafen in Worms und der Jacht Ihres Chefs im Jachthafen von Speyer? Ich habe davon in der Zeitung gelesen.«

»Genau«, bestätigte ich. »Seitdem habe ich zum Glück nichts mehr von den beiden gehört.«

»Die sind verrückt«, wiederholte Landgraf. »Ich frage mich immer noch, wie sie es schaffen, ihre mit Sicherheit kriminellen Dienste ungestört an den Mann und die Frau zu bringen. Wenn ich daran denke, was die beiden auf dem Neustadter Marktplatz angeboten haben …«

Ich machte die bekannte Fingerbewegung für Geld. »Nicht nur für eine Schlosserei oder eine Autowerkstatt gehört das Schmieren zum Tagesgeschäft.«

»Palzki!«, schrie es in diesem Moment aus Richtung des Doppeldeckerbusses. Der Notarzt hatte mich entdeckt. Im Umkreis von 100 Metern blickten alle Passanten in seine Richtung. Sein extrem lautes Organ war waffentauglich. Da der Bus nicht weit von dem Tatort entfernt stand, erregte er mein Misstrauen. Gab es einen Zusammenhang mit dem Mord? Wie von einem Magneten angezogen, ging ich auf Metzger zu, obwohl ich das sonst immer zu vermeiden suchte. Als Kriminalbeamter war ich es gewohnt, meine unmittelbare Umgebung im Auge zu behalten, sodass mir ungewöhnliche Dinge früher auffielen als dem Normalbürger. Der dicke Wasserschlauch, der vom Bus bis zu einem Kellerfenster des Saalbaus reichte und wie ein Feuerwehrschlauch aussah, war mir sofort aufgefallen. Hatten die beiden Pseudomediziner ein Hallenbad eröffnet?

»Mir war sofort klar, dass die Leiche ermordet wurde und Sie wieder ermitteln müssen«, brüllte Metzger jetzt über den Platz, was natürlich auch die anderen Passanten hörten.

»Ruhe«, zischte ich ihm zu, als wir ihn erreichten. »Woher wissen Sie überhaupt von dem Toten?«

Metzger drehte sich um und rief seinem Kumpel zu, der vor dem Eingang des Busses stand: »Günter, hast du schon gesehen, wer uns besucht? Komm her und begrüße unseren Lieblingskommissar.«

Günter Wallmen, der einen Kittel trug, den man im Gegensatz zu dem völlig verdreckten von Metzger tatsächlich noch als weiß bezeichnen konnte, kam auf uns zu. »Guten Tag, Herr Palzki«, begrüßte er mich und nickte meinem Begleiter zu. »Schön, Sie wiederzusehen.«

»Babbel net«, fiel Metzger ihm ins Wort. »Palzki ist auf Mörderjagd. Aber warum waren vorhin so viele Neustadter Polizisten am Tatort? Die kannten uns doch gar nicht und wollten uns sogar verbieten, unseren Bus an dieser Stelle zu parken. Als ob Günter und ich uns um Verbote scheren würden.«

Auf seine Provokationen ging ich nicht ein, es hätte auch keinen Sinn gehabt. »Was haben Sie mit dem Toten zu tun?«

Der Notnotarzt schaute einen Moment ungläubig, dann brüllte er sein berüchtigtes Frankenstein-Lachen. »Günter, hast du gehört? Palzki verdächtigt uns schon wieder, jemanden über eine Klippe gestoßen zu haben.« Er sah mir fest in die Augen: »Herr Palzki, Günter und ich haben den Hippokratischen Eid geschworen. Das ist zwar schon ein paar Jahre her, aber wir fühlen uns immer noch daran gebunden, Leben zu retten und nicht zu zerstören. In den meisten Fällen gelingt uns das auch, gerade weil wir manchmal unorthodoxe Behandlungsmethoden anwenden. Und ja: Dabei kann auch mal etwas schiefgehen, wie das in der experimentellen Forschung eben so ist.«

»Wir sind immer auf der Suche nach einer neuen, innovativen und nobelpreisverdächtigen Behandlungsmethode«, warf Wallmen ein. »Was das Fachgebiet angeht, haben wir uns keine Beschränkungen auferlegt, wir sind eben echte Allroundmediziner der alten Schule.«

»So ist es, Palzki. Um es kurz zu machen: Wir haben nichts mit Ihrer Leiche zu tun. Wir haben es nur von den Polizisten erfahren, die uns von diesem genialen Ort vertreiben wollten.«

»Mein Doktorvater hat recht«, bestätigte Wallmen. »Wir mussten zunächst ein anderes Hilfsprojekt abschließen, deshalb konnten wir nicht von Anfang an beim Weinlesefest dabei sein. Ab heute bieten wir unseren neuen Service erstmals und exklusiv in Neustadt an. Ich habe bereits begonnen, einen Businessplan zu schreiben, um das Ganze als Franchise-System aufzubauen. Es gibt überall so viele Menschen in akuten Notsituationen, denen wir helfen könnten. Selbst im Worst Case werden wir in kurzer Zeit Millionäre sein.«

»Und warum der Wasseranschluss?«, fragte ich, wohl wissend, dass es etwas mit der neuen Dienstleistung zu tun hatte.

»Wegen des hohen Wasserverbrauchs«, begann Wallmen seine Erklärung. »Nachdem wir Diefenbachs Jacht versehentlich versenkt hatten, waren wir vorübergehend ohne Einsatzzentrale. Wir können unsere medizinischen Leistungen ja nicht dauerhaft unter freiem Himmel anbieten. Da kam uns dieser Doppeldeckerbus gerade recht, den wir im Hinterhof eines Gebrauchtwagenhändlers entdeckten. Leider ohne TÜV und mit ein paar gravierenden Problemen in der Lenkung und der Bremsanlage, aber solche Kleinigkeiten haben wir schon früher immer im Do-it-yourself-Verfahren gelöst. Als Chirurg, der mit Handkreissäge und Hammer umgehen kann, kann ich natürlich auch schweißen. Die Lenkung funktioniert wieder fast wie neu, an die Bremsen muss ich bei Gelegenheit noch mal ran.«

»Und der TÜV?«, unterbrach ich ihn.

Wallmen winkte ab. »Der Bus hat schon lange keine Papiere mehr, der Vorbesitzer wollte ihn vor Jahrzehnten verschrotten lassen, das war ihm wohl zu teuer. Und dem Händler hat das Ungetüm viel Platz auf seinem Hof weggenommen.«

»Mein Kumpel Ralph hat früher beim TÜV gearbeitet«, erzählte Metzger. »Der kommt heute noch günstig an die Plaketten ran. Mehr braucht man eigentlich nicht. Wann hat Sie die Polizei das letzte Mal kontrolliert und den Fahrzeugschein verlangt? Das muss doch Jahre her sein, oder?«

»Das ist nur vorübergehend«, ruderte Wallmen zurück. »Sobald uns die baden-württembergischen Halunken unser OP-Mobil zurückgeben, verkaufen wir den Bus mit ordentlichem Gewinn. Vielleicht gründen wir vorher noch eine Firma, die unsere geniale Erfindung vermarktet.«

»Dann weiß ich ja jetzt Bescheid«, unterbrach ich den Redefluss der beiden Ärzte.

»Aber wir haben Ihnen doch noch gar nicht unsere Neuheit vorgestellt«, wehrte Wallmen meine unausgesprochene Bitte ab, das Gespräch zu beenden. »Nachdem der Doppeldeckerbus einsatzbereit war, führte uns unsere erste Fahrt in eine der Kliniken der Region. Dort kennt man uns überall, sodass wir uns mehr oder weniger frei bewegen können. In den kaum gesicherten Räumen der Ambulanz haben wir wie üblich Nahtmaterial, Lokalanästhetika, sterile Kompressen und Gipsbinden besorgt. Das sind wir unseren Kunden im Sinne der *Hygiene* schuldig.«

Ich wunderte mich, dass es das Wort *Hygiene* in den aktiven Wortschatz der beiden geschafft hatte.

»In einem etwas abgelegenen Raum, die Tür stand mindestens einen Spalt offen und war nicht einmal abgeschlossen, fanden wir drei Dialysegeräte. Nagelneu, Stückpreis nicht unter 25.000 Euro. Und jetzt frage ich Sie, was wollen Sie mit einer Dialyse in einer Ambulanz?« Er wartete zwei, drei rhetorische Sekunden, bevor er fortfuhr: »Matthias war sofort dafür, dass wir die Geräte mitnehmen. Später haben wir bei einem Morgenbier überlegt, wie wir die Dialysegeräte zum Wohle der Menschheit und unseres Geldbeutels einsetzen können.«

»Nach dem vierten oder fünften Bier kam die Erleuchtung«, sagte Metzger. »Wir haben eine einzigartige Marktlücke entdeckt, ein echtes Alleinstellungsmerkmal. Vor uns ist noch niemand auf die Idee gekommen, den Besuchern eines Weinfestes oder einer anderen Veranstaltung, bei der reichlicher Alkohol fließt, eine Kurzdialyse anzubieten. Normalerweise werden im menschlichen Körper pro Stunde etwa 0,2 Promille Alkohol abgebaut, bei uns gehen die Kunden nach 30 Minuten völlig nüchtern nach Hause. Kein Kater, keine Übelkeit, kein Stress mit dem

Ehepartner und vor allem: keine Angst mehr vor einer Polizeikontrolle!«

»Ist das nicht der Hammer!«, sagte Wallmen und reichte mir einen Werbeprospekt. »Sogar ein kleines Blutbild ist in unserem relativ günstigen Preis enthalten. Sie können jetzt auf dem Fest trinken, so viel Sie wollen. Danach steigen Sie in unseren Bus und eine halbe Stunde später sind Sie wieder so gut wie nüchtern. Ist das nicht der Knaller? Sobald sich das Weinlesefest nachher füllt, werde ich unsere Flyer an den Getränkeständen verteilen. Das wird auch den Getränkeverkäufern gefallen, das steigert bestimmt den Umsatz.«

Michael Landgraf schaute mich verdutzt an. Ich gab ihm den Flyer.

»Was sind das für Preise auf der Rückseite?«, fragte er vorsichtig.

»Das ist unsere optionale Preisliste«, erklärte Wallmen. »Elektrolytlösungen mit wahlweise pflanzlichen oder tierischen Extrakten gegen Kater sowie …«

»Das reicht uns als Information«, unterbrach ich ihn. »Wozu brauchen Sie den Wasseranschluss? Wissen die Leute vom Saalbau davon?« Diese Frage blieb bisher unbeantwortet.

»Natürlich, Herr Palzki«, antwortete der Notnotarzt Metzger ungewohnt förmlich. »Wasser ist für die extrakorporale Dialyse unabdingbar. Für jeden lustigen Zecher gehen locker 200 bis 400 Liter drauf. Mit dem Wasser kommt der Dialysepatient indirekt über sein Blut in Berührung. Demnach sind besonders hohe Anforderungen an die Wasserqualität zu stellen. Aus Hygienegründen können wir daher nicht jeden beliebigen Gartenbrunnen anzapfen. Es gäbe nur eine schlechte Presse, wenn unsere Kunden zwar

gut nach Hause kommen, aber am nächsten Tag im Silber-
pfeil von der Pietät zu Hause abgeholt werden und ihren
frisch geretteten Führerschein nicht mehr genießen können.« Metzger gab eine kurze Kostprobe seiner Franken-
steinlache, bevor er weitererzählte. »Wir sorgen vor und
beziehen völlig ausreichende Filtersysteme, die sich seit
Jahren im Bereich der Aquarienliebhaber bewährt haben.
Das Modell *GOF Aquaklar 1103 RikkiWal* aus Costa Rica
hat sich als Produkt erwiesen, bei dem die Kosten-Nutzen-
Schere nicht so weit auseinanderklafft.«

Wallmen mischte sich ein. »Wir hatten dort im Vor-
feld unsere Praktikantin unter dem Decknamen ›Filia‹
eingeschleust, damit sie über die USA und Kanada eine
medizinische Zertifizierung erreicht. Ein kreativer Kopf
in Toronto, der sich Mister Marti nennt, verschickt uns
die Filter als Medizinprodukt steuerfrei nach Deutschland. Also alles im Rahmen des deutschen Medizinpro-
duktegesetzes.«

»Und das Wasser selbst kostet uns keinen Cent«, übernahm nun wieder Metzger. »Wir haben mit dem Leiter des
Saalbaus einen Deal ausgehandelt. Eine Hand wäscht die
andere.« Er trat einen Schritt näher und senkte die Stimme.
»Aber sein Chef darf nichts davon erfahren. Die beiden
scheinen sich nicht besonders zu mögen.«

Ich wandte mich erschüttert an Landgraf. »Können wir
jetzt zu Martin Franck gehen?«

»Das ist der Name seines Chefs«, sagte Metzger erstaunt.
»Bitte sagen Sie ihm nichts. Wir wollen nämlich nächstes
Jahr wiederkommen, wenn das Geschäft brummt. Günter und ich wollen in Zukunft an den Wochenenden über
die Weinfeste tingeln. Schließlich wollen wir nicht bis
60 arbeiten müssen. Das frühe Aufstehen nervt.«

Günter Wallmen lachte. »Matthias war erstaunt, als er letzte Woche ausnahmsweise mal früher aufstehen musste und dabei feststellte, dass es um 11 Uhr morgens schon hell ist.«

»Wir gehen jetzt«, sagte ich laut zu Landgraf, um weiteren verbalen Eskapaden der beiden Pseudomediziner zu entgehen. Wie gut, dass ich als Beamter privat versichert war.

»Wollen Sie nicht noch einen Blick in unseren …«

»Nein!«, unterbrach ich Metzger streng. »Wir haben einen wichtigen Termin.«

»Wie Sie meinen«, erwiderte er. »Wir wären Ihnen sehr dankbar, wenn Sie diesen Mordfall so schnell wie möglich aufklären würden, Palzki. Günter und mich macht es schon ein wenig nervös, wenn so viele uns unbekannte Polizisten in unserer unmittelbaren Umgebung herumschwirren. Wir haben zwar grundsätzlich nichts zu verbergen, aber man weiß nie, auf welche Gedanken ein nicht ausgelasteter Beamter kommen kann.«

Um den Dialog endgültig zu beenden, hob ich den Arm und zog gleichzeitig mit dem anderen Landgraf zur Seite. »Wir müssen zur Unterführung.« Damit bewies ich meinem Begleiter, dass ich nicht unter Platzangst litt.

»Wahnsinn«, murmelte Landgraf, als wir die Treppe hinuntergingen. »Können Sie die beiden nicht einsperren?«

»Ich bin leider ein Vertreter der Exekutive, da müssen Sie sich an einen Richter wenden. Aber grundsätzlich stimme ich Ihnen zu.« Um von diesem unangenehmen Vorfall abzulenken, wechselte ich das Thema. »Ich fand es übrigens sehr gut, dass Sie Herrn Schmidt keine detaillierten Hintergründe genannt haben. Ich möchte ja nicht, dass wir es nach unseren Gesprächen mit einem ganzen Heer von Schatzsuchern zu tun haben. Die Sache mit der angeblichen Legende sollten wir vorerst für uns behalten.«

»Aber natürlich«, freute sich Landgraf sichtlich über das Lob. »Bei unserem letzten Fall habe ich von Ihnen viel über Ermittlungstaktik gelernt. Ich bin sehr gespannt, was Martin Franck weiß.«

Wir betraten die Tourist-Info, die sich an einem Platz neben einem Einkaufszentrum am Anfang einer schmalen Fußgängerzone befand.

Die lange Theke war dicht umlagert, zwei Damen dahinter waren sichtlich bemüht, die gewünschten Informationen zu geben beziehungsweise zu verteilen. An mehreren Stellen standen oder hingen Ständer mit den verschiedensten Werbeprospekten. Landgraf übernahm die Führung, und wir gingen nach hinten in einen zweiten Raum. In diesem Büro saß eine Dame, die sofort von meinem Begleiter begrüßt wurde. »Guten Tag, wir sind leider ein paar Minuten zu spät, weil wir aufgehalten wurden. Ist der Chef frei?«

»Gehen Sie gleich durch in sein Büro, er wartet auf Sie. Möchten Sie einen Kaffee?«

Während Landgraf sofort bejahte, fragte ich, ob ich alternativ ein Wasser bekommen könnte, denn mein Blutdruck war nach der Begegnung mit den beiden Notärzten immer noch jenseits von Gut und Böse.

Nach der Begrüßung durch den Geschäftsführer setzten wir uns an einen Tisch.

»Eine tragische Tat«, sinnierte Martin Franck und erklärte ungefragt: »Ich hätte allerdings den Mord von meinem Bürofenster aus gar nicht sehen können, selbst wenn ich gestern in Neustadt gewesen wäre.« Er deutete auf das Fenster, durch das man auf den Beginn der Fußgängerzone schauen konnte.

»Hat einer Ihrer Mitarbeiter etwas gesehen?«

»Gute Frage, Herr Palzki. Daran habe ich noch gar nicht gedacht. Das werde ich gleich nachholen und die Polizei informieren, falls jemand etwas Verdächtiges gesehen hat.«

»Sag das lieber uns«, widersprach Landgraf. »Marc Weigel will auf dem kleinen Dienstweg informiert werden, und ich stehe in ständigem Kontakt mit ihm.«

Franck seufzte. »Er hat mich heute schon zweimal angerufen. Ich weiß nicht, was er von mir will. Wahrscheinlich hat er Angst, dass die Wahl am Freitag und die große Pfalzweinprobe am Samstag beeinträchtigt werden könnten. Ich habe dem OB versichert, dass ich alles tun werde, um den Saalbau aus den Ermittlungen herauszuhalten.«

Ich merkte von der ersten Sekunde an, dass der Geschäftsführer sehr nervös war und ständig seine Hände knetete. Leider wusste ich nicht, ob diese Nervosität etwas mit der Tat zu tun hatte. Als gutem Kriminalbeamten war mir aufgefallen, dass Franck uns ungefragt erklärt hatte, er sei zur Tatzeit nicht in Neustadt gewesen. Seine Aussage war natürlich recht vage. Das würde ich bei passender Gelegenheit genauer untersuchen. Im Moment kannten wir noch nicht einmal die Tatzeit.

»Was wollte Herr Hamatschek von Ihnen?«, fragte ich Franck ohne Vorwarnung.

»Von mir?«, reagierte er überrascht. »Aber ich war doch gestern gar nicht …«

»Wann haben Sie ihn denn zuletzt gesehen?« Ich ließ
ihm keine Zeit, darüber nachzudenken.

»Ach, das meinen Sie? Lassen Sie mich überlegen, vor
ein, zwei Wochen habe ich ihn zufällig …«

»Und gestern?«

»Gestern?« Der Geschäftsführer wirkte perplex. Auch
Landgraf schaute mich überrascht an, denn ich war ziemlich aggressiv.

»Gestern Nachmittag und den ganzen Abend war ich
nicht in …«

»Das interessiert mich jetzt nicht«, unterbrach ich ihn.
»Was war davor, als Sie noch in Neustadt waren? Hamatschek war bei Ihnen, stimmt das?«

Franck zuckte zusammen, man sah ihm trotz seiner
Nervosität an, dass er sich ertappt fühlte. »Ach, das meinen Sie? Ja, genau, Sie haben recht. Der Herr Hamatschek
war gestern Vormittag bei mir. Aber nur ganz kurz, ich
war eigentlich schon auf dem Weg nach …«

»Bleiben wir erst einmal in Neustadt«, sagte ich. »Was
wollte er von Ihnen?« Ich hatte längst eine Ahnung, aber
ich wollte es vom Geschäftsführer selbst hören.

Franck trank einen Schluck Kaffee und zitterte dabei
so heftig, dass ein Schwall des Getränks auf der Tischplatte landete. Mit einer Serviette wischte er den Fleck weg.

»Ist das so wichtig? Herr Hamatschek wollte einen
meiner Mitarbeiter sprechen.«

»Volker Schmidt?«

Dem Geschäftsführer stand für einen Moment der
Mund offen. »Sie wissen das schon?« Er sah uns beide
abwechselnd an. »Warum fragen Sie dann, Herr Palzki?«

»Warum wollten Sie es uns nicht sagen?«, konterte ich
mit einer Gegenfrage.

Nach kurzem Überlegen antwortete er leise: »Der OB will, dass wir den Saalbau aus der Untersuchung heraushalten.«

Während Landgraf erleichtert aufatmete, war mir die Begründung zu einfach.

»Hamatschek hat Ihnen gesagt, warum er zu Ihrem Mitarbeiter wollte, stimmt das?«

»Nein!«, rief Franck viel zu laut. »Er hat Volker Schmidt nicht in seinem Büro angetroffen und wollte wissen, wann er ihn erreichen kann.«

»Sonst nichts?«

Der Geschäftsführer schüttelte energisch den Kopf. Es war klar, dass er log. An dieser Stelle kam ich nicht weiter. Es war so gut wie sicher, dass Martin Franck die letzte uns bekannte Person war, die Hamatschek lebend gesehen hatte.

»Wohin ist er gegangen, nachdem er bei Ihnen war?«

Franck zuckte mit den Schultern. »Ich schlug ihm vor, für eine halbe Stunde in ein Café zu gehen und zu versuchen, Schmidt mobil zu erreichen. Sein Handy sei allerdings ausgeschaltet, sagte Hamatschek. Ich selbst musste weg, sonst wäre ich mit ihm ins Café gegangen.« Dem Geschäftsführer kam eine Idee. »Meinen Sie, dass er im Café seinem Mörder begegnet ist?«

»Alles ist denkbar«, sagte ich, obwohl ich an diese These nicht glaubte. »Was wollte er eigentlich von Ihnen bei seinem letzten Besuch? Vor ein oder zwei Wochen?«

Martin Francks Nervosität hatte sich ein wenig gelegt. »Er wollte, dass wir seine Bücher in der Tourist-Info verkaufen. Ich musste ihm klarmachen, dass das nicht so einfach ist, weil wir nicht in Konkurrenz zum örtlichen Buchhandel treten dürfen.«

»Und sein aktuelles Projekt? Sollen Sie das auch verkaufen?«

Franck ließ sich nicht aufs Glatteis führen. »Von einem aktuellen Projekt ist mir nichts bekannt. Fragen Sie Volker Schmidt, vielleicht weiß der mehr.«

Mit meinem nächsten Satz musste ich pokern. »Herr Schmidt hat Sie doch gestern angerufen, nachdem ihn Hamatschek schließlich erreicht hat.«

Franck wirkte verblüfft. »Also, äh, davon weiß ich wirklich nichts«, stotterte er, bis er sich gefangen hatte. »Ich habe weder heute noch gestern mit Volker gesprochen. Deshalb weiß ich auch nicht, ob Hamatschek bei ihm war oder nicht. Ich hatte das alles vergessen, erst durch Ihre Frage ist mir das gestrige Auftauchen von Herrn Hamatschek wieder bewusst geworden. Ich habe nicht einmal eine Minute mit ihm gesprochen, weil ich …«

»Schon gut«, schnitt ich ihm das Wort ab. »Wir werden das in Ruhe überprüfen. Stehen Sie den Rest des Tages zur Verfügung?«

Er nickte. »Michael hat meine Handynummer. Sie können mich jederzeit anrufen, Herr Palzki. Ich helfe, wo ich kann.«

»So nervös kenne ich Martin Franck gar nicht«, sagte Landgraf, als wir wieder vor dem Gebäude der Tourist-Info standen. »Warum haben Sie ihn so hart angefasst?«

»Weil er uns relevante Informationen verheimlicht hat. Ich weiß nur noch nicht, was es ist.« Mit dem bisherigen Stand unserer Ermittlungen war ich mehr als unzufrieden. Es würde noch ein hartes Stück Arbeit werden, die letzten Stunden im Leben von Jochen Hamatschek zu rekonstruieren. Einen wirklich Verdächtigen hatten wir noch nicht

gefunden, aber es wäre nicht das erste Mal, dass eine relativ harmlose Nebenfigur am Ende das stärkste Motiv hatte
und zum Mörder wurde.

6 WEDER SEKT NOCH SEKTE

»Gehen wir zu Fuß oder nehmen wir die Räder?«

Ich hatte keine Ahnung, was auf dem Programm stand. Vorsichtig fragte ich: »Ist es weit? Mehr als 100 Meter?«

Landgraf lachte laut auf. »Ich mag Ihren Humor, Herr Palzki. Er kommt immer so trocken und glaubwürdig rüber. Als wir uns kennenlernten, dachte ich tatsächlich einen Moment lang, dass Sie immer alles ernst meinen und Ironie nicht zu Ihren Stärken gehört.«

Ich hatte keine Ahnung, was er mit Humor meinte. Hatte ich versehentlich einen Witz oder eine zweideutige Bemerkung gemacht? Um weitere Verwirrung zu vermeiden, ging ich auf volles Risiko: »Entscheiden Sie, wie wir uns fortbewegen. Von mir aus auch mit der U-Bahn.« Mit diesem letzten Satz hatte ich eindeutig bewiesen, dass ich Humor hatte.

»Tatsächlich gab es vor wenigen Jahren Überlegungen, in Neustadt einen Tunnel zu graben – da hätte sicher auch eine U-Bahn hineingepasst.« Landgraf machte eine Scheibenwischergeste vor dem Gesicht. Ich schaute ihn verdutzt an. »Das mit dem Tunnel stimmt, das mit der U-Bahn war ein Witz.«

»Also keine U-Bahn. Welche Alternativen haben wir?«

»Auf öffentliche Verkehrsmittel können wir im Moment verzichten. Zum Marktplatz ist es nur ein kurzer Fußweg.«

»Marktplatz?«, fragte ich erschrocken. »Zur Stiftskirche?« Ich erinnerte mich an unsere letzten Ermittlungen in Neustadt, bei denen er mich auf den Kirchturm zur alten Türmerwohnung geführt hatte. »Treppensteigen geht heute leider nicht. Mein Knie macht wieder leichte Probleme.«

»Keine Sorge«, winkte Landgraf ab. »Die Türme der Stiftskirche bleiben Ihnen heute erspart. Aber zu unserem Ziel sind es leider dennoch ein paar Stufen. Schaffen Sie es bis in den ersten Stock?«

»Wenn es auf halber Höhe ein Basislager gibt, schaffe ich das locker«, scherzte ich.

Der Weg durch die Altstadt zum Marktplatz war mir vertraut. Als ich den Blick nach oben richtete und in schwindelerregender Höhe den schmalen Balkon rund um die Türmerwohnung der Stiftskirche betrachtete, hörte ich Landgraf rufen.

»Bernd! Halt, bleib stehen!« Dann senkte er die Stimme und sagte zu mir: »Er hat mich nicht gehört. Bernd muss im Ordenshaus der Weinbruderschaft gewesen sein. Schade, dann müssen wir ihn später zu Hause besuchen.«

»Schon wieder diese ominöse Sekte?«, fragte ich meinen Begleiter.

Landgraf zuckte nur kurz zusammen. »Was haben Sie denn ständig mit Ihrer Sekte?«

»Na, diese Weinbruderschaft der Pfalz«, erwiderte ich.

Landgraf lachte. »Das ist alles andere, nur keine Sekte.«

»Ich wollte nur meinen ironischen Humor zur Geltung bringen«, entschuldigte ich mich halbherzig.

»Ach so«, antwortete Landgraf in einem Ton, dem ich nicht entnehmen konnte, ob er mir glaubte oder nicht.

Wir gingen durch einen schmalen Gang zwischen zwei Restaurants. Nach einem offenen Gittertor gelangten wir in einen geräumigen Innenhof, der eine mittelalterliche Atmosphäre ausstrahlte. »Da geht's hoch.« Landgraf deutete auf eine steile Außentreppe, die ins Obergeschoss des rückwärtigen Gebäudes führte.

Die körperliche Herausforderung hielt sich für mich als semisportlichen Typen in engen Grenzen. Im Flur angekommen, ging es rechts in einen Raum, der wie das Nebenzimmer einer Gaststätte eingerichtet war. An zwei oder drei Tischen saßen etwa zehn Personen.

»In Vite Vita, Michael«, wurde mein Begleiter vielstimmig fröhlich begrüßt.

»In Vite Vita«, erwiderte er, was mich grübeln ließ. Solche Geheimbotschaften sind typisch für Sekten.

Der Bruderschaftsmeister hob seine Stimme, dass ihn auch alle verstehen konnten. »Darf ich euch einen Gast vorstellen? Wie ihr sicher wisst, wurde gestern Jochen Hamatschek heimtückisch ermordet. Oberbürgermeister Marc Weigel hat uns beide beauftragt, die Ermittlungen der Neustadter Beamten zu begleiten. Also nicht ganz offiziell begleiten«, fügte er mit entsprechendem Unterton hinzu. »Aber keine Angst, die Weinbruderschaft der Pfalz steht natürlich nicht unter Verdacht. Es geht ausschließlich um den Schutz unserer großen Pfalzweinprobe und der Wahl der Pfälzischen Weinkönigin. Deshalb bin ich in Begleitung von Herrn Reiner Palzki, Kriminalhauptkommissar aus Schifferstadt, gekommen.«

»Polizei?«, stöhnte ein Mann, der direkt vor uns allein an einem Tisch saß. Vor ihm lagen mehrere Aktenordner und stapelweise lose Blätter. Hektisch türmte er alle Unterlagen zu einem Stapel auf, wobei einige mit Zahlen bedruckte Listen unbemerkt von der gegenüberliegenden Seite des Tisches fielen. Von meinem Standpunkt aus sah ich, wie diese Papiere auf den Boden zwischen der Wand und einem Heizkörper fielen. Ich wollte mich schon bücken, um zu helfen, aber Landgraf verhinderte dies unbeabsichtigt.

»Warum so aufgeregt, Thomas?«, sagte er zu ihm. »Herr Palzki ist nicht vom Finanzamt.«

Der Angesprochene stand mit einem gequälten Lächeln auf und schüttelte mir die Hand. »Ich bin Thomas Huber, Schatzmeister der Weinbruderschaft. Bitte entschuldigen Sie mein Verhalten, das hat absolut nichts mit Ihnen persönlich zu tun. Ich bin nur erschrocken, weil ich in meine Zahlen vertieft war und die Umwelt ausgeblendet hatte.«

Thomas Huber war offensichtlich kein guter Lügner, wie ich sofort an seiner Mimik und Gestik bemerkte. Das war eigentlich ein Pluspunkt für einen Vereinskassier. Trotzdem hatte er etwas zu verbergen, sofern er nicht unter einer notorischen Polizeiphobie litt.

»Herzlich willkommen, Herr Palzki«, begrüßte mich nun eine andere Person mit angenehm sonorer Stimme. »Ich bin Oliver Stiess, Ordensmeister der Weinbruderschaft der Pfalz. Michael hat mir schon viel von Ihnen erzählt, und ich habe bereits das Buch über Ihren gemeinsamen Fall gelesen, der in der Stiftskirche in Neustadt spielt. Ein wunderbarer Roman und vor allem so authentisch und glaubwürdig. Na ja, Michael kommt mir darin manchmal ein bisschen zu brav rüber, aber das liegt sicher an der künstlerischen Freiheit des Romanautors. Wie heißt er doch gleich?«

»Becker«, mischte sich der Schatzmeister ein. »Dietmar Becker.«

»Das müssen wir jetzt nicht vertiefen«, versuchte ich, das Thema abzublocken. Es wunderte mich ohnehin, dass mir dieser Möchtegern-Schriftsteller noch nicht über den Weg gelaufen war.

»Wir haben übrigens beschlossen, sein nächstes Werk zu unterstützen«, fuhr Huber fort. »Finanziell können wir Herrn Becker aufgrund unserer Satzung zwar nicht helfen, aber zumindest ideell. Im Moment ist er noch auf der Suche nach einem spannenden Thema. Unsere Weinbruderschaft soll darin aber auf jeden Fall eine Rolle spielen.«

»Solange keiner von uns am Ende der Täter ist, finde ich das Projekt hervorragend«, meldete sich wieder der Ordensmeister zu Wort. »Herr Becker hat uns letzte Woche sein Projekt vorgestellt. Es könnte gut sein, dass er den Mord an Hamatschek zum Anlass für sein neues Buch nimmt.«

Ich versuchte zu retten, was zu retten war. »Ich wusste nichts von Ihrer Zusammenarbeit mit diesem Schreiberling. Trotzdem muss ich Sie bitten, unsere Gespräche und Ermittlungen vertraulich zu behandeln. Ich habe mit Herrn Becker nicht immer die besten Erfahrungen gemacht.« Dass ich bisher fast nur schlechte Erfahrungen mit ihm gemacht hatte, brauchten die Anwesenden zu diesem Zeitpunkt nicht zu wissen.

»Natürlich«, versicherte Stiess. »Setzen wir uns hinten an den großen Tisch. Thomas, kommst du auch? Deine Unterlagen kannst du liegen lassen, hier kommt keiner unbefugt rein.«

Der Schatzmeister, der gerade damit begonnen hatte, Ordner und Papiere in eine riesige Tasche zu packen, seufzte, kam dann aber der Aufforderung nach.

Ich nutzte die Gunst der Sekunde, als mir alle Anwesenden den Rücken zuwandten, um zum großen Tisch zu gehen. Schneller, als meine Frau oder sonst jemand es mir zugetraut hätte, bückte ich mich, zog die heruntergefallenen Papiere hinter dem Heizkörper hervor und stopfte sie in meine Tasche. Ein paar Eselsohren sollten kein Problem sein.

Niemand fragte mich, ob und was ich trinken wollte. Ungefragt stellte mir jemand ein Glas Wein hin.

»In Vite Vita«, sagte der Ordensmeister und hob sein Glas.

Landgraf sah mein überraschtes Gesicht und übersetzte: »In der Rebe das Leben.«

»Ich weiß«, log ich dreist. Ich wagte nicht, meine Standardausrede von den vergessenen Sodbrennentabletten vorzubringen, um mich vor dem Weintrinken zu schützen. Vorsichtig nippte ich an dem Glas und war überrascht, wie harmonisch der Wein war. »Wenig Säure«, sagte ich anerkennend.

»Ganz recht«, bestätigte Stiess. »Es handelt sich um einen feinen Riesling von einem Weinbruder in Gimmeldingen, dessen Weine aufgrund des Bodens und der Weise des Ausbaus bekömmlicher sind als solche, die auf einem Schieferboden angebaut werden – wenn Sie beispielsweise die Moselweine kennen.«

»Aha«, sagte ich kurz und bündig, denn ich hatte wirklich keine Ahnung, und jedes Wort war mir hier zu viel. Einen weiteren Kommentar zum Wein verbot ich mir, da ich sonst unweigerlich in das eine oder andere Fettnäpfchen treten würde.

»Gib Herrn Palzki einen kurzen Überblick über die Weinbruderschaft«, forderte Landgraf Oliver Stiess auf. »Herr Palzki meint nämlich, wir seien eine Sekte.«

»Das war nur ein Scherz«, sagte ich und wurde ein wenig rot.

Der Ordensmeister lächelte freundlich. »Das haben schon einige Leute behauptet. Natürlich nur die, die keine Ahnung haben und sich nicht mit dem Thema auseinandergesetzt haben.« Er trank einen Schluck, dann begann er mit verklärtem Blick in meine Richtung: »Die Weinbruderschaft der Pfalz ist ein Zusammenschluss weinfreundlicher und weinkundiger Männer. Wir fördern das Kulturgut Wein, insbesondere die Erhaltung und Mehrung der Weinkultur.«

»Wie lange gibt es den Verein schon?«, fragte ich. »Das ist doch ein eingetragener Verein, oder?«

»Natürlich«, bestätigte Stiess. »Die Weinbruderschaft der Pfalz wurde am 6. Dezember 1954 im *Künstlerkeller* des Saalbaus durch den Zusammenschluss der Landsknechte der Weinstraße und des Journalistenstammtisches gegründet.«

Der Ordensmeister zeigte auf ein großes gerahmtes Foto, das an der Wand des Ordenshauses hing. Er stand auf und hängte das Foto ab. »Auf diesem Bild sind die Gründungsmitglieder zu sehen. Es wurde bei der ersten Versammlung der Weinbruderschaft im *Künstlerkeller* aufgenommen. An diesem Tag wurde eine Kiste mit gutem Wein in einer Wandnische eingemauert.«

»Noch eine Weinkiste?«, platzte ich in die Erklärung.

»Was meinen Sie mit ›*noch eine Weinkiste*‹?«, fragte Stiess.

Landgraf sprang ein. »Ich habe Herrn Palzki von der Grundsteinlegung des alten Saalbaus erzählt. Da wurde auch eine Kiste Wein eingemauert.«

»Das ist aber schon ein paar schöne Jahre her«, sagte Stiess. »Soweit ich weiß, ist der Ort der Grundsteinlegung unbekannt.«

»Das gilt auch für den Gründungswein unserer Weinbruderschaft«, erklärte Schatzmeister Thomas Huber.
»Jedenfalls hat man nach dem Brand des Saalbaus nichts
mehr gefunden.«

»Wie auch immer«, sagte Stiess irritiert. »Es wäre sicher
interessant, die alten Weine zu finden, aber wir haben
ja genug aktuelle.« Er hob sein Glas, und alle taten es
ihm nach. »Ach, da ist ja auch der Georg drauf«, sagte er
plötzlich. Er deutete auf einen der Männer auf dem Foto.
»Schade, dass Sie damals noch nicht geboren waren, Herr
Palzki. Sie hätten den Fall sicher mit Bravour gelöst.«

»Welchen Fall?« Der Ordensmeister hatte es tatsächlich geschafft, meine Neugier zu wecken.

»Georg wurde wenige Wochen nach dieser Aufnahme
im Saalbau ermordet«, sagte Stiess. »Das habe ich jedenfalls in einem alten Bericht gelesen. Ob es ein Mord oder
ein Unfall war, ist nicht sicher. Die Umstände seines Todes
sind sehr nebulös. Leider wurde damals nicht so akribisch
ermittelt wie heute.«

»Mehr wissen Sie nicht?«, hakte ich nach.

Stiess schüttelte den Kopf. »Ich kenne den Fall nur
vom Hörensagen und aus diesem kurzen Bericht.« Er sah
Landgraf an. »Vielleicht kann unser Bruderschaftsmeister Michael mehr herausfinden? Als wandelndes Lexikon
weiß er sicher Einzelheiten.«

»Ich höre zum ersten Mal davon«, erwiderte Landgraf. »Aber ich werde mir die Sache notieren und mich
erkundigen.«

Während der Bruderschaftsmeister seinen Notizblock
zückte, hatte ich einen Geistesblitz. »Herr Hamatschek
war doch kürzlich bei Ihnen zu Gast«, begann ich mit
einer Vermutung.

»Jochen war Weinbruder wie wir«, erklärte mir ein Anwesender, dessen Namen ich nicht kannte. »Er war oft bei unserer Montagsrunde dabei.«

»Montagsrunde, aha«, sagte ich zufrieden. Bevor ich meinen Bluff um eine weitere Vermutung erweitern konnte, kam mir Stiess mit einer Erklärung zuvor.

»Montags finden regelmäßig unsere informellen Treffen im Ordenshaus statt. Geselligkeit wird bei uns eben groß-geschrieben. Manchmal gibt es bei den Montagsrunden auch interessante Veranstaltungen. Hochkarätige Referen-ten sind schon im Ordenshaus aufgetreten, wir haben auch Kurse organisiert. Bei uns kann man immer etwas lernen, Herr Palzki. Natürlich nur, wenn man will. Gezwungen wird bei uns niemand.«

Um das Gespräch nicht ausufern zu lassen, unterbrach ich Stiess und kam zur Sache. »Herr Hamatschek schrieb an einem neuen Buch, wussten Sie das?« Nach einem zustimmenden Nicken fuhr ich fort. »Er suchte Infor-mationen über diesen verstorbenen Weinbruder Georg, habe ich das richtig verstanden?«

An der Mimik von Oliver Stiess und allen anderen erkannte ich sofort, dass ich mich ausnahmsweise ein-mal geirrt hatte. »Hat er das nicht erwähnt?«, hakte ich vorsichtig nach.

»Mit keinem Wort«, sagte der Ordensmeister. »Aber etwas anderes ist merkwürdig.« Er sah Michael Land-graf direkt an. »Und das hat mit deinem Kommentar von vorhin zu tun.«

»Mein Kommentar?«, fragte Landgraf erstaunt. »Ich verstehe nicht.«

»Jochen Hamatschek hat nach der Grundsteinlegung für den alten Saalbau gefragt. Und tatsächlich, ich hatte es ganz vergessen, erwähnte er, dass an diesem Tag eine Kiste Wein eingemauert wurde. Jochen hatte sogar eine Liste dabei, auf der die Flaschen akribisch aufgelistet waren. Leider konnte weder ich noch einer der Anwesenden helfen. Ich habe ihm gesagt, dass er im Stadtarchiv nachforschen soll.« Er machte eine kurze Pause. »Und wenn er dort nicht weiterkäme, hatte ich ihm empfohlen, zu dir zu gehen, Michael.«

Für mich war diese Antwort eine Katastrophe. Wen wir auch fragten, wir drehten uns im Kreis. Zu gerne hätte ich gewusst, ob Hamatschek die Weinbruderschaft auch nach der Sage von dem ominösen Schatz gefragt hatte. Aber diese Frage verbot sich, denn es könnte sich ja um Täterwissen handeln.

Thomas Huber ergriff das Wort. »Mir ist noch etwas eingefallen«, sagte er. »Ich war vor ein paar Tagen mit Oliver bei Volker Schmidt.« Er sah mich an. »Schmidt ist der Leiter des Saalbaus.«

»Das ist mir bekannt. Was war der Grund für den Besuch?«

»Vorbereitungen für die große Pfalzweinprobe am Samstag«, mischte sich der Ordensmeister ein. »Das ist eine Veranstaltung der Weinbruderschaft.«

Huber nickte zustimmend. »Vielleicht ist es auch nicht wichtig. Als wir in Volkers Büro saßen, habe ich auf seinem Schreibtisch ein vergilbtes Heft über die Geschichte des Saalbaus entdeckt.«

Mit einem fragenden Blick forderte ich ihn auf fortzufahren.

»Das ist alles«, sagte der Schatzmeister. »Auf meine Frage nach der Herkunft des Heftes antwortete Schmidt, er habe es in einer Schachtel in einem alten Schrank im Keller des Saalbaus gefunden.«

»Haben Sie sich das Heft angesehen?«

»Ich wollte«, sagte Huber. »Aber die vielen Stockflecken sahen nicht sehr appetitlich aus, also habe ich es lieber gelassen.«

»Ich auch«, bestätigte Stiess. »Volker Schmidt hat uns versprochen, das Heft einzuscannen und uns eine elektronische Kopie zu schicken. Das hat er aber bis heute nicht getan.«

Und wieder waren wir keinen Schritt weiter, außer dass es eine Menge Leute gab, die zumindest potenziell für Hamatscheks Tod verantwortlich sein konnten. Ich war mir inzwischen ziemlich sicher, dass der Aufhänger des Motivs zwar der Gründungswein war, dass es aber letztlich um den sagenumwobenen Goldschatz ging. Hamatschek war Opfer einer Legende geworden, und ich wusste nur zu gut, wie es um den Wahrheitsgehalt von Legenden bestellt war. Eigentlich musste das jeder vernünftige Erwachsene wissen, aber manchmal war die Gier größer als die Vernunft. Eine letzte Frage blieb mir noch: »Fand Ihr Besuch bei Volker Schmidt vor oder nach dem Treffen im Ordenshaus statt, an dem Hamatschek teilnahm?«

Oliver Stiess wusste es: »Jochen Hamatschek war genau heute vor einer Woche bei uns. Das Vorbereitungsgespräch mit Volker Schmidt war am vergangenen Donnerstag, also danach.« Er sah mich fragend an. »Ist Jochen Hamatschek wegen des Gründungsweins ermordet worden? Hat er herausgefunden, wo er ist? Ich muss zugeben, die Flaschen hätten heute schon einen gewissen Wert, aber dafür einen Mord begehen?«

»Vielleicht«, antwortete ich lapidar. Oder wegen der verdammten Legende, dachte ich. Vielleicht auch wegen des Todes von Georg mit dem noch unbekannten Nachnamen.

»Herr Landgraf und ich werden Ihre Aussagen in Ruhe auswerten«, begann ich und verabschiedete mich. »Sollten noch Fragen offen sein, melden wir uns kurzfristig.«

»Kommen Sie doch heute Abend zu unserer Montagsrunde«, schlug Oliver Stiess vor.

»Leider haben wir ein volles Programm«, sagte ich. Das Glas Wein war zwar lecker, aber ich wollte es nicht übertreiben. Außerdem würde ich gerne meine Familie wiedersehen.

Wir verabschiedeten uns per Handschlag, wobei mir auffiel, dass der Schatzmeister fehlte. »Nanu, wo ist denn der Herr Huber?«

Oliver Stiess war genauso ratlos. »Er muss unbemerkt gegangen sein. Seine Tasche mit den Unterlagen hat er mitgenommen. Bestimmt musste er zu einem wichtigen Termin.«

Kurze Zeit später standen Landgraf und ich wieder auf dem Marktplatz. »Das Gespräch war nicht sehr ergiebig, Herr Palzki, oder?«, fragte mich Landgraf.

»Nicht wirklich«, bestätigte ich. »Wenn das Motiv die alten Geschichten vom Saalbau sind, dann wissen das jedenfalls einige Leute. Und wir haben keine Ahnung, wem Hamatschek noch alles davon erzählt hat.«

»Diese blöde Legende«, murmelte mein Begleiter. »Es ist doch sonnenklar, dass er deswegen umgebracht wurde.«

»Das ist bisher nur eine Vermutung«, erwiderte ich. »Nicht mehr als eine Arbeitshypothese. Dieses Motiv als gesichert anzusehen, nur weil wir noch nichts anderes gefunden haben, ist mehr als fahrlässig.« Ich wusste nur zu gut, wovon ich sprach. Schon oft hatte sich in den vielen Jahren meiner Ermittlungsarbeit die Sachlage am Ende ganz anders dargestellt als zunächst vermutet. Oft genug hatte der Schein wenig mit dem Sein zu tun.

»Wir könnten uns langsam auf den Weg nach Landau begeben«, schlug Landgraf mit einem Blick auf die Uhr vor. »Dann können wir vorher auf dem Landauer Marktplatz noch einen Kaffee trinken.«

Ich hoffte, dass es in Landau auch andere Getränke als Kaffee und Wein gab. Ein größeres Problem ergab sich, als Landgraf mich daran erinnerte, dass die E-Bikes neben dem Saalbau standen.

»Bergauf geht's leichter«, grinste er mich an. »Sie dürfen nur nicht die stärkste Einstellung des Motors wählen und zu fest in die Pedale treten. Dann hat man ein Fahrgefühl wie auf einer Pferdekutsche.«

Meiner neuen Taktik folgend, ließ ich Landgraf auf dem Heimweg den Vortritt. Nach anfänglichem Stottern hatte ich das E-Bike gut im Griff. Auf den letzten Metern konnte ich die Fahrt sogar genießen. Noch nie war ich so einfach und leicht mit dem Fahrrad bergauf gefahren.

»Wir leben noch«, meinte Landgraf sarkastisch, als wir vor dem Bibelhaus abstiegen. »Ich hänge schnell die Akkus an die Ladegeräte, falls wir die Räder noch brauchen.«

Ich atmete auf, denn ich befürchtete, dass er mit den E-Bikes nach Landau fahren wollte.

»Wir nehmen mein Auto«, sagte ich zu ihm. »Landau sollten wir finden, da war ich schon mal.«

»Ich auch«, meinte er lächelnd.

7 LANDAU IST AUCH SCHÖN ...

Während der Fahrt über die Autobahn A65 nach Landau erzählte Landgraf über einen weiteren Reiseführer, den er geschrieben hatte, mit dem Titel *Glücksorte an der Deutschen Weinstraße*. Er berichtete über all die schönen Orte, an denen wir gerade vorbeirauschten. Ich jedoch hörte kaum zu, da ich mich gedanklich in einer anderen Welt befand. Die aktuellen Ermittlungen im Todesfall Hamatschek hatten mich trotz anfänglichem Widerstand inzwischen voll im Griff. Ein Kriminalbeamter kann eben nicht so leicht über seinen Schatten springen.

»Ausfahrt Landau-Nord«, unterbrach er plötzlich seinen Monolog, »ich weiß, wo man gut parken kann, ohne weit laufen zu müssen.«

Mein Beifahrer lotste mich in eine Seitenstraße, in der Anwohnerparken erlaubt war, für alle anderen aber absolutes Halteverbot galt. Mit einer Handbewegung deutete er auf einen geeigneten Parkplatz.

»Wer bezahlt denn das Knöllchen?«, fragte ich ihn.

Mit einem breiten Grinsen zog er einen laminierten Ausweis aus der Tasche. »Pfarrer im Dienst«, las ich, mit Dienstsiegel.

»Haben Sie so etwas nicht?«, fragte er mich. »Als Beamter ist man doch auch irgendwie ständig im Dienst, oder?«, rechtfertigte er den Ausweis, den er hinter die Windschutzscheibe legte.

Ich verriet ihm nicht, dass auch ich eine solche Parklegitimation besaß. Nur wenn ich privat mit meiner Frau unterwegs war, verzichtete ich aus familienpolitischen Gründen auf dieses Hilfsmittel.

Landgraf kannte sich in Landau aus. Keine 50 Meter vom Auto entfernt erreichten wir den riesigen Marktplatz. Mein Begleiter begann sofort, die wichtigsten Gebäude rund um den Platz zu beschreiben. »Und da drüben sehen Sie ...« Er hielt inne, und sein Mund stand einen Moment offen. »Das gibt's doch nicht«, stieß er dann hervor.

»Haben Sie Ihre Frau gesehen?«, neckte ich ihn, denn bei unseren letzten Ermittlungen war sie uns mehrmals über den Weg gelaufen, was sie nicht ganz unverdächtig machte.

»Nein, nein«, stammelte Landgraf. »Da ist Bernd.«

Ich kombinierte schnell. »Sie meinen diesen Diefenbach, der so heißt wie mein Chef?«

Er nickte. »Dieffenbacher, nicht Diefenbach«, korrigierte er. »Vorhin war Bernd im Ordenshaus, und jetzt ist er in Landau. Das ist sehr merkwürdig.«

»Da hätten wir bei Ihren Weinbruderkollegen nachfragen können«, sagte ich. »Tut mir leid, daran habe ich nicht gedacht.«

»Ich auch nicht«, pflichtete mir Landgraf bei. »Über Bernd Dieffenbacher, den Chronisten der Weinbruderschaft, müssen wir uns nachher unbedingt unterhalten. Gehen wir aber erst einmal zum Treffpunkt und trinken in Ruhe einen Kaffee, bevor in einer halben Stunde die Witwe Hamatscheks zu uns kommt.«

Wir setzten uns in den Außenbereich eines sehr gemütlichen Cafés. Ich bestellte ein alkoholfreies Weizenbier, um meinen Durst zu löschen, Landgraf blieb bei seinem Kaffee.

Wir wollten gerade den ersten Schluck nehmen, als Landgraf ohne Vorwarnung aufstand. »Guten Tag, Elisabeth«, sagte er und umarmte kurz die schwarz gekleidete Frau.

»Darf ich Ihnen mein herzliches Beileid aussprechen?«, sagte ich, stand auf und streckte ihr meine Hand entgegen. Ich wusste sofort, um wen es sich handelte und dass sie zu früh gekommen war.

»Das ist mein Kollege, Herr Palzki«, stellte er mich nicht ganz korrekt vor. »Herr Palzki, das ist Elisabeth Hamatschek.«

»Sie sind ebenfalls Weinbruder?«, fragte sie erstaunt.

»Nein«, sagte ich und deutete auf einen leeren Stuhl. »Darf ich Ihnen etwas zu trinken bestellen?« Sie entschied sich für einen Kaffee, während Landgraf das Missverständnis aufklärte.

»Herr Palzki ist Polizeibeamter. Wir versuchen im Auftrag des Oberbürgermeisters von Neustadt, etwas Licht ins Dunkel des Anschlags auf Jochen zu bringen.« Das Wort Mord vermied er.

»Du hast mir heute Morgen am Telefon angekündigt, dass du die Todesumstände meines Mannes untersuchst«, sagte die Witwe. »Sind dafür nicht die Beamten in Neustadt zuständig?« Sie sah mich an. »Oder sind Sie aus Neustadt? Das würde mich wundern, denn ich komme gerade von dort und wurde vom Ermittlungsleiter, einem Herrn Specht, befragt.«

»Hast du Herrn Specht von unserer Verabredung erzählt?«, fragte Landgraf hektisch.

»Nein. Warum denn? Ich weiß immer noch nicht genau, warum du mich sprechen wolltest. Dein Anruf klang für mich sehr nebulös. Aber da du Jochen gut kanntest, habe ich mir nichts dabei gedacht.« Man sah ihr an, dass ihr ein schrecklicher Gedanke durch den Kopf ging. »Hast du etwas mit dem Tod meines Mannes zu tun?«

»Nein, natürlich nicht«, wehrte Landgraf ab. »Er war zwar gestern Morgen bei mir zu Hause, aber da war alles wie immer. Ich hatte keine Ahnung, dass man deinem Mann wenige Stunden später nach dem Leben trachten würde.«

Elisabeth Hamatschek nickte nachdenklich. »Er hat mir beim Frühstück erzählt, dass er zu dir geht. Er hoffte, Informationen für sein neues Buchprojekt zu bekommen.«

Ich mischte mich ein. »Wir vermuten, dass der Mord damit zusammenhängen könnte. Ihr Mann muss bei seinen Recherchen auf ein Geheimnis gestoßen sein. Vielleicht hat er es selbst nicht bemerkt.« Ich machte bewusst eine kleine Pause. »Aber derjenige, der ihn auf dem Gewissen hat, schon. Leider haben wir bisher so gut wie keine Anhaltspunkte, was das sein könnte.«

»Da kann ich Ihnen leider nicht helfen«, bedauerte sie. »Ich habe Jochens Manuskripte immer gegengelesen, weil er manchmal noch zu sehr in der alten Rechtschreibung verhaftet ist, äh, war. Leider ist mir beim Lesen absolut nichts aufgefallen, was dieses Verbrechen auch nur ansatzweise rechtfertigen könnte.«

»Er hat zuletzt über die Grundsteinlegung des alten Saalbaus geschrieben, nicht wahr?«, fragte Landgraf.

»Richtig«, bestätigte sie. »Das habe ich Herrn Specht auch schon gesagt.«

Ich blickte kurz zu Landgraf, der meinen Blick verstand. Joachim Specht, der kommissarische Leiter der Mordkommission, war mit seinen Ermittlungen offenbar schon weiter, als wir dachten. »Hat Ihr Mann Ihnen etwas von einer Legende erzählt?«

Sie sah mich fragend an. »Eine Legende, was meinen Sie damit?«

Landgraf wollte antworten, aber ich war schneller. »Bei der Grundsteinlegung des Saalbaus sollen neben einer Kiste Wein auch andere Dinge eingemauert worden sein.« Bevor mein Partner auf Zeit von Gold oder einem Schatz sprach, hielt ich es für besser, ganz neutral von Dingen zu sprechen. »Hat Herr Specht Sie danach gefragt?«

»Nein«, antwortete sie sofort. »Ich verstehe nicht, worauf Sie hinauswollen.«

»Das wissen wir leider auch nicht konkret«, beruhigte ich sie. »Es ist nur ein sehr vager Aspekt, dem wir nachgehen. Bisher leider vergeblich.«

»Da kann ich Ihnen aber auch nicht helfen«, erklärte sie. »Herr Specht fragte mich, ob ich wüsste, wie viel der Wein wert sei, der damals eingemauert wurde. Aber das weiß ich nicht. Mein Mann hatte zwar eine Liste der Flaschen, aber er konnte nur ahnen, was sie wert sind. Wenn der Wein überhaupt noch genießbar wäre«, fügte sie hinzu. Sie trank einen Schluck Kaffee, dann sprach sie weiter. »Bitte sagen Sie mir nicht, dass mein Mann wegen ein paar alten Weinflaschen ermordet wurde. Er ahnte nicht einmal, wo das Versteck sein könnte. Wenn es überhaupt noch existiert und nicht vor 40 Jahren abgebrannt ist oder sonst irgendwie vernichtet wurde.«

»Was sehr wahrscheinlich ist«, sagte ich und fügte mit ernster Miene hinzu: »Ich habe noch eine ganz andere Frage.«

Nicht nur Frau Hamatschek sah mich interessiert an.

»Was wollte Herr Diefenbach vorhin von Ihnen?«

Für einen kurzen Moment verlor sie die Fassung, hatte sich aber sofort wieder im Griff. »Sie meinen Herrn Dieffenbacher?«

»Ja, natürlich«, verbesserte ich mich. »Bernd Dieffenbacher.«

»Er ist mir tatsächlich vorhin über den Weg gelaufen«, sagte sie. »Wahrscheinlich rein zufällig. Da er sich nach meinem Mann erkundigte, wusste er offenbar noch nichts von seinem Tod.«

Landgraf wollte etwas sagen, doch mein Blick bedeutete ihm, vorerst zu schweigen.

»Kann gut sein, dass sich die Sache noch nicht herumgesprochen hat«, bestätigte ich, obwohl ich wusste, dass dieser Dieffenbacher log. »In den Zeitungen steht noch nichts darüber.«

»Er war entsetzt, als ich ihm von dem Mord erzählte. Er hat mir angeboten, mich zu unterstützen. Auch bei mir zu Hause, wenn ich wollte.«

Als psychologisch bestens geschulter Beamter wusste ich, worauf der Chronist hinauswollte. »Herr Diefenbach …«

»Dieffenbacher.«

»Ja, natürlich, Herr Dieffenbacher hat Ihnen doch auch Hilfe bei dem literarischen Nachlass Ihres Mannes angeboten, oder?«

»Woher wissen Sie das?«, fragte sie erstaunt und aufgeregt zugleich.

»Ein guter Kriminalbeamter weiß das«, antwortete ich. Für mich war klar, dass dieser Dieffenbacher Frau Hamatschek alles andere als zufällig über den Weg gelaufen war. »Hatte er Kontakt zu Ihrem Mann?«

»Aber sicher«, sagte sie sofort. »Herr Dieffenbacher ist Chronist der Pfälzer Weinbruderschaft und war gerade dabei, eine Chronik der Weinbruderschaft zu schreiben. Mein Mann konnte ihm dafür viele Unterlagen kopieren und Hinweise geben. Erst vor zwei, drei Tagen saßen die beiden im Arbeitszimmer meines Mannes länger zusammen.«

Längst war klar, dass wir einen weiteren dringend Tatverdächtigen auf unserer Liste hatten.

»Vielen Dank, Frau Hamatschek«, bedankte ich mich, »können wir uns bei Ihnen melden, wenn wir noch eine Frage haben?«

Landgraf hatte noch eine: »Hast du Herrn Specht das Manuskript deines Mannes gegeben?«

Sie schüttelte den Kopf. »Nein. Warum? Er hat nicht danach gefragt. Es ist sowieso nur ein unvollendeter Text. Mal sehen, vielleicht wird Herr Dieffenbacher das Projekt zu Ende bringen.«

Ich mischte mich ein: »Wären Sie so freundlich, uns das Textfragment zu leihen? Wir geben es Ihnen so bald wie möglich zurück. Und bitte zeigen Sie es Herrn Dieffenbacher vorerst nicht, auch wenn er später bei Ihnen klingeln sollte.«

Elisabeth Hamatschek wurde blass. »Hat er …«

»Eher unwahrscheinlich«, log ich. »Wir wollen nur verhindern, dass der Inhalt des Manuskripts an die Öffentlichkeit gelangt. Es könnte ja sein, dass sich Täterwissen darin befindet.«

»Täterwissen im Text meines Mannes?«

»Das ist bisher nur eine Vermutung«, sagte ich schnell. »Wir können im Moment nichts ausschließen.«

»Dann hoffe ich, dass Sie oder die Polizei in Neustadt

den Mörder meines Mannes schnell finden.« Sie trank ihren Kaffee aus. »Da fällt mir ein, dass mein Mann noch in einer anderen Sache recherchiert hat. Aber es gibt kein Manuskript, nur ein paar Notizen.«

Wir horchten auf. »Was ist das für ein Projekt?«

»Kein Projekt«, stellte sie richtig. »Es geht um die Gründung der Weinbruderschaft. Ob mein Mann mit Herrn Dieffenbacher darüber gesprochen hat, kann ich nicht sagen.«

»Die Notizen, haben Sie die noch?«

»Wahrscheinlich liegen sie im Arbeitszimmer meines Mannes.«

»Würden Sie sie bitte in Sicherheit bringen, damit kein Fremder sie an sich nimmt?«, fragte ich.

»Wir können die Unterlagen auch später bei dir abholen«, bot Landgraf an.

»Ich habe leider nachher noch einen wichtigen Termin. Ich kann dir die Sachen morgen ins Bibelhaus bringen, Michael. Ist das so okay?«

Notgedrungen gaben wir uns damit zufrieden. Ich konnte nur hoffen, dass in den nächsten Stunden nicht in Frau Hamatscheks Haus eingebrochen wurde.

Nach einer kurzen Verabschiedung gingen wir zu meinem Auto zurück, das ohne Strafzettel geblieben war. Eine Glückssträhne bahnte sich an.

Auf der Rückfahrt nach Neustadt griff Landgraf zum Mobiltelefon. »Hallo, Frau Dieffenbacher, wie geht es Ihnen? Kann ich bitte Ihren Mann sprechen?«

Den folgenden kurzen Dialog konnte ich aus dem Zusammenhang nicht verstehen, denn mein Beifahrer benutzte entweder Einwortsätze oder Äußerungen wie »Hm« oder »Ah ja«. Nur sein letzter Satz war länger:

»Okay, sagen Sie ihm bitte, dass wir ihn gegen 12 Uhr im Bibelhaus erwarten. Auf Wiedersehen, Frau Dieffenbacher.«

Ich hoffte, dass er mit 12 Uhr nicht heute Abend meinte.

»Bernd ist unterwegs und den ganzen Tag außer Haus, hat mir seine Frau gesagt«, erklärte Landgraf. »Aber Frau Dieffenbacher kann uns nicht sagen, wo er sich aufhält. Sie selbst versucht seit Stunden, ihn mobil zu erreichen. Sein Handy scheint ausgeschaltet zu sein, was sie äußerst ungewöhnlich findet.« Er sah mich an: »Wir können also nicht einmal sein Handy orten lassen, um herauszufinden, wo er sich aufhält.«

»Sie lesen zu viele Krimis«, antwortete ich. »Auf welcher Grundlage sollen wir sein Telefon orten lassen? Mit Erlaubnis von Herrn Specht oder soll ich gleich meinen Chef anrufen?«

»Ich gebe Ihnen recht«, gab Landgraf mit einem tiefen Seufzer zu. »Immerhin weiß ich jetzt, dass Bernd morgen Vormittag um 11 Uhr einen Termin bei Martin Franck in der Tourist-Info hat. Wir müssen nur pünktlich da sein, dann können wir ihn erwischen. Um ihn nicht vorzuwarnen, habe ich seine Frau gebeten, ihm auszurichten, dass er bitte gegen 12 Uhr zu uns ins Bibelhaus kommen soll.«

»Gute Taktik«, bescheinigte ich ihm. »Und nicht einmal vorsätzlich geschwindelt.«

»Irgendwie glaube ich nicht an seine Schuld«, grübelte mein Beifahrer. »Bernd ist eher der gemütliche Typ, den man einfach mögen muss. Als Kriminellen oder gar Mörder kann ich ihn mir nicht vorstellen.«

»Wenn Sie wüssten, welche und vor allem wie viele Menschen ich in meiner beruflichen Laufbahn schon überführt habe, die in ihrem sozialen Umfeld als absolut unbescholten galten. Sogar Finanzbeamte und Pfarrer waren schon dabei.«

»Pfarrer?«, hakte Landgraf nach.

»Keine Sorge, Sie stehen im Moment nicht auf meiner Liste der Verdächtigen. Zumindest nicht ganz oben«, fügte ich mit ironischem Unterton hinzu.

»Na dann«, sagte er schmunzelnd.

In Anbetracht der vielen Gespräche, die wir heute geführt hatten, beschloss ich, Feierabend zu machen. »Ich fahre Sie jetzt nach Hause, Herr Landgraf. Was steht morgen auf der Tagesordnung? Müssen wir wieder so früh anfangen wie heute?«

»Sie wollen schon aufhören?«, fragte er überrascht. »Ich habe noch Termine mit …«

»Können wir das nicht auf morgen verschieben?«, entgegnete ich. »Wir haben in den vergangenen Stunden viel geschafft. Sie brauchen auch noch etwas Zeit, um Ihre Tapetenbilder zu aktualisieren.«

Er gab sich geschlagen. »Dann sehen wir uns morgen früh gegen 9 Uhr bei mir im Bibelhaus«, schlug Landgraf vor.

»9 Uhr«, bestätigte ich. »Dann haben wir genügend Zeit, unser Gespräch mit Bernd Dieffenbacher vorzubereiten.«

»Unter anderem«, warf der Museumsleiter ein. Ich vermied es, ihn nach dem genauen Tagesablauf zu fragen, um nicht schon vorher deprimiert zu sein.

8 ZU HAUSE IST ES MANCHMAL AUCH ANDERS

In Gedanken versunken parkte ich nach einer halben Stunde Fahrt auf dem Parkplatz vor unserer Garage. Ein unverzeihlicher Fehler, wie sich sofort herausstellte. Die Freifläche zwischen unserem Hauseingang und dem Nachbarhaus war eine der gefährlichsten Gegenden der Welt. Wahrscheinlich konnte man im Tal des Todes besser überleben als hier. Das galt zwar nicht generell, aber in den meisten Fällen. Unsere Nachbarin, Frau Ackermann, lauerte Tag und Nacht hinter dem Küchenfenster auf harmlose Passanten oder Paketboten. Der einzige Vorteil war, dass sich kein Hundebesitzer ein zweites Mal auf diesem Stück Gehweg blicken ließ. Wer den Kontakt mit Frau Ackermann einmal überlebt hatte, setzte sein Leben und seine Gesundheit kein zweites Mal aufs Spiel.

Als direkter Nachbar war die Gefahr natürlich viel präsenter, obwohl sie bekannt war. Heute Morgen konnte ich mithilfe meiner Frau und dem Riesenknallkörper meines Sohnes einer Begegnung entgehen. Manchmal, wenn Frau Ackermann zu offensichtlich auf der Lauer lag, bin ich schon durch unser Küchenfenster auf der anderen Seite des Hauses ein- oder ausgestiegen. Ich hatte mir seit einiger Zeit vorgenommen, mit einem

Architekten Kontakt aufzunehmen, um einen zweiten Hauseingang zu bauen und den jetzigen zumauern zu lassen.

Mein Fehler war, dass ich auf den letzten Metern der Heimfahrt unkonzentriert war und die Gefahr nicht erkannte. Nun war es zu spät, Frau Ackermann, die Frau, die schneller sprach als ihr Schatten, hatte mein Auto längst entdeckt und kam, von ihrer verbalen Zwangshandlung getrieben, aus der Haustür geschossen. Nicht nur ihre Sprechgeschwindigkeit würde mir jetzt den Feierabend verderben, sondern auch ihre nicht enden wollende Sprechdauer.

»Hallo, Herr Palzki«, begann sie relativ harmlos und sog ihre vermutlich dutzendfach vorhandenen Lungenflügel voll mit Sauerstoff.

»Waren Sie heute Morgen auch bei diesem Großeinsatz dabei? Ich wusste gar nicht, dass es so viele Polizisten und Feuerwehrleute gibt. Es waren auch viele Krankenwagen da. Bis jetzt hat man noch nicht herausgefunden, woher die Explosion kam. Ich habe gleich meinen Mann und Ihren Sohn Paul verdächtigt, aber Paul war nicht da, und mein Mann, der Faulpelz, lag noch im Bett. Sie wissen ja, entweder liegt er im Bett oder im Wohnzimmer auf der Couch. Jetzt hat er im Internet entdeckt, dass es sogar Liegeklos gibt. Aber solange er nur rumliegt, macht er mir keinen Dreck in der Wohnung. Leider bin ich auf seine Frührente angewiesen, da muss man eben Abstriche machen. Aber wem erzähle ich das. Wissen Sie, was da los war? Ihre Frau hat mir mal erzählt, dass Sie, Herr Palzki, in der Küche so ungeschickt sind. Ist die Mikrowelle explodiert oder der Backofen? Ich habe schon mehrmals bei Ihrer Frau geklingelt, aber sie macht leider nicht auf. Die armen Polizisten und Feuerwehrleute, die alle Gärten durchsuchen mussten. Ich habe einige zu mir ins Wohnzimmer eingeladen, ich habe noch Kekse von Ostern übrig. Aber plötzlich sind sie alle aus dem Haus gestürmt. ›Irgendein dringender Einsatz‹, haben sie gerufen. Dabei hatte ich ihnen gerade von den Blumen in meinem Garten erzählt.«

»REINER! Kannst du schnell kommen? Es ist etwas Schreckliches passiert!«

»Meine Frau«, unterbrach ich Frau Ackermann, was normalerweise ein Ding der Unmöglichkeit war. Aber auch sie hatte Stefanies Schrei gehört. Eine sprachlose Nachbarin, dass ich das noch erleben durfte. »Ich muss rüber«, stöhnte ich und rannte los. Ich stürmte in unseren Hausflur und traf auf Stefanie, die mich breit grinsend empfing.

»Danke, dass du mich in letzter Sekunde gerettet hast«, sagte ich und küsste sie.

»Gern geschehen, ich habe dich in die Einfahrt fahren sehen, warum tust du so etwas Unüberlegtes?«

»Nanu?«, wunderte ich mich, als ich das Wohnzimmer betrat. An den Schränken hing ein halbes Dutzend Abendkleider. »Machst du dich mit einem Modegeschäft selbstständig?«, fragte ich Stefanie.

Ihre Augen funkelten gefährlich. »Ich wusste, dass du die Kleider nicht wiedererkennst. Die meisten habe ich nur einmal getragen, weil wir so selten zusammen ausgehen.« Nach einer kurzen Pause fügte sie bitter hinzu: »Ich erinnere mich eigentlich nur an die Weihnachtsfeiern deiner Dienststelle. Und mit etwas gutem Willen an unsere Hochzeit. Aber das ist ein anderes Thema.«

Mir war sofort klar, dass der lokale Weltuntergang

unmittelbar bevorstand. Egal, was ich sagte, es war falsch. Aber es war auch falsch, nicht zu antworten. Ich versuchte, mit einer Ablenkungstaktik zu überleben. »Was hast du dir denn für Freitag und Samstag ausgesucht? Ich meine natürlich, welche *beiden* Kleider?«

»Kommt drauf an, welchen Anzug du trägst«, reagierte sie immer noch bissig und gefährlich. »Wann gehen wir einkaufen, morgen früh?«

»Gerne«, log ich und schluckte einen Kloß in meinem Hals hinunter. »Verdammt, das geht leider nicht. Herr Landgraf hat für morgen früh einen Verdächtigen vorgeladen. Diesen Termin kann ich leider nicht platzen lassen, sonst fallen unter Umständen die Veranstaltungen am Wochenende aus.«

Ob Stefanie meine Notlüge mit den ausgefallenen Veranstaltungen ernst nahm, wusste ich nicht. Immerhin reagierte sie etwas nachdenklicher. »Was habt ihr denn bisher bei euren Recherchen herausgefunden? Wisst ihr inzwischen, warum dieser Mann ermordet wurde?«

»Sagen wir mal so«, begann ich vorsichtig. »Wir haben erste Hinweise, und wenn morgen alles gut geht, können wir übermorgen in aller Ruhe einen Anzug für mich kaufen.«

»Mindestens zwei«, verbesserte sie mit harter Stimme. »Und dass es ruhig und ungestört sein wird, daran habe ich meine berechtigten Zweifel.«

Über das gesunde Abendessen hülle ich den Mantel des Schweigens. Es war nicht immer angenehm, mit einer eingefleischten Vegetarierin verheiratet zu sein, die sich auch noch für gesunde Ernährung interessierte. Natürlich war auch ich an gesundem Essen interessiert, aber für mich kam noch ein weiterer Anspruch hinzu: Es musste schmecken. Und in diesem Punkt kam es im Hause Palzki regelmäßig zu unüberbrückbaren Meinungsdifferenzen.

»Ich muss morgen früh um 9 Uhr bei Herrn Landgraf sein«, erklärte ich ihr während des Essens den Plan für den nächsten Tag. »Vorher will ich noch kurz im Büro vorbeischauen. Aber nicht, dass du denkst, ich hätte Sehnsucht, ich will nur ein paar Recherchen bei Jürgen eintüten.«

Jürgen war unser Jungkollege und der absolute Rechercheexperte. Es ging das Gerücht um, dass er das gesamte Internet in wenigen Stunden auf seinem Computer speichern konnte. Auch wenn das vielleicht etwas übertrieben war, so war er doch in der Lage, wie er uns immer wieder bewiesen hat, jede Information über eine bestimmte Person zu finden. Wenn man ihn nicht vorher bremste und ausdrücklich um ein maximal einseitiges Exposé über einen Verdächtigen bat, hatte das Ergebnis regelmäßig den Umfang eines 20-bändigen *Brockhaus*. Darin fanden sich dann so unwichtige Informationen wie die Anzahl der Tetanus-Schluckimpfungen im Grundschulalter des heute 60-jährigen Verdächtigen oder seine Bastelarbeiten aus der Kindergartenzeit. Um es kurz zu machen: Was Jürgen nicht fand, gab es nicht.

Stefanie riss mich aus meinen Gedanken. »Du hast Urlaub. Da kannst du doch deine Kollegen nicht bitten, dich bei einer eigentlich illegalen Ermittlung zu unterstützen.«

Meine Frau hatte natürlich recht. Ich wusste noch nicht, wie ich das meinen Kollegen verkaufen sollte. »Aber Stefanie, du weißt ja, dass ich der stellvertretende Dienststellenleiter bin. Außerdem willst du am Wochenende nach Neustadt, oder?« Ich machte ihr große Augen. Mein zweites Argument zog. Dass ich stellvertretender Dienststellenleiter war, stimmte zwar, wurde aber von meinem Chef, KPD, völlig ignoriert. Ich hatte aber bei meinem Blitzbesuch sowieso nicht vor, ihm über den Weg zu laufen.

»Ich will nicht, dass du Ärger bekommst«, sagte Stefanie vorsichtig. »Die Eintrittskarten, die ich vom Oberbürgermeister bekommen habe, sind kein Disziplinarverfahren wert.«

»Keine Sorge«, beruhigte ich sie, »die Kollegen sind solche Alleingänge gewohnt. Die werden wahrscheinlich neidisch sein, weil sie selbst nicht mitmachen dürfen. Und um KPD mache ich mir keine Gedanken. Der wird sich hüten, mir ein Disziplinarverfahren anzuhängen, dafür kenne ich viel zu viele miese Geschichten, in die er selbst verwickelt ist. Weißt du noch, wie …«

»Das will ich gar nicht wissen«, unterbrach sie mich. »Ich frage mich, wie sich Herr Diefenbach so viele Jahre als Chef halten konnte. So ein narzisstischer Mensch, der so menschenverachtend mit seinen Mitarbeitern umgeht, ist als Vorgesetzter untragbar.«

»Meine Worte«, bestätigte ich, »aber KPD hat keine Mitarbeiter, sondern nur Untergebene.«

»Noch schlimmer.« Sie schien einen Moment nachzudenken. »Dann musst du morgen früh gegen 8 Uhr das Haus verlassen. Sind deine Kollegen um diese Zeit bereits im Dienst?«

Ich zuckte mit den Schultern. »Ich denke schon. Zumindest Jürgen wird da sein.«

»Und Frau Ackermann?«

Damit hatte meine Frau ein weiteres Problem angesprochen, das einer Lösung bedurfte. Ab 7 Uhr morgens war die Gefahr, von Frau Ackermann erwischt zu werden, immens groß. Um diese Zeit lauerte sie im Garten auf

Eltern, die ihre Kinder zur Schule brachten. Diese Taktik funktionierte bei jedem Schuljahresbeginn ein paar Tage lang sehr gut, dann hatte sich das Problem weitgehend erledigt, weil die allermeisten Eltern lieber einen Umweg in Kauf nahmen, als ihre Kinder erst zur dritten oder vierten Schulstunde in der Schule abzugeben. Hin und wieder gab es jedoch die eine oder andere Mutter, Väter waren nur in homöopathischer Anzahl vertreten, die sich gerne mit Frau Ackermann unterhielt. Vermutlich litten diese Elternteile an chronischer Einsamkeit, verbunden mit einem eklatanten aufgestauten Rededefizit. Wobei der Begriff »Schwätzchen halten« anders definiert werden musste als allgemein üblich. Beide Seiten redeten gleichzeitig. Und zwar ununterbrochen. Keiner hörte dem anderen zu, aber das war kein Problem. Allein die Möglichkeit, frei sprechen zu können, schien den Beteiligten Erleichterung zu verschaffen. Aus diesem schwerwiegenden Grund war unsere Straße um diese Zeit eine No-Go-Area. Unsere Kinder Paul und Melanie waren aus irgendeinem Grund immun gegen die verbalen Attacken von Frau Ackermann. Sie ignorierten die Verbalschleuder einfach.

Mit dem Verhalten meiner Nachbarin rechtfertigte ich gelegentlich auf der Dienststelle meinen nicht allzu frühen Dienstbeginn.

»Ich steige morgen früh mal wieder aus dem Küchenfenster«, erklärte ich Stefanie.

»Auf keinen Fall«, entgegnete sie, »wenn das jemand sieht, ruft er die Polizei. Außerdem steht dein Auto in der Einfahrt.«

Ich hatte eine weitere Idee, mit der sie einverstanden war. Während ich das Haus auf dem üblichen Weg nach vorne verließ, würde sie unsere Nachbarin anrufen und ihr sagen, dass sie verdächtige Personen in ihrem Garten hinter dem Haus gesehen habe.

Das frühe Aufstehen am nächsten Morgen war mir sehr unangenehm, zumal ich im Urlaub war. Da mir Fremdbestimmung nicht fremd war, machte ich mich pünktlich auf den Weg zur Dienststelle. Der Plan, unsere Nachbarin abzulenken, klappte perfekt, leider würde er nicht mehrmals funktionieren.

»Um Himmels willen, Reiner!«, rief meine Kollegin Jutta Wagner bestürzt, als ich ohne Vorwarnung ihr Büro betrat.

Gerhard Steinbeißer, der wie immer am Besprechungstisch saß und in einer Zeitschrift blätterte, verschluckte sich an seinem Kaffee. »Das darf doch nicht wahr sein«, rief er und sah auf die Uhr. »Kommst du aus der Zukunft? Hast du eine Zeitmaschine erfunden?«

Jutta kam zu mir und untersuchte mich auf körperliche Auffälligkeiten. »Du siehst ganz normal aus, wie immer, meine ich«, fügte sie ironisch hinzu. »Du hast noch die ganze Woche frei.«

»Jetzt weiß ich es«, sagte Gerhard, der inzwischen aufgestanden war. »Du hast mal wieder Ärger mit Stefanie und suchst einen Unterschlupf. Da hast du dir aber einen schlechten Tag ausgesucht.«

Ohne seinen letzten Satz zu hinterfragen, setzte ich mich in die Besprechungsecke und griff in die Keksdose. »Die guten Kekse gibt es anscheinend nur, wenn ich Urlaub habe«, sagte ich statt einer Begrüßung.

Jutta verdrehte die Augen. »Egal, ob gute oder normale Kekse. Bei dir hält eine Dose höchstens einen halben Tag. Und du weißt ja, dass KPD die Kekse rationiert hat, weil sie eigentlich nur für Besucher gedacht sind.«

»Ich bin heute euer Gast.«

Jutta und Gerhard setzten sich neugierig zu mir. »Jetzt erzähl schon«, forderte mich Gerhard auf. »Jutta kann mit Stefanie telefonieren und die Sache klären. Das hat bisher immer geklappt.«

»Mit Stefanie ist nichts«, murmelte ich mit vollem Mund. »Sie hat mir sogar geholfen, unserer Nachbarin zu entkommen.«

»Langeweile?«, riet Jutta. »Obwohl, selbst wenn du Langeweile hättest, würdest du nicht freiwillig im Urlaub zum Dienst kommen. Und an so einem Tag wie heute schon gar nicht.«

»Es ist mir egal, was für ein Tag heute ist«, sagte ich. »Ich brauche Jürgens Hilfe. Ist er da?«

Gerhard klopfte zweimal mit der Faust gegen die Wand. Jürgen hatte seit Kurzem ein Büro in unmittelbarer Nähe.

Gefühlt schneller als der Schall öffnete sich die Tür, und Jürgen trat ein. »Ich werde gebraucht?« Dann entdeckte er mich. »Reiner, das ist aber eine Überraschung. Obwohl, so überraschend ist es für mich nicht.«

Als er sich zu uns setzte, sagte ich zu ihm: »Du kannst nicht wissen, warum ich hier bin.«

»Aber erahnen«, entgegnete er. »Dietmar Becker hat mich gestern angerufen.«

Ich konnte mein Erstaunen nicht verbergen. »Und wenn schon, ich habe diesen verwirrten Schreiberling, der in seiner eigenen Welt lebt, seit Wochen weder gesehen noch gesprochen. Vermisst habe ich ihn schon gar nicht.«

»Du warst doch in Neustadt«, fuhr Jürgen fort.

»Woher willst du das wissen?« Ich sah schon alles über mir zusammenbrechen.

»Becker sagte, du hättest am Saalbau eine Leiche gefunden.«

»Leichen gibt es jeden Tag überall«, wich ich aus, obwohl ich wusste, dass ich jetzt alles preisgeben musste. »Was hat der Möchtegern-Krimiautor noch erzählt?«

»Dass du im Auftrag des Oberbürgermeisters Marc Weigel zusammen mit Herrn Landgraf nach dem Täter suchst.«

»Wo... äh, wie bitte, woher weiß er das?« War Becker schon wieder hinter mir her?

»Das weiß ich auch nicht.«

»Was wollte er von dir?«

»Er wollte wissen, ob du offiziell ermittelst und ob KPD eingeweiht ist und ob es sich lohnt, von ihm Informationen abzugreifen. Nach seinen Informationen soll nämlich auch die Polizei in Neustadt an der Sache dran sein. Und ob ...«

Jutta dauerte unser Dialog zu lange. »Reiner, jetzt erzähl doch mal von Anfang an. Damit Gerhard und ich auch mitreden können.« Sie schaute auf die Uhr. »Wir haben noch ein bisschen Zeit.«

»Ihr habt immer Zeit«, antwortete ich mit viel Sarkasmus in der Stimme. Jutta wollte widersprechen, aber ich begann zu erzählen.

»So, jetzt wisst ihr, wie entspannt ich meinen Urlaub verbringe«, beendete ich ein paar Minuten später meinen Bericht. Ich schaute Jürgen an. »Ich habe nicht die geringste Ahnung, was dieser Becker inzwischen herausgefunden hat. Auf keinen Fall darfst du Interna ausplaudern. Sag einfach, ich bin auf Fortbildung, wenn er das nächste Mal anruft.«

»Irgendwie unglaubwürdig«, warf Gerhard ein.

»Haha«, lachte ich künstlich. »Ist mir egal, welche Ausrede Jürgen nimmt.« Erneut wandte ich mich an den Jungkollegen. »Könntest du bitte Informationen über ein paar Personen zusammenstellen? Maximal zwei bis drei Seiten pro Person.« Ich schnappte mir den Notiz-block, der auf Juttas Tisch lag, und schrieb mehrere Namen darauf. Dann gab ich ihm den Zettel zusam-men mit den Papieren, die Thomas Huber im Ordens-haus heruntergefallen waren. »Könntest du dir bitte auch diese Zahlen ansehen? Ich war in der Schule nicht der Beste in Mathe.«

Gerhard wollte einen dummen Spruch loswerden, aber mein Gesichtsausdruck zeigte ihm mehr als deut-lich, dass er sich diesen jetzt besser verkneifen sollte.

»Übrigens«, fügte ich hinzu, »würdest du die Todes-umstände eines gewissen Georg recherchieren?«

»Aller Georgs, die je gestorben sind?«, fragte Jürgen, ohne mit der Wimper zu zucken. »Das dürften einige sein. Ein paar Stunden wird das bestimmt dauern.«

»Nur der, der Anfang der 5oer Jahre im Neustadter Saalbau mutmaßlich ermordet aufgefunden wurde. Er war ein frühes Mitglied der Weinbruderschaft der Pfalz, das sollte dir die Eingrenzung erleichtern.«

»Du interessierst dich für eine Sekte?«, fragte Jürgen.

»Die Weinbruderschaft der Pfalz ist anscheinend alles andere als eine Sekte. Schau mal im Internet nach.«

Jutta hatte eine Frage. »Weiß KPD eigentlich, dass du in Neustadt recherchierst?«

»Bist du verrückt? Es reicht, dass ich ständig Ärger mit diesem Joachim Specht habe. Der ist immer noch kom-missarischer Leiter der Kriminalpolizei in Neustadt. Nein, das darf Diefenbach nie erfahren.«

»Was darf ich nicht wissen?« Ohne Vorwarnung stand unser Chef im Türrahmen.

»Äh, ja, also«, stotterte ich für einen winzigen Moment hilflos. Da ich in Sachen KPD über ein unerschöpfliches Repertoire an Ausreden verfügte, konnte ich aber sofort mit einer passenden Inszenierung aufwarten. »Es ist wirklich schade, Herr Diefenbach, dass Sie zu diesem ungünstigen Zeitpunkt kommen.«

»Für mich gibt es keinen ungünstigen Zeitpunkt«, fauchte KPD böse. »Ich will sofort wissen, was ich nicht wissen darf. Als guter Chef dieser Dienststelle, die ich sehr gut führe, habe ich das Recht, alles zu wissen.«

»Wie Sie meinen«, antwortete ich mit gespielter Bescheidenheit. »Ich habe gerade mit meinen Kollegen besprochen, was wir Ihnen zum Geburtstag schenken.«

KPDs Miene hellte sich auf. »Ach so, und ich dachte …« Dann kam ihm ein Gedanke. »Aber ich habe doch erst im Februar Geburtstag.«

»Genau deshalb«, erweiterte ich meinen Bluff. »Es soll ein besonderes Geschenk werden, und das benötigt eine gewisse Vorbereitungszeit. Daher treffen wir uns regelmäßig, um die nächsten Schritte zu besprechen.«

»Soso«, lächelte KPD verlegen. »Ich muss Sie leider auf morgen vertrösten. Unsere Lieferung kommt noch heute. Ich habe mir gedacht, ich nehme Herrn Palzki gleich mit. Er wird nämlich unser Beauftragter für mein neues Projekt.«

Ich hatte keine Ahnung, wovon er sprach. »Das geht leider aus versicherungstechnischen Gründen nicht, lieber Herr Diefenbach«, schleimte ich in bittersüßem Ton. »Ich habe diese Woche Urlaub. Ich bin nur wegen Ihres Geburtstagsgeschenks kurz zur Besprechung ins Büro gekommen.«

»Sie sind im Urlaub?« KPD stutzte. »Warum hat mir das niemand gesagt? Ich habe Sie zwar schon länger nicht mehr gesehen, aber so ist das auch, wenn Sie keinen Urlaub haben.« An seine unterschwelligen Beleidigungen hatte ich mich seit Jahren gewöhnt. »Dann kommen Sie wenigstens kurz mit in den Hof. Die komplette Einweisung machen wir dann nächste Woche.«

Der Hof hinter unserer Dienststelle war ungewöhnlich leer. Mir fiel sofort auf, dass der überdachte Fahrradabstellplatz am nördlichen Ende vergrößert worden war. Unser Hausmeister rollte gerade Stromkabel aus. »Weg do«, herrschte er mich auf Pfälzisch an, als ich um ein Haar in seinen Werkzeugkasten getreten wäre.

»Passen Sie doch auf!«, schimpfte nun auch KPD und deutete auf ein Plakat, das an der Rückwand des Unterstandes hing. Es zeigte eine Landkarte der erweiterten Kurpfalz von Kaiserslautern bis Sinsheim mit Schifferstadt als Mittelpunkt. »Sehen Sie den roten Kreis?«, fragte er. »Prägen Sie ihn sich gut ein.«

»Ich weiß, wie ein Kreis aussieht, das habe ich in der Grundschule gelernt. Ein Kreis ist rund und, äh, rund halt.«

»Wollen Sie mich für dumm verkaufen?«, fuhr mich KPD an. Da ich davon überzeugt war, dass es sich um eine rhetorische Frage handelte und er keinen Wert auf eine ehrliche Antwort legte, schwieg ich. »Merken Sie sich die Orte, die der Kreis berührt.«

»Haßloch«, sagte ich, als ich vor dem Plakat stand. »Die anderen Orte sagen mir auch etwas. In den meisten war ich schon.«

KPD atmete ein paarmal tief durch, bevor er weitersprach. »Außerhalb dieses Kreises liegt künftig die rote

Zone, daher die Farbe des Kreises. Und diese Einteilung ist völlig unabhängig vom Zuständigkeitsbereich unserer Dienststelle zu sehen.«

»Aha«, sagte ich und gähnte hemmungslos, schließlich war ich im Urlaub. Mein Chef ließ sich durch mein Desinteresse nicht aus der Ruhe bringen. »In der roten Zone bleibt alles beim Alten. Ich will Sie und Ihre Kollegen schließlich nicht über Gebühr belasten.« Er starrte mir unverhohlen auf die Hüfte. »Innerhalb des Kreises befindet sich die grüne Zone«, setzte er seine Erklärung fort. »In dieser Zone werden Sie sich in Zukunft ausschließlich mit den neuen Elektrofahrrädern fortbewegen, die nachher geliefert werden.«

Ich verstummte. »E-Bikes?«, wiederholte ich. »Ist das Ihr Ernst?«

»Habe ich als guter Chef jemals einen Witz gemacht?«, bellte KPD. »Natürlich bekommen wir auch ein paar Lastenfahrräder, falls Sie Ausrüstung transportieren oder Dinge beschlagnahmen müssen.«

Ich brachte immer noch keinen Ton heraus.

KPD sah mich an. »Kein sarkastischer Kommentar Ihrerseits? Ich sehe, Sie haben den Ernst der Lage erkannt. Auch wir Polizeibeamten müssen uns aktiver für den Klimaschutz einsetzen. Unsere Dienststelle wird grüner werden. Das Innenministerium hat einen Orden für die grünste Dienststelle ausgelobt. Und den werde ich bekommen.« Er zeigte auf den roten Kreis. »Und zwar mit massiven Energieeinsparungen innerhalb des Kreises in der grünen Zone, die ich definiert habe.«

»Und was machen wir, wenn wir einen Termin außerhalb der grünen Zone haben? Wie kommen wir dahin?« Endlich hatte ich meine Sprache wiedergefunden. Vielleicht war es an der Zeit, vorzeitig in den Ruhestand zu gehen.

»Daran habe ich als perfektionistischer Dienststellenleiter und Energiesparer auch gedacht«, sagte er arrogant. »In jedem Ort im Zonenrandgebiet steht ein Dienstwagen in Bereitschaft. Damit sparen wir etwa die Hälfte unseres Fuhrparks ein. Denn die Dienstwagen werden künftig nicht mehr personenbezogen, sondern anlassbezogen zugeteilt. Wer eine Dienstfahrt in die rote Zone unternehmen möchte, muss sich diese zunächst von mir genehmigen lassen. Dann sind Sie an der Reihe, Palzki. Auf Ihrem Computer wird eine Software installiert, mit der Sie die Dienstfahrten für meine Untergebenen koordinieren. Mit dem Programm lassen sich sogar abteilungsübergreifende Fahrgemeinschaften planen.«

Ich fragte mich, ob ich in der Realität oder in einem Albtraum gefangen war. »Das geht nicht«, antwortete ich, »man kann doch nicht alle Streifenwagen abschaffen.«

KPD lachte laut auf. »Aber Palzki, da haben Sie etwas grundlegend falsch verstanden. Natürlich bleiben die Streifenwagen der Schutzpolizei erhalten. Die optische Präsenz ist schließlich enorm wichtig für das Image meiner Polizei. Die E-Bikes sind ausschließlich für meine Untergebenen der Kriminalpolizei bestimmt. Damit schließe ich alle zivilen Fahrzeuge ein. Mit Ausnahme meines Dienstwagens natürlich, der für die Repräsentation unverzichtbar ist.«

»Kennen ehr mol ä bissel uff die Seid gehe«, fragte der Hausmeister, der mehrere technische Geräte in der Hand hielt. »Do wo ihr stehn, muss ich jetzert die Ladestatione montiere.«

»Ach ja«, übernahm wieder KPD. »Da kommen wir zum nächsten Punkt. Als unser neuer E-Bike-Beauftragter sind Sie ab sofort dafür verantwortlich, dass die Akkus der Fahrräder jeden Abend ordnungsgemäß an die Ladestationen angeschlossen werden.«

Dass mein Ende als Polizeibeamter plötzlich und unvorbereitet über mich hereinbrechen würde, hatte ich schon länger geahnt. Aber jetzt, wo es endgültig feststand, war es schon ein seltsam beklemmendes Gefühl. Niemals würde ich mich auf dieses verrückte Projekt von KPD einlassen.

Die Situation war völlig neu für mich, zumal ich nie wirklich über die Konsequenzen nachgedacht hatte, die ein vorzeitiger beruflicher Ausstieg mit sich bringen würde. Um Zeit zu gewinnen, versuchte ich erst einmal zu fliehen. Mit einem Blick auf die Uhr sagte ich zu meinem Vorgesetzten: »Das können wir nach meinem Urlaub ausführlich besprechen, ich muss jetzt leider nach Neustadt.« Ich biss mir auf die Zunge, aber es war zu spät.

»Neustadt?« KPD horchte auf. »Was wollen Sie in Neustadt? Haben Sie etwa …«

Hektisch unterbrach ich ihn. »Ich muss mit meiner Frau Kleider einkaufen. In Neustadt soll es gute Fachgeschäfte geben.«

»Ach so«, seufzte KPD. »Ich dachte, Sie treffen sich mit diesem Landgraf.«

»Sie meinen Michael Landgraf?«, fragte ich erstaunt. »Ist etwas mit dem Museumsleiter? Die Ermittlungen wegen des Kirchenschatzes sind doch längst abgeschlossen.«

»Nein, nein«, winkte mein Chef ärgerlich ab. »Ich bereite gerade über meine Fachanwälte eine Klage gegen

Landgraf vor. Er hat es tatsächlich gewagt, meinen Ruf in Zweifel zu ziehen. Meine Anwälte werden ihn auf den Boden der Tatsachen zurückholen müssen. Wer sich mit Klaus P. Diefenbach anlegt, muss früher aufstehen.«

Dass Landgraf zu nächtlicher Stunde aufstand, wusste er sicher nicht. »Was hat er denn verbrochen?«, fragte ich neugierig und hoffte, dass es nichts mit der laufenden Untersuchung zu tun hatte.

»Damit will ich Sie nicht belasten, Palzki«, antwortete er knapp. »Meine Anwälte werden das in meinem Sinne regeln. Mit den Neustadtern bin ich sowieso ständig im Clinch.«

»Wegen der Leiche neben dem Saalbau?« Verdammt, schon wieder war mein Mundwerk schneller als mein Hirn.

Zum Glück ging KPD nicht auf die Leiche ein, sein Problem musste wichtiger sein. »Man hat mir zum ersten Mal eine Ehrenkarte für die Wahl der Pfälzischen Weinkönigin am kommenden Freitag verweigert. Ungeheuerlich, sage ich! Die Neustadter glauben wohl, sie können machen, was sie wollen! Aber nicht mit mir. Wenn diesem Skandal keine offizielle Entschuldigung folgt, werde ich alles daransetzen, dass die nächsten Wahlen der Weinkönigin künftig in Schifferstadt über die Bühne gehen. Dann werden sie schon sehen, die Neustadter!«

»In Schifferstadt? Sie wollen die Wahl der Pfälzischen Weinkönigin nach Schifferstadt holen? Bei uns gibt's doch nur Radieschen und so Zeug.«

»Immerhin hat der Rhein-Pfalz-Kreis einen Weinberg in Klein-Niedesheim«, schimpfte KPD wütend. »Die werden sehen, ich meine es ernst.« Nach einer kurzen Pause fügte er hinzu: »Am Samstag gebe ich denen bei der großen Pfalzweinprobe die letzte Gelegenheit, sich für diesen Fauxpas zu entschuldigen.«

»Sie, äh, Sie sind am Samstag in Neustadt?«, stammelte ich.

KPD sah mich erstaunt an. »Dass Sie das wissen, Palzki, mein Kompliment. Die Pfalzweinprobe gehört seit Jahren zu meinen Pflichtveranstaltungen als guter Dienststellenleiter. Ich hoffe, dass ich in diesem Jahr zwei Bürgen akquirieren kann, um im nächsten Jahr endlich Mitglied in der noblen Verbindung der Weinbruderschaft zu werden.« Er senkte die Stimme. »Es ist nicht leicht, aufgenommen zu werden. Aber ich habe mich dieses Jahr gut vorbereitet und eine dicke Mappe mit meinen hervorragenden Referenzen erstellen lassen.«

9 EXPLOSIVES NEUSTADT

Ohne weiteres Störfeuer konnte ich mich von KPD verabschieden und nach Neustadt fahren. Wenn er sein Umweltprojekt wirklich durchsetzen würde, müsste ich mir ein eigenes Auto zulegen. Ohne Wagen war ich aufgeschmissen, selbst die Supermärkte für den Wocheneinkauf lagen fast einen halben Kilometer von unserem Haus entfernt. Zum Glück brachte KPD seine unausgegorenen Projekte nur selten zu Ende. Meistens entwickelte er in kurzen Abständen neue Ideen und vergaß darüber die alten. Ich hoffte inständig, dass es heute keine weiteren Hiobsbotschaften geben würde.

Die Überraschung war groß, als ich aus meinem Tagtraum erwachte und mich bereits in Neustadt befand. Ich musste fast die ganze Strecke im geistigen Blindflug zurückgelegt haben.

Mit einem tiefen Seufzer fuhr ich am Bahnhofsvorplatz vorbei und freute mich ausnahmsweise auf eine Tasse starken Kaffee im Bibelhaus. Als ich meinen Blick kurz in Richtung der Baustelle neben dem Saalbau schweifen ließ, gab es einen fürchterlichen Knall, der mein Auto erzittern ließ. Ich machte eine Vollbremsung, riss vor Schreck das Lenkrad herum und kam nur wenige Millimeter vor einem Verkehrsschild neben der Gegenfahrbahn zum Stehen. Vor mir türmte sich eine riesige Staubwolke auf, die mir jede Sicht nahm.

Was war passiert? War ein Sprengsatz unter dem Motor meines Autos explodiert? Aber warum gerade jetzt? Und woher kam der Nebel? Ich ließ das Seitenfenster ein paar Zentimeter herunter und schloss es sofort wieder. Es war tatsächlich Staub. Jegliche Orientierung war mir genommen, und der plötzliche Anstieg meines Adrenalinspiegels tat sein Übriges. Unzählige Gedanken durchfluteten gleichzeitig mein Gehirn auf der Suche nach der Ursache, was die Verwirrung nur noch steigerte. In der Ferne hörte ich die ersten Sondersignale der Einsatzfahrzeuge. Da ich im Inneren des Wagens keine unmittelbare Gefahr für mein Leben sah, blieb ich sitzen. Der Staub setzte sich, aber nur sehr langsam. Ein Aussteigen hätte mindestens einen kapitalen Hustenanfall zur Folge gehabt. Außerdem hatte ich keine Ahnung, ob die Außenluft mit lebensfeindlichen Gasen oder Chemikalien durchsetzt war. Inzwischen war ich zu der Überzeugung gelangt, dass eine explodierte Gasleitung die wahrscheinlichste Ursache war. Könnte das durch Unachtsamkeit in der Baugrube passiert sein?

Ich schaltete das Radio ein und drückte erfolglos alle Sender durch. Nach einer Viertelstunde, die mir wie vier Stunden vorkam, betrug die Sichtweite außerhalb des Wagens immer noch weniger als einen Meter. Ich überlegte, analog zum verbalen Prinzip unserer Nachbarin, ganz tief Luft zu holen, dann die Tür ruckartig zu öffnen und in Richtung Bahnhofsvorplatz zu rennen, in der Hoffnung, über kein Hindernis zu stolpern.

Die Entscheidung wurde mir abgenommen. Von außen öffnete ein Feuerwehrmann in voller Montur die Fahrertür. Ohne ein Wort zu sagen, setzte er mir einen Fluchthelm auf und zog mich aus dem Auto.

Nicht weit entfernt blieb er stehen und ließ mich los. Zwei weibliche Sanitäter nahmen mir den Helm ab. »Der hot jo gar nix abgekriggt«, sagte die jüngere der beiden.

Mit einem lauten Zischen begann die Feuerwehr, den Explosionsort zu bewässern. Mit Erstaunen sah ich, dass es sich nur um einen eng begrenzten Platz rund um die Baustelle und einen kleinen Teil der Straße handelte. Mein staubbedecktes Auto war das einzige, das in der Gefahrenzone stand. Immerhin musste den Feuerwehrleuten inzwischen klar sein, dass sich in der Luft keine Stoffe befanden, die mit Wasser in unerwünschter Weise reagierten.

»Was ist passiert?«, fragte ich die Umstehenden.

»Do hots geknallt«, antwortete die Sanitäterin.

»Das habe ich gehört«, antwortete ich. »Hat das was mit meinem Auto zu tun?«

»Hä?«, fragte sie. »Warum das Auto?«

Ihre Kollegin mischte sich ein. »Der Explosionsherd war in der Baugrube.«

»Gas?«, fragte ich.

Die Jüngere schüttelte den Kopf: »Des hot die Feierwehr schunn so gut wie ausgeschlosse. Die gucken jetzert erscht ämol, dass de Staab nochlosst, dann wird nochgeguckt. Bei Ihne iss alles in Ordnung?«

»Herr Palzki!«

Die markante Stimme kannte ich inzwischen nur zu gut, auch wenn der charakteristische Pfeifengeruch durch den Staub nicht wahrnehmbar war.

»Ich hab's gewusst«, schimpfte Joachim Specht mit erhobener Stimme. »Es hat keinen Sinn, mit Ihnen eine Vereinbarung zu treffen, Sie halten sich sowieso nicht daran. Das scheint symptomatisch für alle Schifferstadter

Beamten zu sein«, schimpfte er. Da der Hinweis auf die Unschuldsvermutung im Moment sicher nicht fruchten würde, schwieg ich. »Hatten wir nicht vereinbart, dass Sie Neustadt bis auf Weiteres meiden? Stattdessen jagen Sie die halbe Altstadt in die Luft.«

»Steht doch alles noch«, entgegnete ich und deutete auf den Saalbau. »Oder hat es woanders weitere Explosionen gegeben?«

Specht verstand meine Frage nicht. »Wie viele Bomben haben Sie wo gelegt?«

Nach dem, was ich vorhin mit meinem Chef erlebt hatte, war ich zum zweiten Mal kurz davor, alles hinzuschmeißen. Ich wollte einfach nach Hause fahren, mich mit einem Weizenbier auf die Terrasse setzen und von einer besseren Welt träumen. Diesmal hätte ich meinen Plan in die Tat umgesetzt, wäre da nicht das Dilemma mit den Eintrittskarten gewesen. Ich versuchte, mich zu beherrschen, und antwortete dem Kommissar so sachlich wie möglich: »Ich habe mit dem ganzen Tohuwabohu nichts zu tun. Ich war auf dem Weg zu Herrn Landgraf, um mir das Bibelmuseum anzusehen. Sie wissen ja: Ich habe Urlaub. Mit der geplatzten Gasleitung habe ich folglich überhaupt nichts zu tun.«

Specht schaute mich skeptisch an, dann zog er eine seiner Zigarren aus der Tasche und zündete sie an. Nach zwei, drei Zügen, die er wohl brauchte, um sich mental zu beruhigen, sagte er: »Das sind mir längst zu viele Zufälle, Herr Palzki. Ich werde alles tun, um Ihre Behauptung zu widerlegen.« Nach einer kurzen Pause fügte er hinzu: »Was meinen Sie mit Gasleitung?«

»Die Explosion«, sagte ich ungerührt.

»Es gibt keine Gasleitung«, antwortete er.

»Wer reinigt jetzt mein Auto?«, fragte ich, weil mir nichts anderes einfiel und dieses Problem gelöst werden musste. Der Wagen war in diesem Zustand nicht fahrbereit. Der Staub in Verbindung mit der Beregnung hatte auf ihm einen Schmierfilm hinterlassen, der sicher nicht einfach zu entfernen war.

»Guten Tag, Herr Specht«, wurde der Kripoleiter in diesem Augenblick von Oberbürgermeister Marc Weigel begrüßt. Dann entdeckte er mich und drehte sich sofort zu mir um. »Herr Palzki, Sie sind aber schnell hier. Wissen Sie, was passiert ist?«

»Hallo?«, protestierte Specht. »Sollten Sie das nicht lieber mich fragen, Herr Weigel?«

»Natürlich«, ruderte der OB sofort zurück. »Ich wollte nur kurz Herrn Palzki begrüßen. Wir beide sind nämlich verabredet.«

Mit diesem Bärendienst förderte er unbewusst die nächste Eskalationsstufe. Joachim Specht lief von einer Sekunde auf die andere rot an. »Das ist die Höhe, Herr Palzki. Vor ein paar Minuten haben Sie mir noch vorgelogen, dass Sie …«

»Auf dem Weg ins Bibelmuseum waren«, beendete ich seinen Satz. »Das stimmt. Ich wollte mich dort mit Herrn Landgraf und Herrn Weigel treffen. Richtig?« Ich sah den OB fragend an.

»Ja, ja«, stammelte dieser. »Genauso ist es.«

»Im städtischen Museum sollen einige Bibeln als Leihgaben in Vitrinen ausgestellt werden«, log ich.

»In unserer Villa Böhm …«, ergänzte Weigel geistesgegenwärtig.

»Und dafür fahren Sie von Schifferstadt nach Neustadt?« Specht roch den Braten.

»Richtig.« Als spontaner Geschichtenerfinder konnte ich es locker mit dem Krimiautor Dietmar Becker aufnehmen. Mit dem Unterschied, dass meine Geschichten um einiges glaubwürdiger waren. »Immerhin habe ich dem Bibelmuseum geholfen, die Bibel und den Kirchenschatz zu finden.«

»Dafür sind wir Herrn Palzki sehr dankbar«, bestätigte der OB. »Ich verstehe nicht, was diese Explosion mit ihm zu tun haben soll.«

»Leider wurde mein Auto verschmutzt«, lenkte ich ab und zeigte auf den staubbedeckten Wagen. »Ich bin rein zufällig an der Baustelle vorbeigefahren, als es zur Explosion kam.« Das Wort »rein« betonte ich auffällig.

»Ich kümmere mich darum«, sagte Marc Weigel. »Wohin soll ich das Fahrzeug dann bringen lassen?«

»Ins Bibelhaus, bitte, der Schlüssel steckt.«

Der Oberbürgermeister nickte und sah auf die Uhr. »Wir müssen unser Treffen leider verschieben, Herr Palzki. Würden Sie Michael Landgraf anrufen und ihn bitten, hierherzukommen? Dann könnten wir unsere Besprechung in etwa einer Stunde direkt im Saalbau abhalten. Bis dahin werde ich mich um die aktuelle Lage kümmern.« Er drehte sich zu Specht um. »Wissen Sie schon, was die Explosion ausgelöst hat?«

Der Kripochef sagte nichts. Schweigend wartete er, bis ich außer Hörweite war.

Erst jetzt bemerkte ich, dass der Doppeldeckerbus der beiden Pseudoärzte verlassen zwischen den Einsatzfahrzeugen von Feuerwehr und Polizei stand. Auch er hatte einiges an Staub abbekommen, die rote Farbe war kaum noch zu erkennen. Weder Metzger noch Wallmen konnte ich entdecken, die Bustür war verschlossen. Ich würde es den beiden durchaus zutrauen, sich nachts mit einem starken, illegal erworbenen Schlafmittel zu betäuben. Einen Moment überlegte ich, ob ich sie wecken sollte. Da ich nicht wusste, wie ich das anstellen sollte, da nicht einmal der Knall der Explosion ausgereicht hatte, verzichtete ich auf diese Aktion. Es hätte mir auch keinen Informationsvorsprung gebracht.

Am Eingang des Saalbaus standen zwei Beamte, die offensichtlich Besucher am Betreten des Gebäudes hindern sollten. Zielstrebig und sie weitgehend ignorierend, ging ich an ihnen vorbei in Richtung Saal. Nur ein »Morsche, Kollesche« raunte ich ihnen als Legitimation meiner Person zu. Eine gewisse Portion Dreistigkeit führte oft schneller zum Erfolg als der formal korrekte Weg.

»Herr Palzki!« Ich drehte mich zur Seite und sah Volker Schmidt die Kellertreppe heraufkommen. »Wissen Sie schon, was die Explosion ausgelöst hat? Ich habe im Keller nachgesehen und Risse in der Außenwand entdeckt. Die Explosion muss draußen auf der Baustelle passiert sein.«

Dass ich mich im Foyer befand, war mir nicht ganz geheuer. Der zuständige Kripochef Joachim Specht wusste zwar, dass ich im Auftrag des Oberbürgermeisters im Gebäude unterwegs war, aber wenn er mich im Gespräch mit dem Saalbauleiter sah, würde er unweigerlich die Situation missverstehen und mich in Gewahrsam nehmen. »Können wir in Ihr Büro gehen?«, forderte ich Schmidt auf. »Ich habe ein paar kurze Fragen und möchte Herrn Landgraf anrufen.«

»Äh, ja, nein, äh, das geht jetzt nicht«, stammelte er mir mit hochrotem Kopf entgegen.

Ich wusste sofort, dass etwas nicht stimmte. Da ich keine Ahnung hatte, warum er so abweisend reagierte, versuchte ich es mit einem kleinen Erpressungsversuch: »Ich hatte gestern ein nettes Gespräch mit Doktor Matthias Metzger. Sie kennen ihn doch gut, oder?«

Volker Schmidt bekam eine veritable Maulsperre. »Sie wissen alles?«

»Alles«, entgegnete ich mit fester Stimme. »Als Kriminalbeamter bin ich psychologisch sehr gut ausgebildet. Ich wusste sofort Bescheid.« Den letzten Satz hatte ich nur pro forma angefügt, in der Hoffnung, ihn zusätzlich unter Druck setzen zu können.

»Dann kommen Sie halt mit«, sagte er leise. »Es wäre mir recht, wenn mein Chef nichts davon erfährt. Bald stehen die jährlichen Mitarbeitergespräche an.«

Ich beruhigte ihn. »Es ist mir egal, wem Sie ein paar Hektoliter Wasser und ein paar Kilowattstunden Strom sponsern, auch die Gegenleistung interessiert mich im Moment nicht.«

Schmidt blieb abrupt stehen. »Das wissen Sie auch?«

Zufrieden lächelte ich ihn an. Wieder einmal war es mir gelungen, durch geschickte Gesprächsführung mehr aus einem Zeugen oder Verdächtigen – so genau wusste ich das noch nicht – herauszuholen, als ich geplant hatte. »Ich sagte doch, ich weiß alles.«

Ich war sehr gespannt, welches Geheimnis nun gelüftet werden würde.

Schmidt hielt sich den Zeigefinger vor den Mund, während er vorsichtig seine Bürotür öffnete. Ein mehrstimmiges Schnarchen in der Lautstärke eines Presslufthammers schlug uns entgegen. Neben der Besprechungsgruppe lagen die beiden Notärzte auf Luftmatratzen und schnarchten um die Wette.

Ich ließ mir die Überraschung nicht anmerken,

schnappte mir den großen Locher, der auf Schmidts Schreibtisch lag, und schlug damit mehrmals auf die polierte Metallplatte des Besprechungstisches. Das Ergebnis konnte sich hören und sehen lassen.

Metzger und Wallmen, beide trugen lediglich nicht ganz saubere Unterwäsche, sprangen erschrocken auf. Die Zeit, die sie brauchten, um sich räumlich und geistig zu orientieren, war für mich Beweis genug, dass sie irgendein Mittel genommen haben mussten.

»Mensch, Palzki«, blökte Metzger schließlich. »Was machen Sie hier um diese unchristliche Zeit? Ist es überhaupt schon hell?« Er sah aus dem Fenster und versuchte, seine Pupillen scharf zu stellen.

»Wir haben bis spät in die Nacht Kunden betreut«, versuchte Wallmen sich zu entschuldigen. »Volker hat uns dann vorgeschlagen …«

»Ja, genauso war es«, sprang Schmidt ihm zur Seite. »Ich habe ausnahmsweise mein Büro zur Verfügung gestellt, weil auf die Schnelle kein Hotelbett zu bekommen war.«

Metzger hatte offensichtlich andere Sorgen. »Volker, sind von den Garnelen, die wir aus dem Kühlraum geholt haben, noch welche da? Oder hat Günter sie alle gefuttert?«

Schmidt sah mich an, als würde ich ihn jeden Moment fressen wollen. »Die waren noch von der letzten Veranstaltung übrig. Unser Haus-Caterer hätte sie sowieso weggeworfen.«

Bevor ich ihn beruhigen konnte, klingelte sein Telefon. Fragend sah er mich an.

»Gehen Sie ruhig ran. Es könnte wichtig sein.«

Metzger rülpste in dem Moment, als Schmidt den Hörer abnahm.

»Nein, nein, da muss eine Störung in der Leitung sein«, sagte er, mit einem bösen Blick zu Metzger, zu seinem uns unbekannten Gesprächspartner.

»Das trifft sich gut«, sagte er kurz darauf. »Herr Palzki ist gerade bei mir. Also bis gleich.«

»Das war Michael Landgraf«, erklärte er mir, nachdem er aufgelegt hatte. »Sie waren mit ihm im Bibelhaus verabredet?«

»Richtig«, bestätigte ich. »Die Explosion hat mich aufgehalten. OB Weigel hat mich gebeten, Landgraf anzurufen und ihn in den Saalbau zu bestellen, damit wir später gemeinsam über die aktuelle Lage sprechen können. Da Landgraf jetzt sowieso kommt, brauche ich ihn nicht mehr anzurufen.«

»Der OB ist hier?« Volker Schmidts Stimme wurde brüchig. Dann blickte er in Richtung des Nachtlagers. »Am besten, wir schaffen das schnell aus der Welt. Ihr könnt das Zeug in den Aktenschrank legen, dort ist noch reichlich Platz.«

»Ich muss erst mal meine Klamotten finden«, klagte Notnotarzt Metzger, der wie sein Kumpel noch in Unterhosen steckte und sich am Oberschenkel kratzte. »Günter, weißt du, wo ich die hingelegt habe? Könnte es sein, dass ...«

Die Situation hätte nicht bizarrer sein können, aber genau in diesem Moment kam Martin Franck zur Tür herein.

»Es ist nicht so, wie es aussieht«, rief Schmidt. »Um Himmels willen, komm nicht auf falsche Gedanken.«

Trotz des Ernstes der Lage konnte ich mir ein Lachen kaum verkneifen. Ohne ein Wort zu sagen, was mir auch schwergefallen wäre, verließ ich das Büro und ging nach unten in den Saal. Gerne hätte ich Volker Schmidt noch einige Fragen gestellt, aber das konnte ich sicher im Laufe des Tages nachholen. Zunächst galt es, der bizarren Szene zu entkommen, die sich gerade in Schmidts Büro abspielte. Mit einem Schmunzeln dachte ich an Dietmar Becker, der das Ganze sicher als Lustspiel für eine Theateraufführung literarisch aufbereiten würde.

Kaum hatte ich im leeren Saal am Bühnenrand Platz genommen, kam Michael Landgraf angerannt. »Schneller ging's nicht«, schnaufte er.

»Warum die Eile?«, fragte ich. »Haben Sie die Lage schon analysiert?«

»Draußen ist alles voller Einsatzkräfte. Volker hat am Telefon angedeutet, dass es eine Explosion gab. Tatsächlich habe ich vorhin zu Hause eine leichte Erschütterung gespürt. Ich dachte aber eher an ein Erdbeben.«

Ich ließ ihn verschnaufen und gab ihm einen kurzen Überblick über die Ereignisse des gar nicht mehr so frühen Tages. Die Geschichte mit den Notärzten verschwieg ich mangels Relevanz. »Wir sollen im Saalbau warten, bis der OB Zeit für uns hat«, beendete ich meinen Vortrag.

»Und was ist mit Joachim Specht?«, hakte er nach.

»Mit dem habe ich auch schon gesprochen«, bestätigte ich mit einem süffisanten Lächeln. »Herr Weigel hat die Situation gerettet.«

Landgraf schwieg einige Minuten, in denen er intensiv nachdachte. »Eine Explosion hatte ich in meinen Analysen nicht berücksichtigt. Wie hätte ich mit so etwas rechnen sollen? Gab es Verletzte?«

»Das ist eine gute Frage«, sagte ich. »Ich habe nichts davon gehört. Ich muss dem Tatort am nächsten gewesen sein, zum Glück saß ich in meinem Auto.«

Landgraf runzelte die Stirn. »Sie waren auf dem Weg zum Bibelhaus, oder? Warum sind Sie am Saalbau vorbeigefahren, das ist doch ein Umweg.«

»Es sind nur ein paar Meter«, schwächte ich seine Kritik ab. »Ich wollte mir die Baustelle einmal bei Tageslicht ansehen. Manchmal hat man dann inspirierende Momente.« Dass ich versehentlich im Tagtraum an der Einmündung der Stiftsstraße vorbeigefahren war, musste ich ihm nicht auf die Nase binden.

»Dann hätte ich mich wirklich nicht beeilen müssen«, stellte Landgraf fest. »Unser Zeitplan ist jetzt sowieso hinfällig. Wenn ich Sie richtig verstanden habe, können wir im Moment nichts anderes tun, als auf Marc Weigel zu warten.«

»Richtig. Wenn Herr Specht uns beim Herumschnüffeln erwischt, ist alles zu spät. Gibt es im Saalbau einen Getränkeautomaten?«

»Ich habe eine bessere Idee. Ich schicke dem OB eine *WhatsApp*, dass wir in ein Café in der Nähe gehen. Sobald er Zeit für uns hat, soll er mir Bescheid geben.«

Seine Idee an sich war gut. Eine Pause würde mir nach den vielen Erlebnissen des heutigen Tages guttun. Der Oberbürgermeister würde uns später über den Stand der Ermittlungen informieren.

Wir nahmen die Unterführung unter der Bundesstraße und gingen über den Hetzelplatz in die Fußgängerzone. Automatisch dachte ich an Martin Franck, als wir an der Tourist-Info vorbeikamen. Ob der Doppeldeckerbus der beiden Notärzte nachher noch neben dem Saalbau parken würde? Landgraf riss mich aus meinen Gedanken.

»In diesem Eiscafé sitze ich oft«, sagte er und zeigte

auf einen freien Tisch vor dem Café. Er setzte sich so hin, dass er die vorbeigehenden Leute beobachten konnte.

Eis geht immer, das war mein Motto seit meiner Kindheit, unabhängig von der Tageszeit. Als der bestellte Eisbecher Magnum-Gigante mit extra Sahne kam, lehnte ich mich kurz entspannt zurück, atmete tief durch, freute mich des Lebens, produzierte literweise Magensäure und griff dann zum Löffel. Nichts auf dieser Welt konnte mich davon abhalten, diesen Eisbecher zu genießen.

»Hallo, Herr Palzki«, ertönten in diesem Moment zwei Stimmen. »Hallo, Michael«, folgte.

Der erste Eisberg, noch dazu ein üppiger, blieb mir im Hals stecken. Ich röchelte um mein Leben, während Landgraf mir auf die Schulterblätter einen Klaps gab.

»Erstickt an einem Löffel voll Eis«, meinte Dietmar Becker trocken, nachdem die latente Lebensgefahr gebannt war. »Würde ich das in einem meiner Krimis schreiben, bekäme ich wütende Leserbriefe. Mein Protagonist muss irgendwann einen würdigeren Tod sterben, im Kugelhagel zerfetzt werden oder im Kampf mit einem Schurken aus einem Fesselballon fallen. Von solch einem Heldentod träume ich schon lange …«

Mir war klar, dass der Schwerenöter und Möchtegern-Krimiautor früher oder später auftauchen würde, aber warum ausgerechnet jetzt? Immer wieder, und das war wörtlich zu nehmen, tauchte er in den unpassendsten Momenten auf und störte meine Ermittlungen. Nicht genug, dass er seine Erlebnisse mithilfe seiner überbordenden Fantasie wie Baron Münchhausen aufbauschte und daraus äußerst fragwürdige Kriminalromane strickte, die mit der Realität der Polizeiarbeit nichts, aber auch gar nichts zu tun hatten. Nein, er ging sogar noch einen sehr tragischen Schritt weiter. Seit ich ihm einmal bei einem Einsatz versehentlich das Leben gerettet hatte, benannte er in seinen verrückten Geschichten den ermittelnden Kommissar nach mir. Seitdem musste ich jedes Mal, wenn ein neuer Kriminalroman von Becker erschien, auf der Dienststelle Spießruten laufen und mir blöde Kommentare anhören.

Ich ignorierte seine dummen Sprüche und blieb stumm.

»Dürfen wir uns setzen?«, fragte er. Ohne eine Antwort abzuwarten, setzten sie sich. Der Begleiter war sein Freund Steffen Boiselle, ungleich sympathischer als der ewige Student und Krimischreiber Becker, auch wenn ich nicht verstand, nach welchen Kriterien Boiselle seine Freunde aussuchte. Er war Inhaber des Neustadter *Agiro-Verlags*, der neben regionalen Medien und Produkten auch als sehr erfolgreicher Cartoonist unterwegs war und die Marke *100% PÄLZER!* erfunden hatte. Er hatte sich in der Vergangenheit mehrfach von seinem Kumpel Dietmar Becker anstecken lassen, sodass sie gemeinsam als Möchtegern-Detektive meine Ermittlungen sabotierten. Ich musste den beiden zugutehalten, dass sie das eine oder andere Mal, aber wirklich nur am Rande, hilfreiche Fakten zutage gefördert hatten. Die hätte ich natürlich auch ohne ihre Hilfe herausgefunden.

»Hallo, ihr beiden«, begrüßte nun auch Landgraf die zwei. Mit Boiselle war er schon länger per Du, denn bei *Agiro* waren einige seiner Bücher erschienen. Seit der Sache mit der Stiftskirche war er dies offenbar auch mit Becker. Niemals würde ich mich zu solch kumpelhaftem Verhalten hinreißen lassen. Als Kriminalbeamter war ich stets auf Distanz bedacht, denn jeder konnte der nächste Mörder sein.

»Wir sind rein zufällig hier«, erklärte der Verleger, nachdem er sich einen Kaffee bestellt hatte.

»Hör auf«, unterbrach ihn sein Kumpel. »Herr Palzki glaubt uns sowieso nicht.« Er lachte ausgiebig.

»Sie haben in meiner Dienststelle angerufen und versucht, meine Kollegen auszuspionieren?«

Becker war überrascht. »Ach, das wissen Sie schon? Ich dachte, Sie hätten Urlaub? Das hat jedenfalls Ihr Kollege Jürgen gesagt.«

»Jürgen ist Sachbearbeiter und weiß von nichts«, antwortete ich barsch. Landgraf blickte mich aus den Augenwinkeln mit einem Stirnrunzeln an, sichtlich überrascht über meinen Ton.

Steffen Boiselle versuchte, die Wogen zu glätten. »Wir führen wirklich nichts Böses im Schilde. Dietmar und ich wollen uns nur informieren. Über die Explosion und den Unfall gestern.«

»Das war doch Mord?«, unterbrach Becker. »Sonst wären Sie nicht in Neustadt, Herr Palzki, oder?«

»Ihre krude Logik in allen Ehren, Herr Becker. Können Sie sich nicht vorstellen, dass ich nur zufällig in der Nähe eines Unfalls war?«

»Und wenn schon«, winkte Becker übereifrig ab. »So etwas interessiert meine Leser nicht. Es muss sich um einen Mord handeln, alles andere wäre langweilig und belanglos. Außerdem …«, er machte eine kurze Pause, »Steffen und ich haben vorhin Ihren Dienstwagen erkannt. Er steht völlig verdreckt neben der Baustelle, wo laut einem Beamten die Explosion stattfand.«

»Mein Dienstwagen? Woher wissen Sie das?«

Becker verzog das Gesicht. »Man kennt mich eben in Neustadt. Auch unter den Feuerwehrleuten habe ich meine treuen Fans. Ich durfte, mit Erlaubnis natürlich, das Nummernschild abwischen. Nicht, dass ich Zweifel gehabt hätte, aber ...«

»Herr Palzki war auf dem Weg zu mir«, löste Landgraf auf.

»Richtig«, bestätigte ich und widmete mich meinem Eis, das schon zu einem guten Teil geschmolzen war.

Unbeeindruckt von der weiteren Diskussion, genoss ich meinen Eisbecher, ohne mich in das Gespräch einzumischen. Prioritäten waren mir schon immer wichtig. Durch passives Zuhören wurde mir klar, dass sich die beiden Möchtegern-Detektive nun an Landgraf heften würden, um weitere Informationen zu erhalten. Sobald ich wieder mit dem Bruderschaftsmeister allein war, musste ich ihn darüber aufklären und eine deutliche Warnung aussprechen.

Ich schlürfte gerade den Rest meines Eisbechers, als Landgrafs Handy klingelte. »Wir können rüber zum Saalbau«, erklärte er mit einem Blick auf das Display. »Marc Weigel hat jetzt Zeit für uns.«

»Der OB?«, fragte Boiselle neugierig. »Was hat der damit zu tun?«

Beckers Augen leuchteten, er blickte seinen Kumpel an. »Vielleicht können wir es so einrichten, dass wir ihm nachher zufällig über den Weg laufen?«

»Der Saalbau ist geschlossen«, erklärte ich. »Was wollen Sie von ihm? Er wird Ihnen sicher nichts sagen. Versuchen Sie es doch in Schifferstadt bei KPD.«

»Der weiß noch weniger«, sagte der Kriminalschriftsteller. »Ich habe gestern mit KPD telefoniert. Der will aber nichts von dem Toten wissen, weil er gerade wieder eines seiner Leuchtturmprojekte realisiert. Worum es dabei geht, hat er mir nicht verraten. Deshalb bin ich ja auf die Idee gekommen, bei Ihrem Kollegen anzufragen.«

»Trotzdem werden Sie vom Oberbürgermeister nichts erfahren.«

»Ich will ihn doch nur um eine der begehrten Karten für die große Pfalzweinprobe bitten«, fuhr Becker genervt fort. »Steffen nimmt an der Veranstaltung teil, weil er Mitglied der Weinbruderschaft ist.«

»Sie sind auch einer dieser Weinbrüder?«, fragte ich den Verlagschef.

»Ja, natürlich«, antworteten Boiselle und Landgraf gleichzeitig.

Die Erfahrung sagte mir, dass ich jede weitere Aktivität des Krimischreibers unterbinden musste. »Die Veranstaltung ist nur für Mitglieder«, log ich frech. »Außerdem werden die Karten für die Pfalzweinprobe nicht von der Stadt Neustadt vermarktet, sondern von der Weinbruderschaft.« Zumindest der letzte Teil meiner Behauptung war korrekt.

»Ach so«, sagte Becker betont langsam. »Dann werde ich mich direkt an Herrn Stiess wenden. Er möchte schließlich, dass der Showdown meines neuen Krimis bei der Pfalzweinprobe stattfindet.« Nach einer kurzen Pause ergänzte er: »Trotzdem möchte ich mit dem Oberbürgermeister sprechen und ihm eine Rolle im Krimi anbieten. Immerhin hat er sich bei mir bedankt, weil ich ihn in meinem letzten Neustadt-Krimi so sympathisch beschrieben und nicht zum Mörder gemacht habe.«

»Vielleicht ist er diesmal unser Mörder«, meinte ich.

»Mörder?« Becker schaute mich mit großen Augen an. »Also doch ein Mord!«, jubelte Becker. »Komm, Steffen,

wir müssen zum Saalbau. Endlich habe ich einen authen-
tischen Einstieg für meinen nächsten Krimi.«

10 KELLERFÜHRUNG

Auf dem Rückweg informierte ich Landgraf über die mutmaßlichen Pläne der beiden Hobbydetektive. Er versprach mir Stillschweigen. Doch längst war klar, dass ich diesen Hobbydetektiven nicht zum letzten Mal begegnet war.

»Wir müssen nach rechts«, sagte Landgraf, als wir das Foyer betraten. »Der OB ist in einem der kleinen Konferenzräume.«

Der OB winkte uns zu, als wir den Raum betraten, in dem knapp zehn Personen um einen Tisch saßen. Eine der zehn Personen war Joachim Specht, der mit fiktiven Giftpfeilen auf uns schoss. »Wir sind gleich fertig«, rief uns der OB zu. Dann wandte er sich wieder den anderen zu. »Die nächsten Schritte sind klar: Herr Specht wird die Explosion aus polizeilicher Sicht untersuchen. Zum Glück gab es keine Verletzten, und die Feuerwehr hat grünes Licht gegeben. Der Platz rund um die Baustelle kann freigegeben werden, sobald die Stadtreinigung alles gesäubert hat.« Marc Weigel blickte kurz auf und zwinkerte uns zu. »Unsere Besprechung ist vertraulich, weil wir noch nicht wissen, wer für die Explosion verantwortlich ist.«

»Und wenn es weitere Explosionen gibt?«, mischte sich Landgraf ein.

»Die Sprengstoffspürhunde haben das Außengelände bereits abgesucht«, antwortete der OB. »Und was ...«

Schroff wurde er von Specht unterbrochen. »Herr Weigel, haben Sie nicht gerade selbst gesagt, dass die Konferenz vertraulich ist? Oder schließen Sie die Herren Landgraf und Palzki als Verdächtige aus? Ich tue das jedenfalls nicht.«

»Schon gut«, entschuldigte sich der OB. »Ich beschränke mich jetzt auf das Nötigste: Der Saalbau bleibt bis zur Untersuchung durch einen Statiker, der bereits unterwegs ist, geschlossen. Je nachdem, zu welchem Ergebnis er kommt, können die Proben für die Wahl der Pfälzischen Weinkönigin heute Nachmittag stattfinden oder eben nicht.« Er blickte kurz zur Decke. »Ich hoffe sehr, dass die Explosion keine Auswirkungen auf die beiden Veranstaltungen am Wochenende hat.«

Ein zustimmendes Gemurmel der Zuhörer beendete die Sitzung. Während die mir unbekannten Personen den Sitzungssaal verließen, kam der Leiter der Kriminalpolizei auf uns zu und baute sich vor uns auf. »Ihr zwei habt etwas damit zu tun. Ich werde nicht ruhen, bis ich es herausgefunden habe.« Er schaute auf seine Uhr. »Ich muss jetzt ins Büro, und wenn ich heute Mittag zurück bin, will ich keinen von euch mehr sehen. Habe ich mich klar ausgedrückt?«

Während wir nickten, reagierte der OB. »Herr Specht, Sie verdächtigen doch nicht ernsthaft Landgraf und Palzki?«

»Doch«, antwortete der und verließ den Raum.

»Er ist nicht gerade Ihr Freund«, meinte der Oberbürgermeister.

»Man kann es nicht allen recht machen«, gab ich eine alte Binsenweisheit zum Besten.

Ich sah dem OB an, dass er intensiv nachdachte.

»Eigentlich wollte ich Sie um etwas bitten, aber nach dem Vorfall mit Herrn Specht weiß ich nicht mehr so recht …«

»Kein Problem«, antwortete ich. »Ich bin Experte darin, Vorgesetzte und andere wichtige Leute zu ignorieren.«

»Aha«, sagte der OB erleichtert. »Es ist so: Nachher kommt ein Statiker und schaut sich den Saalbau an, vor allem die Außenwand des Kellers, wo es geknallt hat. Von außen sieht man ein paar Risse, das scheint für mich nicht so schlimm zu sein. Aber ich bin leider kein Fachmann. Wenn Sie, Herr Palzki, und du, Michael, den Statiker begleiten könnten, wäre mir das sehr recht. Ich habe leider eine unaufschiebbare Sitzung im Rathaus.«

»Glaubst du, dass der Statiker den Saalbau sperrt?«, fragte Landgraf.

»Ich weiß es nicht«, antwortete Weigel. »Möglich ist alles. Statiker können zwar vieles genau berechnen, aber sie schlagen bei jedem Rechenschritt immense Zuschläge auf, um Toleranzen zu berücksichtigen. Das hat natürlich vor allem haftungsrechtliche Gründe, macht aber die Planungen, die sich an einer Statik orientieren, unverhältnismäßig teuer. Bei einem Neubau kann man heute durchaus den einen oder anderen tragenden Balken weglassen, ohne dass das Gebäude einstürzt.«

»Ich verstehe«, sagte ich zum OB. »Sie befürchten, dass der Statiker den Saalbau aus Sicherheits- und Haftungsgründen sperrt, obwohl das nach menschlichem Ermessen nicht nötig wäre.«

»Genau«, bestätigte Weigel. »Natürlich möchte ich keine Gefahr für die Besucher heraufbeschwören. Wenn es konkrete Bedenken gibt, muss der Saal geschlossen bleiben, daran führt kein Weg vorbei. Aber aus reiner Prophylaxe oder wegen eines homöopathischen Restrisikos Veranstaltungen abzusagen, das wäre sehr schade.«

Der Plan des Oberbürgermeisters fand meine Zustimmung. Weniger wegen des Statikers, sondern wegen der Möglichkeit, die Kellerräume des Saalbaus offiziell besichtigen zu können. Sicherlich könnten wir einen aktuellen Plan bekommen, den ich dann mit den Beschreibungen aus dem alten Heft von Volker Schmidt vergleichen würde.

»Hat Schmidt Ihnen das Heft schon elektronisch geschickt?«, fragte ich Landgraf.

»Ist angekommen. Leider hatte ich noch keine Zeit, es mir anzuschauen. Aber ich kann das PDF über mein Handy abrufen.«

»Was für ein Heft?«, fragte der OB.

»Über die Geschichte des Saalbaus«, sagte ich. »Das ist nur ein kleiner Nebenschauplatz«, spielte ich die Sache herunter.

»Dann kann ich mich auf euch verlassen?« Weigel sah uns nervös an.

»Aber immer«, bestätigte Landgraf. »Bis Joachim Specht zurück ist, sind wir von der Bildfläche verschwunden.«

»Gut«, freute sich der OB. »Ich rufe dich heute Abend an, Michael. Es kann leider etwas Zeit vergehen, bis der Statiker eintrifft.«

»Was machen wir in der Zwischenzeit?«, fragte ich Landgraf, als wir zu zweit im Foyer standen. »Eis essen?«

Die Entscheidung wurde uns abgenommen. Volker Schmidt kam aus dem Saal. Er sah unerwartet zufrieden aus, lächelte sogar.

»Du siehst so fröhlich aus«, sagte Landgraf zu ihm.

»Obwohl er keinen Grund dazu hat«, fügte ich hinzu.

Landgraf schaute mich fragend an, denn er wusste nichts von der Szene in Schmidts Büro.

Der Saalbauleiter erklärte den Grund: »Ich wusste nicht, dass Matthias und Günter, also die beiden Ärzte, am ersten Tag direkt bei Martin Franck versucht haben, eine Genehmigung zu bekommen.«

Landgraf unterbrach. »Du redest von den beiden verrückten Pseudoärzten Metzger und Wallmen?«

»So verrückt sind die gar nicht«, widersprach Schmidt, »die haben echt gute Geschäftsideen. Letzte Nacht habe ich die beiden bei mir im Büro übernachten lassen, als eine Art Nothilfe.«

»Du hast *was*?« Landgraf schnappte nach Luft.

»Ich habe ein paar kleine Absprachen mit ihnen getroffen.« Er sah sich um. »Martin Franck muss die Einzelheiten aber nicht wissen.«

»Aber er hat Metzger und Wallmen doch heute Morgen in Ihrem Büro überrascht?«, mischte ich mich ein. »Sogar in Unterhosen. Also nicht Sie, sondern die beiden anderen.«

»Unterhosen?« Landgraf verstand die Zusammenhänge immer noch nicht.

»Das konnte ich schnell klären«, übernahm Schmidt. »Wie gesagt, ich wusste nicht, dass sie meinen Chef schon kannten. Er hat sich schnell beruhigt, und wir haben dann bei einer Tasse Kaffee mögliche Lösungen besprochen.«

»Da bin ich aber gespannt«, sagte ich.

»Doktor Metzger und Wallmen dürfen weiterhin neben dem Saalbau parken und ihre Dienste anbieten. Wasser und Strom bekommen sie ab sofort kostenlos und ganz legal.«

»Und die Gegenleistung?«

»Matthias hat meinem Chef ein Gesundheitspaket geschenkt und dazu noch drei Promilledialysen. Martin Franck will das Angebot mit den Dialysen sogar offiziell als Alleinstellungsmerkmal des Neustadter Weinlesefestes vermarkten.« Er seufzte. »Leider bleibe ich jetzt mit meinem kleinen Nebenverdienst außen vor. Die beiden Ärzte werden ab sofort von meinem Chef betreut.«

»Betreut?«, fragte ich überrascht.

»Ja, betreut«, beharrte Schmidt. »Ich war für Matthias und Günter immer ein guter Ansprechpartner und habe mich aktiv und unkompliziert um Lösungen gekümmert. Deshalb auch die Übernachtung in meinem Büro.«

Ich überlegte, ob ich mich nach den Gegenleistungen erkundigen sollte, die Schmidt für seine Hilfe erhalten hatte. Mangels Erfolgsaussichten verzichtete ich auf diese Frage.

»Also sind jetzt alle Beteiligten zufrieden?«, fragte ich Schmidt. »Sie natürlich weniger, aber Sie sind wenigstens aus der Schusslinie.«

»Im Grunde ja, Herr Palzki.« Dann fiel ihm etwas ein. »Martin Franck hat übrigens das Heft über die Geschichte des Saalbaus auf meinem Schreibtisch entdeckt. Er hat sich gewundert, warum es in eine Plastiktüte eingewickelt war. Leider hat er das Heft mitgenommen.«

»Hätten Sie ihm das Heft nicht elektronisch schicken können?«, fragte ich.

»Natürlich«, antwortete er achselzuckend. »Aber er hat ja nicht danach gefragt.«

»Bist du eigentlich nachher beim Termin mit dem Statiker dabei?«, fragte Landgraf.

»Natürlich, der OB hat mich informiert. Eigentlich hätten Martin Franck und ich zu der Sondersitzung kommen sollen, aber wir mussten das Problem mit Matthias und Günter klären.«

»Wir beide auch«, klärte ich den Saalbauleiter auf. »Herr Weigel meinte, dass es noch eine Weile dauert, bis der Fachmann kommt.«

»Wollen wir in der Zwischenzeit einen Kaffee in meinem Büro trinken?«, schlug Schmidt vor.

Außer einem undefinierbaren penetranten Geruch erinnerte trotz geöffneter Fenster nichts mehr an das Schlaflager.

»Können Sie uns einen Plan des Kellers zeigen?«, fragte ich Schmidt, nachdem er Kaffee eingeschenkt und eine Schüssel mit Keksen auf den Tisch gestellt hatte. »Dann können wir uns nachher besser orientieren, wenn der Statiker kommt.«

Schmidt lachte. »Sich im Untergeschoss zu verlaufen, ist völlig ausgeschlossen«, erklärte er. »Alle Räume sind funktional und klar strukturiert. Darauf wurde beim Wiederaufbau des Saalbaus großer Wert gelegt. Versteckte Nischen oder Geheimräume gibt es bei uns nicht.«

»Ich habe eine bessere Idee«, mischte sich Landgraf ein. »Die Struktur des Kellers wird Herr Palzki nachher kennenlernen, und wir beide kennen uns ja im Keller von früheren Begehungen aus. Wie wäre es, wenn wir uns der Vergangenheit widmen, also wie der Keller vor dem großen Brand ausgesehen hat?«

»Da habe ich leider nur wenig …«, Schmidt brach mitten im Satz ab. »Das Heft über die Geschichte des Saalbaus, natürlich, das hilft uns weiter.« Er grinste. »Gut, dass ich das Heft eingescannt habe.« Schmidt ging zu seinem Schreibtisch und machte sich an seinem Computer zu schaffen. Kurz darauf surrte der Drucker und spuckte mehrere Blätter aus. »Ich habe auf die Schnelle nur die Seiten ausgedruckt, in denen der Keller erwähnt wird.«

In der nächsten Viertelstunde überflogen wir die Ausdrucke und schoben sie uns gegenseitig zu.

»Das ist ja Wahnsinn«, sagte ich, »früher wurde anscheinend ständig umgebaut und angebaut.«

Landgraf hatte eine Erklärung. »Wir sehen das heute aus einer ganz anderen Perspektive. Wenn wir nur den Zeitraum von 1871 bis 1920 nehmen, sind das immerhin rund 50 Jahre. In dieser Zeit wurden die ersten öffentlichen Gebäude elektrifiziert, Gasleitungen verlegt, Wasserleitungen lösten Brunnen ab, und Klärgruben wurden immer häufiger überflüssig, Hygiene dagegen wichtiger, Lebensmittel mussten gekühlt und sicher aufbewahrt werden und vieles mehr. Es war eine Zeit des gesellschaftlichen Umbruchs, der Beginn der modernen Industrialisierung.«

Ich seufzte tief. »Ich weiß nur nicht, ob uns die Information weiterhilft, dass ab 1884 durch den Einbau einer Hauberschen Zentralheizung größere Umbauarbeiten im Keller notwendig wurden. Oder ...«, ich las vom Blatt ab, »1891 wurden im Keller in den Ecken des Saalbaus neue Abortanlagen gebaut.«

Volker Schmidt stimmte mir zu. »Zumal aus dem Heft nicht hervorgeht, wo genau diese Umbauten stattgefunden haben. Gut, die Toiletten in den Ecken, aber ob die Ecken von damals mit denen von heute übereinstimmen? Laut diesen Unterlagen wurde das Gebäude auch vergrößert. Das ist alles sehr verwirrend.« Er legte die Blätter auf den Tisch.

Landgraf hatte eine Anmerkung. »Ein paar Seiten weiter hinten steht, dass einige Abortanlagen in den Kellerecken später entfernt wurden. Damals befand sich die Küche – die miserablen hygienischen Verhältnisse werden ausdrücklich erwähnt – im Keller unter dem Restaurant im Erdgeschoss. Im Jahr 1900 wurde ein Küchenanbau im Erdgeschoss des Südflügels realisiert. Dafür musste die Abortanlage entfernt werden.«

»Das hilft uns nicht weiter«, sagte ich. »Der Grundstein wurde sicher nicht in der Nähe der Abortanlage eingelassen.«

»Diese Toiletten gab es ja 1871 noch nicht«, korrigierte mich Landgraf.

Während Schmidt und ich uns ausschließlich dem Kaffee widmeten und unseren Gedanken nachhingen, überflog Landgraf die letzten Seiten.

»Hier steht etwas Interessantes«, unterbrach er nach einer Weile das Schweigen. »Die ehemalige Kellerküche wurde nach weiteren Umbauten zum Teil des *Künstlerkellers*.«

»*Künstlerkeller*?« Volker Schmidt horchte auf. »Dazu kann ich auch etwas beisteuern.« Er stand auf und ging zu einem Schrank. Nach kurzem Suchen zog er eine Broschüre heraus. »Die ist zwar erst 20 Jahre alt, aber es sind ein paar Fotos vom Künstlerkeller drin.« Er blätterte in der Broschüre, bis er die entsprechende Seite fand. »Hier steht es: Der *Künstlerkeller* wurde 1954 als Weinstube mit Nebenzimmer und Bar für 100 Gäste eröffnet. Die ersten Pächter waren das Ehepaar Ella und Hans Gleichauf. Wenige Monate nach der Eröffnung wurde im *Künstlerkeller* die Weinbruderschaft der Pfalz gegründet.« Er zeigte uns zwei Fotos vom *Künstlerkeller*.

Michael Landgraf zeigte sich begeistert. »Um den *Künstlerkeller* ranken sich große Legenden. Viele Stars und Prominente waren dort zu Gast – das ist alles dokumentiert. Berühmte Musiker, Schauspieler und andere Künstler, die im Saalbau aufgetreten sind, haben sich dort nach ihrem Auftritt zu einem Absacker, wie man heute sagen würde, getroffen.«

»Und wo war der Keller?«

Landgraf machte ein fragendes Gesicht. »Der *Künstlerkeller* wurde durch den Brand völlig zerstört. In einem Archiv könnte man sicherlich den genauen Standort ermitteln oder noch ein paar wenige Zeitzeugen finden.«

»Auf jeden Fall wurde alles zerstört«, fasste ich zusammen. »Auch der Gründungswein der Weinbruderschaft, der dort in einer Nische eingemauert gewesen sein soll.«

Landgraf ließ meinen Einwand nicht gelten. »Der *Künstlerkeller* ist nicht mit dem Ort der Grundsteinlegung von 1871 identisch – hier vermischen Sie wohl zwei völlig unterschiedliche Episoden. Der Schatz …«

»Welcher Schatz?« Der Saalbauleiter horchte auf.

Bevor Landgraf sich noch weiter verplappern konnte, übernahm ich die Gesprächsführung. »Das ist nicht bildlich gemeint, Herr Schmidt«, besänftigte ich ihn. »Herr Landgraf meint mit dem Schatz kostbare Weine, die mehrfach rund um den Saalbau eingemauert wurden – vor 150 Jahren bei der Grundsteinlegung des Saalbaus und auch 1954 bei der Gründung der Weinbruderschaft.«

»Ja, genau«, sprang er mir bei. »Diese Weine müssen heute ein kleines Vermögen wert sein.«

»Wahrscheinlich ist er ohnehin längst zu Essig mutiert und ungenießbar«, fügte ich hinzu, um die Schatztheorie weiter abzuschwächen.

»Es wäre trotzdem eine Sensation, wenn er gefunden würde«, meinte Schmidt. »Aber wie Sie sehen, Herr Palzki, geht aus den vorhandenen Unterlagen nicht hervor, wo genau die Grundsteinlegung stattgefunden hat. Andere Anhaltspunkte habe ich leider nicht. Das habe ich vorhin auch schon Oliver Stiess gesagt.«

Erneut war sprichwörtlich eine Bombe geplatzt.

»Der Ordensmeister dieser Weindings, äh, Weinbruderschaft war hier?« Eigentlich lief mein Kontingent an Überraschungen für heute schon über.

»Richtig, Oliver Stiess«, bestätigte Schmidt. »Er kam in mein Büro, als Martin Franck und die beiden Ärzte noch hier waren. Sie müssen ihn knapp verpasst haben, Herr Palzki. Er hat sich keine Minute, bevor ich Sie im Foyer entdeckte, von mir verabschiedet.«

»Was wollte der Ordensmeister von dir?«, fragte Landgraf, während ich noch überlegte, wie ich diese Begegnung einordnen sollte.

»Zuerst habe ich nur ein paar belanglose Worte mit ihm gewechselt. Dann haben sich mein Chef Martin Franck und die beiden Ärzte verabschiedet, um sich den Doppeldeckerbus anzusehen.«

»Wurde es dann konkreter?« Diese Frage kam jetzt von mir. Irgendein Motiv musste ein so vielbeschäftigter Mensch wie Stiess schließlich haben.

»Wie man's nimmt«, antwortete er achselzuckend. »Er war besorgt und wollte wissen, ob die Wahl der Pfälzischen Weinkönigin am Freitag und vor allem die große Pfalzweinprobe am Samstag trotz der Explosion stattfinden können. Das konnte ich ihm nicht sagen und habe ihn an den OB verwiesen.«

»Mehr nicht?«, hakte ich nach.

»Dann fragte er mich, ob der Schatzmeister Thomas Huber bei mir gewesen sei. Stiess und Huber hatten ges-

tern am frühen Abend einen Termin beim Steuerbera-
ter, zu dem er nicht erschienen ist, obwohl Huber bisher
immer sehr zuverlässig war und alle Termine einhielt.«

Ich ahnte, dass der Schatzmeister inzwischen die fehlenden Unterlagen vermisste, die ich meinem Kollegen Jürgen
zur Prüfung gegeben hatte. Hatte ich einen unerwarteten
Volltreffer gelandet? Ob die Listen etwas mit den aktuellen Ermittlungen zu tun hatten, wusste ich nicht, aber es
wäre nicht das erste Mal in meiner Laufbahn, dass es zu
einem kriminalistischen Beifang kam. Es musste ja nicht
immer gleich ein Kapitalverbrechen sein.

»Oliver Stiess erwähnte in diesem Zusammenhang auch
das merkwürdige Verhalten des Chronisten Bernd Dieffenbacher. Aber dazu kann ich nichts sagen, weil mich das
nicht interessierte und ich nur mit einem Ohr zuhörte.«

»Und das war alles?« Eigentlich war es mehr als genug.
Schmidt überlegte kurz. »Es war ja nur ein kurzer
Besuch. Nachdem er sich verabschiedet hatte und wir
gemeinsam zum Saal hinuntergegangen waren, fragte
er mich beiläufig, was ich über den Gründungswein der
Weinbruderschaft wüsste.«

»Was hast du geantwortet?«, fragte Landgraf.

»Nicht mehr, als ich euch erzählt habe. Ich ging mit ihm
zurück ins Büro und zeigte ihm die Broschüre mit dem
Artikel und den Fotos vom *Künstlerkeller*. Er fotogra-
fierte die Seiten mit seinem Handy und war damit eigentlich zufrieden. Dann fragte er noch nach der Grundsteinlegung von 1871, eine Frage, die mich sehr überraschte,
denn keine fünf Minuten zuvor hatte Martin Franck das
alte Heft konfisziert. Ohne näher auf seine Frage einzugehen, versprach ich ihm, eine PDF-Datei zu mailen, in
der er Informationen über die Anfänge des Saalbaus fin-

den würde. Damit gab er sich zufrieden und verabschiedete sich endgültig.«

Ich blickte zu Landgraf, der meine wenig begeisterte Miene verstand. Die Menge an Personen, die über die Geschichte des Saalbaus Bescheid wusste, wurde immer größer. War einer von ihnen der gesuchte Täter? Welchen Informationsvorsprung hatte das Opfer Jochen Hamatschek? Um ein Haar hätte ich mich diesmal verplappert und Michael Landgraf gefragt, ob die Witwe ihm inzwischen das Rohmanuskript und die Notizen gebracht habe.

Gedankenverloren lehnte ich mich zurück. Landgraf öffnete auf seinem Handy das PDF, das er von Volker Schmidt erhalten hatte, und diskutierte mit ihm über verschiedene Passagen des Heftes. Da es sich nur um Belanglosigkeiten handelte, wen interessierte schon, wer die damaligen Aktionäre waren und wie sich die Baukosten entwickelten, hörte ich mit weniger als einem Ohr zu. Irgendwann wurde ich ziemlich unsanft wachgerüttelt. Beide grinsten.

»Wie hält Ihre Frau das aus?«, fragte Landgraf. »Sie schnarchen in einer Lautstärke, die ich Ihnen gar nicht zugetraut hätte.«

»Ich habe sicherheitshalber die Bürotür geschlossen«, legte Volker Schmidt mit Unschuldsmiene nach.

»Ich schnarche nie«, beharrte ich, obwohl mir die Sache peinlich war, zumal mir die Wanduhr anzeigte, dass ich etwa anderthalb Stunden verloren hatte.

»Ob der Statiker heute noch kommt?«, fragte ich, um abzulenken.

»Der kommt gleich«, beruhigte mich Schmidt. »Er hat vor einer Stunde angerufen, weil er im Stau steht. Auf der A65 ist ein Lkw umgekippt, seine Ladung hat sich über die gesamte Fahrbahn verteilt. Zum Glück gab es keine Verletzten.«

Landgraf lachte laut auf. »Der Lkw hatte 100 nagelneue E-Bikes geladen, die jetzt nur noch einen Wert für einen Schrotthändler haben. Das dürfte das erste Mal sein, dass E-Bikes für eine Autobahnsperrung verantwortlich sind. Hoffen wir, dass wenigstens die Akkus gerettet werden können«, fügte er hinzu.

Ich dachte sofort an KPDs neuestes Folterprojekt für seine Untergebenen. Erlebte ich gerade den Beginn einer Glückssträhne? War dieser Unfall der erste Strohhalm, an den ich mich klammern konnte? Zaghaft schöpfte ich Hoffnung, und sofort hellte sich meine Stimmung auf.

»Was ist los?«, riss mich Schmidt aus meiner Euphorie. »Ihr Gesichtsausdruck hat sich plötzlich so, äh, wie soll ich sagen, positiv verändert.«

»Ich freue mich des Lebens«, antwortete ich. »Solch eine positive Einstellung kann ich nur empfehlen. Vor allem, wenn man einen nervigen Chef hat.«

»Das kenne ich nur zu gut«, sagte Schmidt seufzend, ohne näher darauf einzugehen.

Wenig später klingelte Schmidts Telefon. Eine Mitarbeiterin teilte mit, dass der Statiker im Foyer warte.

»Dann kann es ja losgehen.« Schmidt klatschte in die Hände.

Der Statiker war eine Frau. Warum sie sich nicht für eine Profikarriere als Basketballerin entschieden hatte, war mir schleierhaft. Ich bekam fast einen steifen Hals, als ich sie begrüßte und dabei versuchte, in ihre Augen zu schauen.

»Zwei Meter 20?«, fragte Schmidt nach der förmlichen Begrüßung.

»Zwei Meter 22«, antwortete Frau Mühendisi lächelnd und fügte hinzu: »Ohne Schuhe.« Ein Blick auf den Boden zeigte, dass sie Schuhe mit Absätzen trug. »Ich hoffe, es handelt sich nicht um einen Kriechkeller«, sagte sie mit einem groben Lachen, das dem des Notnotarztes Doktor Metzger nicht unähnlich war. »Ich mache sonst nur Hochbau«, war ihre nächste Bemerkung, die sie wiederum mit einem Lachen untermauerte.

Ich hatte großen Respekt vor ihr. Sich selbst nicht so ernst zu nehmen, das konnten nicht viele Menschen.

»Ich habe mir die Baustelle und den Explosionsort bereits von außen angesehen«, erklärte sie uns. »Die Spurensicherung meint, dass der Sprengkörper vorzeitig explodierte, bevor er an seinem Bestimmungsort war, aber das wissen Sie bestimmt schon.«

»Leider nein«, meinte Schmidt. »Wir hatten eine wichtige Besprechung und mussten organisatorische Dinge klären.«

Frau Mühendisi blickte über unsere Köpfe hinweg, was für sie wahrscheinlich normal war, auf uns aber seltsam wirkte. »Die Spusi konnte an der Außenwand des Saalbaus eine frische Aushöhlung entdecken, in der höchstwahrscheinlich der Sprengstoff platziert werden sollte. Erfreulicherweise ist das Ding knapp zwei Meter vor der Wand explodiert. Dadurch kam es zu einer immensen Staubentwicklung. Der Schaden an der Mauer wird sich daher wohl in Grenzen halten. Allerdings muss ich mir das Ganze noch von innen ansehen und einige Messungen durchführen. Als vorläufiges vorsichtiges Fazit kann ich aber sagen, dass die Sache noch einmal glimpflich ausgegangen sein könnte.«

»Wenn der Attentäter bei der Explosion ums Leben

gekommen wäre«, spekulierte Landgraf, »dann hätte man das doch sicher herausgefunden, oder?«

»Mit Sicherheit«, bestätigte Mühendisi. »Das ist zwar nicht mein Fachgebiet, aber man hätte zumindest organisches Material gefunden. In welcher Menge und Konsistenz auch immer, ein paar Knochenreste aber garantiert.«

Inzwischen hatte ich ein klares Bild von der Tat vor meinem geistigen Auge. Der Attentäter, vielleicht auch eine Attentäterin, hatte zunächst einen Sprengsatz in der Nähe des geplanten Sprengortes deponiert. Kurz vor dem geplanten Tatzeitpunkt kam etwas dazwischen. Wurde der Attentäter entdeckt oder war der Zeitpunkt ungünstig und der Sprengsatz explodierte versehentlich?

Auf beiden Seiten des Foyers führte eine breite Treppe in den Keller. Wir folgten Volker Schmidt in das Untergeschoss. An einen großen Vorraum schloss sich der offene Garderobenbereich an. Hier konnten nach einer Vorstellung Hunderte von Besuchern in kürzester Zeit ihre Jacken und Mäntel abholen, ohne dass es zu langen Wartezeiten kam.

»Wollen Sie sich im öffentlichen Bereich die Toiletten ansehen, bevor wir nach hinten zu den Technikräumen gehen?«, fragte der Saalbauleiter die Statikerin.

»Ich gehe auf die Toilette, wenn ich mit der Arbeit fertig bin«, erklärte sie. »Wahrscheinlich gibt es bei Ihnen sowieso nur Micky-Maus-Klos und Minikabinen, in denen ich mir die Oberschenkel breche, wenn ich nicht aufpasse.«

Wir ließen ihren schrägen Humor unkommentiert und folgten Schmidt in einen Bereich, der nicht für Besucher bestimmt war. »Hier geht es zum Kühlhaus und zu den Lager- und Vorbereitungsräumen für den Caterer, einschließlich eines Lastenaufzugs. Es gibt nur eine kleine Küche, weil der Caterer alles frisch anliefert und vor Ort nur anrichtet. Sobald der Saalbau freigegeben ist, werden die Vorbereitungen für die Veranstaltungen am Wochenende beginnen. Sascha Griebel von *Clevers Catering* hat mich heute schon mehrmals angerufen. Ich habe ihm versprochen, mich so schnell wie möglich zu melden.«

Frau Mühendisi konnte sich auch ohne Plan gut orientieren. »Da es noch nichts zu essen gibt, interessiert mich die Küche nicht.« Sie drehte sich halb um die eigene Achse. »Der Explosionsort liegt in dieser Richtung. Wohin führt diese Tür?«

»Zu den Technikräumen und dem Stuhllager«, sagte Schmidt. »Wobei der Name ›Stuhllager‹ ein Sammelbegriff für alles Mögliche ist. In einem großen Veranstaltungshaus wie dem unseren sammelt sich immer irgendwelcher Kram an, der nach Veranstaltungen übrig bleibt und für den sich niemand verantwortlich fühlt.« Er öffnete eine Tür und ließ uns in eine Abstellkammer blicken, die die Ausmaße einer kleinen Turnhalle hatte. »Wir haben kein Personal zum Aufräumen«, erklärte er lapidar. »Das meiste, was hier lagert, gehört auf den Sperrmüll.«

»In diesem Raum gibt es keine Außenwände«, erkannte die Statikerin mit geübtem Blick. »Bei Ihnen sieht es nicht anders aus als in den anderen Veranstaltungshäusern.«

Volker Schmidt führte uns durch allerlei Räume und erklärte, zumindest sehr oberflächlich, die Funktionen wie Zähler- und Elektroraum, Heizungs- und Lüftungsanlage und vieles mehr. Ich hatte längst die Orientierung verloren. Und genau das gab mir zu denken. Laut Schmidt sollte es im Keller keine versteckten Orte geben.

Wie konnte er sich da so sicher sein? Vielleicht gab es irgendwo einen raffiniert versteckten Raum?

Volker Schmidt schien meine Gedanken zu erraten. »Herr Palzki, ich sehe Ihnen an, dass Sie die Anordnung und Vielzahl der Kellerräume verwirrend finden.« Grinsend faltete er einen Plan auseinander, den er schon die ganze Zeit in der Hand hielt. »Schauen Sie, alle Räume, die ich Ihnen gezeigt habe, sind auf dem Plan eingezeichnet. Was sollte hier unten versteckt sein? Im Keller sind ständig irgendwelche Angestellten oder Techniker unterwegs.«

Mühendisi klopfte mir auf die Schulter. »Die Bullen vermuten immer und überall Verstecke und Geheimgänge. Haben Sie als Kind vielleicht zu viel Enid Blyton gelesen?«

Ich versuchte, diese Provokation über eine meiner früheren Lieblingsautorinnen an mir abprallen zu lassen.

Ungewollt kam mir Landgraf zu Hilfe. Mit einem Finger deutete er auf den Lageplan. »Die zweite Tür rechts, dann kommen wir an die Stelle der Außenwand, die dem Explosionsort am nächsten liegt.«

»Dann mal los«, sagte ich erleichtert.

Wir kamen in einen Raum, der merkwürdig aussah. An zwei Seiten gab es kaminartige Ausbuchtungen. Eine andere Wand stand nicht im rechten Winkel zu den anderen. »Da hat der Architekt wohl gepennt«, bemerkte ich.

»Aber das ist auf dem Plan genauso eingezeichnet«, sagte Landgraf. »Die angrenzenden Räume bilden diese Ausbuchtungen nach. Ich kann mir nur vorstellen, dass es sich teilweise um Wände des alten Saalbaus handelt, die nach dem Wiederaufbau mitverwendet wurden.«

»Darüber habe ich noch nie nachgedacht«, meinte der Saalbauleiter. »Diese Nischen sind aber ideal für Regale.« Tatsächlich waren Teile der Wände mit Regalen bedeckt, auf denen uralte Aktenordner und jede Menge Krimskrams herumlagen.

Die Statikerin nahm den Plan zur Hand. Außerdem zog sie ein kleines Notizbuch aus der Tasche. Eine handgezeichnete Skizze kam zum Vorschein. »Dieses Regal muss weg«, sagte sie nach kurzer Überlegung und deutete auf eine bestimmte Stelle. »Auf der anderen Seite ist die Baustelle.« Wir blickten auf ein staubbedecktes Regal, auf dem Dinge standen, die offenbar seit Jahren niemand mehr in die Hand genommen hatte.

Ich begann mich zu wundern. Etwas passte nicht zusammen. Mein kriminalistischer Spürsinn arbeitete auf Hochtouren. Und in diesem Moment begriff ich die Unlogik. »Herr Schmidt«, begann ich ihn zu befragen. War es wirklich so einfach, den Mörder zu identifizieren? Sollte er einen derart gravierenden Fehler gemacht haben? »Sie kennen doch die Baustelle neben dem Saalbau.«

»Natürlich«, antwortete er, ohne zu zögern.

»Haben Sie sich Gedanken darüber gemacht, warum ein Graben ausgehoben wird, der genau an der Außenwand des Gebäudes beginnt oder endet?«

Schmidt zuckte mit den Schultern. »Ich kenne die Details der Bauarbeiten nicht. Soweit ich gehört habe, geht es um die Verlegung von Glasfaserkabeln.«

»Komisch«, sagte ich. »Wenn es um Glasfaserkabel geht, müssen die doch irgendwo angeschlossen werden.«

»Natürlich«, antwortete er.

»Und wo, wenn nicht in Ihrem Saalbau?«

In diesem Moment verstand er. Völlig naiv antwortete er: »Ich habe keine Ahnung. Aber Sie haben recht, Herr Palzki. Wenn diese Kabel, oder was auch immer in dem Graben verlegt wird, in den Keller des Saalbaus führen sollen, dann sollte ich das eigentlich wissen. Tue ich aber nicht.«

»Ist das nicht merkwürdig?« Ich sah ihn herausfordernd an.

»Ich gebe zu, ich hätte früher stutzig werden müssen. Aber ich habe keine Ahnung, um was es bei der Baugrube geht. Wenn ich es wüsste, hätte ich schon längst Vorbereitungen im Keller getroffen, welche auch immer.« Er überlegte kurz. »Nein, auf meinem Schreibtisch lag kein Vorgang, der mit der Baustelle zu tun hatte. Das mit dem Glasfaserkabel weiß ich von meinem Chef, Martin Franck. Er hat das vor ein paar Wochen mal nebenbei erwähnt.«

»Könnte es sein, dass die Koordination über Ihren Chef lief?«

Schmidt schüttelte den Kopf. »Martin Franck lässt mir freie Hand, was den Saalbau angeht. Er kennt sich mit der Technik überhaupt nicht aus. Das Einzige, was ich mir vorstellen könnte, ist, dass er von der Baufirma über die Maßnahme informiert wurde, aber vergessen hat, die Unterlagen an mich weiterzuleiten.«

Michael Landgraf schaltete sich ein. »Wir fragen nachher einfach Martin Franck, der kann uns sicher weiterhelfen.«

»Ich sehe keine andere Möglichkeit, um diese Frage zu klären«, stimmte Schmidt zu. »Sonst kommt die Baustelle schnell ins Stocken. Spätestens dann, wenn eine Kernbohrung durch die Außenwand ansteht.«

Frau Mühendisi hatte sich inzwischen Handschuhe angezogen und Bereiche des Regals ausgeräumt. »Da muss ich nichts messen«, erklärte sie nach einer kurzen Begutachtung. »Massives Mauerwerk, mindestens 100 Jahre alt und sehr dick.«

»150 Jahre«, verbesserte Landgraf.

»Von mir aus«, erwiderte sie. »Damals wusste man noch, wie man baut, auch ohne Prüfstatik mit übertrieben hohen Sicherheitszuschlägen.«

»Sie geben also grünes Licht?«, fragte Landgraf.

Die Statikerin grinste. »Wenn Sie oben im Saal die Bässe richtig wummern lassen, wackeln die Wände mehr als im Vergleich zu der kurzen Explosion. Ihren Veranstaltungen steht nichts im Wege, ich gebe das Gebäude hiermit wieder für die Öffentlichkeit frei.« Sie wandte sich an Schmidt. »Ihre Querelen mit dem Chef sollten Sie schnell aus der Welt schaffen. Ich drücke Ihnen die Daumen, dass es zu keiner weiteren Explosion kommt.«

Auf den angekündigten Toilettengang verzichtete Frau Mühendisi. »Wenn ich nicht wieder im Stau stehe, schaffe ich es locker bis nach Hause.«

Zu gerne hätte ich mir ihren Wagen angesehen, es musste eine Sonderanfertigung sein, vielleicht ein Alkovenwagen ohne Zwischenboden.

»Gehen wir gleich rüber zu meinem Chef?«, hetzte Schmidt, nachdem die Statikerin gegangen war. »Je schneller ich Einzelheiten über die Baustelle erfahre, desto besser.«

»Natürlich«, bestätigte Landgraf sofort.

»Nein«, beharrte ich gleichzeitig. »Das kläre ich später mit Herrn Landgraf«, begründete ich meine Absage. »Sie, Herr Schmidt, könnten sich noch einmal auf die Suche machen. Wie wir im Keller gesehen haben, gibt es Ecken, in denen wahrscheinlich seit Jahren niemand mehr gewesen ist. Vielleicht finden Sie ja doch noch Unterlagen über den ehemaligen Saalbau oder andere Hinweise, die uns weiterhelfen könnten.«

Volker Schmidt war wenig begeistert. Nach kurzem Überlegen nickte er langsam. »Okay, ich werde mich durch den Staub der letzten Jahrzehnte kämpfen. Versprechen kann ich aber nichts.«

»Die Hauptsache ist doch, dass der Saalbau nicht geschlossen wird«, kommentierte Landgraf glücklich. »Alles andere werden wir sehen.«

Volker Schmidt verabschiedete sich. »Ich muss zunächst die Kollegen informieren, dass die Sperrung des Gebäudes aufgehoben wurde. Und anschließend ein paar Telefonate führen, mit dem Caterer, den externen Technikern und, äh, soll ich Marc Weigel auch Bescheid geben?«

»Das wäre wunderbar«, sagte ich schnell, bevor Landgraf das selbst machen wollte und damit noch mehr Zeit vergeudete. Für heute hatte ich wahrlich genug erlebt.

Wenig später standen Landgraf und ich vor dem Saalbau am Rande des Weinlesefestes. Das Festgelände war bereits gut mit Besuchern gefüllt, der Lärmpegel entsprechend hoch.

»Die beiden verrückten Pseudoärzte sind immer noch da«, sagte mein Begleiter mit Blick auf den Doppeldeckerbus. »Gehen wir zu Martin Franck in die Tourist-Info? Übrigens, das mit vorhin tut mir leid, Herr Palzki. Es ist natürlich nicht ratsam, Volker Schmidt zu seinem Chef zu bringen, um die Frage zu klären, wer von der Baustelle wusste und wer nicht.« Er sah mich an: »Halten Sie Schmidt wirklich für verdächtig?«

Was sollte ich auf eine solche Frage antworten? Ich hatte im Moment keinen konkreten Verdächtigen ganz oben auf meiner persönlichen Liste stehen. Der Saalbauleiter war zwar vorhin in Rekordzeit an die Spitze der Liste geklettert, aber sein harmloses Verhalten und die Empfehlung, die Sache mit der Baustelle mit seinem Vorgesetzten zu klären, sprachen gegen seine Täterschaft. »Nicht mehr und nicht weniger als alle anderen auf Ihrer endlosen Tapete im Bibelmuseum«, entgegnete ich.

»Mein Gefühl sagt mir, dass mit Martin Franck etwas nicht stimmt«, wisperte Landgraf verschwörerisch leise. »Aber ich weiß nicht genau, warum«, fügte er hinzu.

Damit hatte er ins Schwarze getroffen. Denn ich hatte das gleiche Gefühl. Spontan fasste ich den Plan, den Leiter der Tourist-Info erst morgen aufzusuchen, um mich vorab durch meinen Kollegen Jürgen über Franck zu informieren. »Ihr Gefühl sollten wir auf jeden Fall ernst nehmen«, schmeichelte ich Landgraf. »Wir verschieben unser Gespräch mit Herrn Franck auf morgen. Bis dahin haben Sie Zeit, mehr über ihn in Erfahrung zu bringen. Das Gleiche werde ich auch tun. Ich fahre trotz Urlaub zur Dienststelle und lasse den Geschäftsführer polizeilich überprüfen.« Dass Jürgens Check weit über eine polizeiliche Überprüfung hinausging, musste er nicht wissen.

Landgraf war einverstanden. »Okay, dann gehen wir heute noch …«

Mein Kopfschütteln ließ ihn innehalten. »Wir machen für heute …«

»Hallo, Michael!« Mit diesem Ruf wurde ich unterbrochen. Von der Bundesstraße her kam Elisabeth Hamatschek auf uns zu. »Willst du gerade gehen?«, fragte sie, da wir vor der Treppe des Saalbaus standen. »Dann habe ich gerade noch Glück gehabt.«

»Suchen Sie uns?«, fragte ich neugierig.

»Natürlich«, bestätigte sie meine Vermutung. »Ich habe doch versprochen, Herrn Landgraf das Manuskript und die Notizen meines Mannes zu bringen.« Während sie ihre Tasche öffnete, fuhr sie fort: »Ich war zunächst im Bibelhaus, weil ich dich dort vermutete. Leider konnte mir deine Frau nicht sagen, wo du bist. Während meines Besuches hat der Bürgermeister von Neustadt bei dir zu Hause angerufen. Und der wusste, dass du mit Herrn Palzki im Saalbau bist.« Sie überreichte uns einen Packen Papier, der mit zwei Gummibändern zusammengehalten wurde.

»Vielen Dank«, sagte ich zu Frau Hamatschek. »Sie haben uns damit sehr geholfen. Herr Landgraf wird sich heute noch an die Arbeit machen und die Papiere durcharbeiten. Wir werden Sie natürlich informieren, wenn wir etwas Verdächtiges finden, das uns helfen könnte, den Tod Ihres Mannes aufzuklären.«

»Das ist sehr nett«, bedankte sich die Witwe. »Ich hoffe, dass das Manuskript fertiggestellt werden kann und das Werk posthum erscheint.«

»Ich werde mich dafür einsetzen«, sagte Landgraf mit ernster Miene. »Weißt du zufällig, was der OB von mir wollte? Herr Weigel hat nämlich auch meine Handynummer.«

»So genau habe ich nicht zugehört«, sagte die Witwe. »Ich glaube, es ging um einen Wagen, der gewaschen wurde und demnächst vor dem Bibelhaus abgestellt werden soll.«

»Dann wissen wir Bescheid«, sagte ich und atmete auf, dass auch dieser Punkt geklärt war. Auf den OB war Verlass, was leider nicht für alle Politiker galt.

»Da haben Sie heute viel zu tun«, sagte ich zu Landgraf, nachdem Frau Hamatschek gegangen war. »Diese Papiere wiegen ein paar Kilo, dazu kommt noch die Recherche über Franck. Ich denke, wir treffen uns morgen Mittag gegen 14 Uhr bei Ihnen im Bibelhaus zur nächsten Besprechung.« Ich hatte die Uhrzeit so nebenbei wie möglich erwähnt, weil mir inzwischen eingefallen war, dass morgen Vormittag der unaufschiebbare Kleiderkauf mit Stefanie anstand. Würde ich diesen Termin verschieben, wäre ich erledigt. Selbst einen Serientäter, der in den nächsten Stunden die halbe Bevölkerung von Neustadt auslöschte, würde meine Frau nicht als Ausrede gelten lassen.

»So spät?« Landgraf starrte mich an. »Da müsste ich viele Termine verlegen, unser Zeitplan, den ich aufgestellt habe, ist sehr straff. Mit einigen Leuten haben wir noch gar nicht gesprochen.«

»Die Welt geht erst morgen unter.« Mit diesem Spruch hatte ich meine Frau schon einige Male zur Verzweiflung gebracht. Immer wenn sie irgendwelche Arzt- oder sonstigen Termine hatte, die viel zu dicht getaktet waren und sie in Hektik versetzten, blieb ich innerlich ruhig und sagte diesen Spruch auf, der allerdings weder ihr noch mir irgendwie weiterhalf. Deshalb ergänzte ich den Satz sofort: »Eine kriminalistische Ermittlungstätigkeit darf sich niemals von einem vermeintlichen Zeitdruck leiten lassen. Es ist zwar richtig, dass die ersten Stunden nach einem Verbrechen die wichtigsten für die Aufklärungsarbeit sind, aber ohne eine gewisse Ruhe übersieht man leicht die kleinen Fehler, die jedem Täter irgendwann zum Verhängnis werden. Glauben Sie mir, es hilft uns mehr, wenn wir zunächst die bisherigen Ergebnisse auswerten und versuchen, das Motiv zu ergründen. Ich bin mir nämlich immer noch nicht sicher, ob der Mord und die Explosion etwas mit der Vergangenheit des Saalbaus zu tun haben. Berücksichtigen Sie bitte auch solche Möglichkeiten auf Ihrer Tapete.«

Landgraf sah mich sprachlos an, sodass ich zu einer näheren Erklärung ausholte: »Sie haben Ihre Tapeten, und ich habe meine Methode, die sich seit vielen Jahren bewährt hat.« Dass diese Methode vor allem »Nachdenken im Liegen auf der Couch« war, verschwieg ich. Hilfreich war sie dennoch häufig.

»Dann wollen wir mal«, sagte Landgraf, der über die Planänderung nicht sehr glücklich schien. »Ich hole schnell mein E-Bike, das auf der anderen Seite des Gebäudes steht, und dann laufen wir hoch zum Bibelhaus.« Er überlegte kurz. »Oder versuchen wir es zu zweit ...«

»Wir laufen«, antwortete ich schnell. Längst hatte ich mich erfolglos nach einem Taxi umgesehen. »Ich war schließlich schon einmal ganz oben auf der Kalmit.« Mit welchem Verkehrsmittel ich dorthin gekommen war, verschwieg ich ebenso.

Die Straße war steil, und mein Begleiter legte trotz des zu schiebenden Rades ein zügiges Tempo vor.

»Wenn ich mit dem Zug fahre, gehe ich diese Strecke immer zu Fuß«, sagte er unterwegs. »Ich nutze die Zeit, um über Gott und die Welt nachzudenken.«

Da ich im Gegensatz zu ihm kein Theologe war, dachte ich weder an Gott noch an die Welt, sondern nur an das unendlich ferne Ziel. Der Weg die Schillerstraße hinauf war einfach brutal: Es gab kein Basislager wie am Mount Everest, keine Kneipe oder Imbissbude, nur eine Straße mit einer endlosen Häuserfront auf der rechten Seite. Da half auch die schöne Aussicht auf den historischen Bahnhof und die Stadt nicht. »Jetzt sind wir fast da«, sagte Landgraf inzwischen zum siebten oder achten Mal.

Wenige Millisekunden vor meinem Erschöpfungstod erreichten wir die Einmündung der Stiftstraße. Jetzt ging es nur noch wenige Meter bergab, dann hatten wir unser Ziel erreicht.

»Nanu, was ist denn mit Ihnen los?«, fragte Landgraf überrascht, als ich mich vor dem Eingang des Bibelhauses auf einen Pfosten setzte und nach Luft schnappte. »Sie sehen so verschwitzt aus. Und Sie haben rote Flecken auf der Stirn und an den Armen.«

»Das ist nur eine Allergie gegen irgendwelche Pollen«, erklärte ich keuchend, ohne wegen der Notlüge noch röter zu werden. »Narzissen oder Astern, glaube ich. Das geht gleich wieder weg.«

Nachdem ich meinen Körper wieder halbwegs unter Kontrolle hatte, bat ich Landgraf, mir den Autoschlüssel zu holen. Seiner Einladung, noch auf einen Kaffee hereinzukommen, kam ich aus Zeitgründen nicht nach.

»Dann sehen wir uns morgen Mittag«, sagte der Museumsleiter zerknirscht. »Sie können aber gerne früher kommen, wenn Sie es sich anders überlegen oder die Notwendigkeit sehen.«

»So machen wir das«, sagte ich und verabschiedete mich.

Mein Dienstwagen war kaum wiederzuerkennen. Gewaschen und poliert sah er aus wie neu. Sogar die Innenreinigung war perfekt. Ich konnte kein Staubkorn und keinen noch so kleinen Fettfleck auf den Sitzpolstern entdecken. Sogar der riesige Spritzer am Dachhimmel, den mein Sohn Paul mit einer warmen Dose Cola verursacht hatte, war verschwunden. Der Schock, den ich durch die Explosion kurzzeitig erlitten hatte, hatte sich in dieser Hinsicht wirklich gelohnt.

Auf der Heimfahrt versuchte ich mich an der eingebauten Freisprechanlage. Die war zwar schon seit Jahren eingebaut, aber bisher hatte ich sie konsequent ignoriert.

Kürzlich hatte mich Gerhard intensiv geschult. Langsam, aber sicher, zumindest wenn man den Zeithorizont über viele Jahre verfolgte, entwickelte ich mich zu einem halben Computernerd.

»Jürgen, bist du das?«, brüllte ich in das unschuldige Mikrofon.

Aus dem Lautsprecher ertönte erst ein Schmerzensschrei, dann ein ebenso lautes »Scheiße«.

»Ich habe nur ›Scheiße‹ verstanden«, schrie ich weiter. »Spreche ich mit Jürgen?«

Das Fluchen, das ich jetzt hörte, war nicht von schlechten Eltern. »Natürlich«, schimpfte mein junger Kollege schließlich. »Musst du so schreien? Mein Trommelfell hat jetzt bestimmt einen Riss.«

»Tut mir leid«, schrie ich unverändert weiter. »Die Fahrgeräusche sind so laut.«

»Ich verstehe dich auch, wenn du normal sprichst.«

»Ach so.« Ich senkte die Lautstärke ein wenig. »Sag das doch gleich.«

»Was ist denn so wichtig?«, fragte Jürgen. »Kommst du noch auf die Dienststelle? Die Party fängt gleich an.«

»Party? Was ist denn passiert? Hat das was mit mir zu tun?«

Jürgen lachte. »Du hältst dich wohl für besonders wichtig, was? Nein, es geht um KPD.«

»Wird er versetzt?« Meine Stimmung schlug um. »Sind wir ihn los?«

»Nicht ganz«, erwiderte Jürgen. »Nur für zwei, drei Tage. KPD hat großes Glück gehabt. Er hat sich nichts gebrochen und muss nur ein paar Tage zur Beobachtung im Krankenhaus bleiben.«

Meine aufkommende Euphorie verflog so schnell, wie

sie gekommen war. Bis zum Ende meines Urlaubs war alles wieder beim Alten. »Wie hat er das geschafft?«, fragte ich trotzdem neugierig.

»Er musste nach Neustadt zu einem Anwalt, wegen einem gewissen Dieffenbacher. Genaueres wissen wir nicht. Auf dem Rückweg hat er auf der Autobahn mit Jutta telefoniert und ihr ein paar Anweisungen gegeben. Dabei ist ihm ein Fahrfehler unterlaufen.« Jürgen lachte kurz auf. »Er ist auf die Nebenspur geraten und hat einen Lkw touchiert, der die Ladefläche voll mit neuen E-Bikes hatte.«

»Unsere E-Bikes?«

»Das kannst du mir glauben«, warf Jürgen ein. »So eine Geschichte kannst du dir nicht ausdenken. Die Autobahn war über eine Stunde lang in beide Richtungen gesperrt. Und das Beste ist: KPD sieht sich im Recht. Er behauptet, der Lkw habe auf der anderen Spur nichts zu suchen gehabt. Ich möchte nicht in der Haut der Beamten vor Ort stecken.«

Wenigstens hatte sich der Blödsinn mit den E-Bikes, zumindest vorläufig, erledigt. Sobald ich wieder im Büro war und keine zeitraubenden Ermittlungen mehr anstanden, würde ich mir einen Plan ausdenken, wie ich das unselige Projekt endgültig verhindern konnte.

»Kannst du mir auf die Schnelle was raussuchen?«, fragte ich.

»Och nee«, entfuhr es Jürgen. »Du glaubst gar nicht, was der Caterer vor ein paar Minuten gebracht hat. Das wird ein Riesenschmaus, sag ich dir. Wundere dich nicht, wenn du heute Abend in Schifferstadt und Umgebung keinen Streifenwagen auf den Straßen siehst. Die Kollegen von der Schutzpolizei haben sogar eine Live-Band gebucht.«

»Ich brauche trotzdem ein paar Informationen«,

beharrte ich. »Das schaffst du sicher in ein paar Minuten. Mehr als zwei, drei Seiten brauche ich nicht. Das kannst nur du herausfinden.«

Jürgen seufzte. Ich hatte ihn bei seiner Ehre gepackt. »Dann schieß mal los«, sagte er, »ich schreibe mit.«

»Martin Franck«, begann ich, »Franck mit ck am Ende. Das ist der Geschäftsführer der Tourist-Info in Neustadt, den genauen Namen des städtischen Unternehmens wirst du schon herausfinden. Ich brauche nur die Eckdaten von ihm, also Vorstrafenregister, grober Lebenslauf und so. Außerdem benötige ich Informationen über eine Baustelle neben dem Saalbau. Dort sollen Glasfaserkabel verlegt werden, aber das ist nur eine Vermutung. Es könnte auch etwas anderes sein. Ich muss wissen, wer der Bauherr ist und inwieweit der Saalbau mit der Baustelle zu tun hat. Wird die Glasfaser oder was auch immer in den Saalbau verlegt, oder ist die Baustelle nur zufällig direkt neben dem Gebäude? Hast du das?«

»Natürlich«, bestätigte Jürgen. »War es das?«

»Fast. Ich habe noch eine kniffige Frage. Vielleicht kannst du herausfinden, welche Personen oder Institutionen die Baufirma informiert haben. Das kann die Stadtverwaltung sein, aber auch das Tourismusbüro oder jemand vom Saalbau. Der Saalbau ist übrigens eine Tochter der Tourist-Info oder wie auch immer die heißt.«

»Stimmt was nicht mit der Baustelle?«, wollte Jürgen wissen.

»Keine Ahnung«, antwortete ich. »Wahrscheinlich ist alles legal. Ich muss wissen, wer für die Koordination zuständig ist. Im Saalbau will niemand etwas über die Baustelle wissen, obwohl die Baugrube direkt an der Außenwand endet.«

»Oha«, entfuhr es Jürgen. »Ist das die Baugrube, in der du über den Toten gestolpert bist?«

»Ich bin nicht darüber gestolpert«, wehrte ich ab. »Kannst du das herausfinden?«

»Natürlich kann ich das. Die Frage ist nur, ob ich es will. Gerade fährt der Getränkehändler auf den Hof.«

»Jürgen!«, schrie ich ins Mikrofon. Dann war Stille. Hatte ich mit meinem Schrei die Anlage zerstört, oder hatte Jürgen, unverschämt wie er manchmal war, das Telefonat einfach beendet? Ich entschied zu seinen Gunsten und verzichtete auf einen zweiten Anruf. Morgen gegen Mittag würde ich, falls ich den Einkauf mit Stefanie überlebte, bei der Dienststelle vorbeischauen und Jürgens Recherche abholen. Vielleicht waren dann sogar noch ein paar Häppchen von der Party übrig.

11 PALZKI BEMÜHT SICH

Zu Hause angekommen, konnte ich mein Glück kaum fassen. Frau Ackermann hatte auf dem Bürgersteig ein Opfer in der verbalen Mangel. Wenn sie in einem solchen Zustand ihr Opfer fixierte und vor sich hinplapperte, verschwand alles um sie herum. Unerkannt konnte ich parken und ins Haus gehen.

Stefanie war mehr als überrascht, mich so früh zu sehen. »Was ist passiert?«, fragte sie, wohl aus Gewohnheit. Sie musterte mich von Kopf bis Fuß. »Bist du verletzt?«, hakte sie unsicher nach. »Deine Kleidung sieht normal aus.« Sie seufzte. »Was man bei dir normal nennt.«

»Schon gut«, wehrte ich ab. »Wir gehen morgen zusammen Klamotten kaufen. Ich bin nur ein bisschen früher gekommen, damit ich mich mental darauf vorbereiten kann. Es ist alles in Ordnung, und ich habe keine Ausrede mitgebracht.«

Für einen Moment war meine Frau sprachlos. »Bist du wirklich bereit?«, flüsterte sie schließlich.

Ich lächelte, gab ihr einen Kuss und flüsterte: »Natürlich. Ich möchte, dass du mit mir ein unvergessliches Wochenende erlebst.«

»Ganz ohne Haken?« Sie witterte immer noch Gefahr.

»Ohne Haken«, beruhigte ich sie. »Allerdings habe ich einen Bärenhunger.« Außer einem großen Eisbecher, zwei, drei Kilo Keksen bei Volker Schmidt und literweise

Kaffee hatte ich heute noch nicht allzu viele Kalorien zu mir genommen.

»Ich mache dir einen großen italienischen Salat, Reiner«, freute sich meine Frau. »Dann hast du morgen keine Blähungen. Weißt du noch, als sie letztes Mal wegen dir die Umkleidekabinen schließen mussten, weil es keine Lüftung gab?«

»Das war ich nicht«, verteidigte ich mich. »Da hat jemand eine Stinkbombe geworfen.«

»Wir waren die einzigen Kunden im Laden«, sagte Stefanie, lenkte aber sofort ein. »Macht nichts. Ich mache den Salat trotzdem, die Zutaten habe ich frisch eingekauft. Du kannst dich solange auf dem Sofa ausruhen.«

Mein Plan war besser. »Ich muss mal kurz in den Keller und in den Ordnern etwas nachsehen.« Anlässlich der Geburt unserer Zwillinge musste mein kleines Büro vom Erdgeschoss in den Keller umziehen. »Büro« war eigentlich übertrieben, der Raum diente hauptsächlich als Ablage für diverse Ordner mit Versicherungsunterlagen und Ähnlichem. Nicht einmal ein Computer stand mehr auf dem Schreibtisch. Vor vielen Jahren hatte ich zwar mal einen gebrauchten PC von Gerhard bekommen, aber den hatte Paul schon im Kindergartenalter fachmännisch zerlegt.

Neben dem Aktenregal stand ein Schreibtischcontainer mit Schubladen. In der untersten Schublade befand sich Computerzubehör wie Disketten, Windows 95-CDs, parallele Druckerkabel und eine Rolle Thermopapier für ein nicht mehr vorhandenes Faxgerät. Nach einigem Kramen in der Schublade fand ich den kleinen unscheinbaren Karton, meine persönliche Überlebenspolice. Hoffnungsvoll öffnete ich das Behältnis und starrte in das Innere des Kartons: Krümel und leere Keksverpackungen. Es war klar, mein Sohn musste das Geheimversteck entdeckt haben. Wieder war mir ein winziger Moment des Glücks gestohlen worden.

Stefanie lächelte, als ich mit hängenden Mundwinkeln und knurrendem Magen die Kellertreppe hinaufstieg. »Hast du gefunden, was du gesucht hast?« Ihr Ton verriet mir, dass sie es wusste. »Letzte Woche habe ich mich gewundert, als Paul mit schokoladenverschmiertem Mund aus dem Keller kam. Als er kurz darauf über heftige Bauchschmerzen klagte, hat er mir alles gestanden.«

Wenigstens musste er für seine Schandtat büßen, dachte ich gehässig, obwohl es mein eigen Fleisch und Blut war. Wenn nur die Internatskosten nicht so hoch wären.

»Ich habe heute fast nichts gegessen«, entschuldigte ich mich halbherzig.

»Leg dich aufs Sofa, der Salat ist gleich fertig.«

Als sie mich in die Küche rief, stand ein Glas Bier neben dem Salatteller.

»Das sieht doch richtig lecker aus«, versuchte Stefanie, mich aus der Reserve zu locken.

Ich nahm das Bierglas in die Hand. »Die Schaumkrone hätte ich auch nicht besser hinbekommen.«

»Depp«, antwortete sie mit einem Lächeln.

Das einzig Gute am italienischen Salat, der bei uns natürlich vegetarisch war, war meiner Meinung nach, dass er nicht nur aus Blattsalat bestand, sondern auch andere, bissfestere Zutaten enthielt.

»Boah, bin ich satt«, sagte ich nach dem letzten Bissen süffisant zu meiner Frau. »Was gibt es zum Nachtisch?«

Normalerweise würde sie mich jetzt böse anfunkeln, aber ich hatte die Puddingschüssel schon vor dem Essen im Kühlschrank entdeckt.

»Zur Feier des Tages«, sagte sie und schaufelte mir eine große Portion Schokoladenpudding auf den Teller, garniert mit ein paar Butterkeksen.

Dass mich an diesem Abend eine weitere Herausforderung erwarten würde, merkte ich erst, als Stefanie mit einem Maßband vor mir stand. »Würdest du dich bitte kurz hinstellen? Ich möchte nur grob Maß nehmen, damit wir in den Fachgeschäften nicht bei null anfangen müssen. Du bist nämlich längst aus deinen bisherigen Kleidergrößen herausgewachsen.«

Ich schwieg, denn das war die wirksamste und auch einzige Waffe, um eine Eskalation zu vermeiden.

Meine Frau fing bei der Taille an, die sie nach einer Weile auch fand. »Drück mal mit dem Finger da drauf«, sagte sie und zeigte auf die Seite meines Bauches, wo das Ende des Maßbandes war. »Ich muss ein zweites Band anlegen.«

»Machst du das, um mich zu ärgern? Hättest du nicht gleich ein längeres Band nehmen können?«

»Ich habe nur diese Sorte«, antwortete sie mit einem leisen Seufzer. »Hoffentlich müssen wir nicht mit hohen Zusatzkosten wegen der Übergröße rechnen.«

Erneut übertönte ich meinen inneren Frust mit Schweigen.

Der nächste Morgen begann zwiespältig. Dass ein Frühstück gesund sein sollte, war für mich nichts Neues. Nicht ohne Grund hatte sich auf der Dienststelle, wie übrigens in den meisten Beamtenstuben, ein zweites und manchmal sogar ein drittes Frühstück etabliert. An den Wochenenden und im Urlaub fiel diese lebensqualitätssteigernde Maßnahme leider aus.

Ich fesselte Frau Ackermann mit einem fingierten Telefonanruf. Mit unterdrückter Rufnummer und mithilfe von Pauls Stimmenverzerrer rief ich sie an: »Guten Tag, Frau Ackermann. Sie haben gewonnen. Vielen Dank, dass Sie an unserem Gewinnspiel teilgenommen haben. Um Ihnen den Preis zukommen lassen zu können, benötigen wir einige Informationen von Ihnen. Bitte erzählen Sie uns nach dem Signalton Ihren vollständigen Lebenslauf, je ausführlicher, desto höher der Gewinn. Piep.« Ich legte den Hörer neben die Ladestation, und keine halbe Minute später saßen wir im Auto.

»Woher hast du nur diese fiesen Ideen?«, fragte mich Stefanie mit einem listigen Seitenblick.

»Von dir abgeschaut«, gab ich liebevoll zurück.

Die staufreie Fahrt nach Neustadt verlief harmonisch. »Lass uns auf der Festwiese parken«, schlug meine Frau vor. »Der Fußweg am Speyerbach entlang in die Altstadt ist sehr schön und nicht sehr lang.« Sie sah mich an. »Und eben ist er auch.«

Als wir vom Festplatz über die angrenzende Straße zum Fußweg am Speyerbach gingen, fuhr eine kleine Gruppe Radler mit ihren E-Bikes an uns vorbei. »Solche Räder könnten wir uns auch kaufen, Reiner«, begeisterte sich Stefanie. »Dann würdest sogar du mal wieder aufs Rad steigen. Wie lange ist es her, dass du das letzte Mal Rad gefahren bist? 20 Jahre? Oder mehr?«

Um ein Haar hätte ich ihr von der rasanten Fahrt vom Bibelhaus zum Saalbau erzählt. Gerade noch rechtzeitig konnte ich meine Zunge im Zaum halten. Das hätte sie garantiert zum Anlass genommen, noch in diesem Jahrzehnt die Anschaffung zweier E-Bikes auf die familiäre Einkaufsliste zu setzen. »In unserer Dienststelle stapeln sich die Unfallberichte mit E-Bikes. Die Dinger sind hochgefährlich und kaum zu beherrschen.«

»Ach was«, widersprach Stefanie. »Man muss nur am Anfang ein bisschen aufpassen und nicht gleich auf die stärkste Stufe schalten. Es gibt sogar Kurse für Leute, die lange nicht mehr Rad gefahren sind. Soll ich mal gucken, ob die Volkshochschule so was im Programm hat?«

»Ich brauche kein E-Bike«, beharrte ich. »Niemand braucht so ein Teufelszeug.« Stefanie, die immer noch der Radgruppe nachschaute, ließ sich von meinen Bemerkungen nicht irritieren. Folglich musste ich das Thema E-Bikes beruflich und privat endgültig klären. Viel Zeit blieb mir dafür wohl nicht.

»Kein Vergleich zu Schifferstadt«, sagte ich zu Stefanie, um von den Teufelsrädern abzulenken, und zeigte auf den renaturierten Bachlauf. »Wenn man von uns in die Innenstadt läuft, nimmt man die Mannheimer Straße. Das ist die reinste Tristesse im Vergleich zu diesem naturnahen Weg.« Ich atmete tief durch, um meiner gespielten Zufriedenheit positiven Ausdruck zu verleihen. Mit dem Auto fuhr man auf der Parallelstraße durch Neustadt ins Tal, ohne zu ahnen, dass ein paar Meter entfernt ein kleiner Park das Leben angenehmer macht.

»Stimmt«, gab mir meine Frau recht. »In Schifferstadt sind die Straßen in Richtung Stadtmitte nicht sehr attraktiv, was auch an der wenig ansprechenden Bebauung liegt. Es gibt zwar ein paar liebevoll renovierte Fachwerkhäuser, aber sonst …«

Bald erreichten wir eine breite Querstraße, die die Innenstadt von Norden nach Süden durchschnitt und zum Bahnhofsplatz führte. »Dort drüben ist die Polizeidirektion Neustadt«, sagte ich zu Stefanie, als ein Zigarre rauchender Mann aus dem Gebäude trat und mich sofort erkannte.

»Herr Palzki!«, rief Joachim Specht über die Straße. »Ich glaube, ich sehe nicht richtig.«

Stefanie sah mich fragend an. »Ist das derselbe Beamte wie ...?«

»Ja«, nickte ich ihr zu. Nachdem wir die Straße überquert hatten, entdeckte der Polizeikommissar meine Frau. »Nanu«, stoppte er mitten in seinem Wutausbruch, »Frau Palzki, mischen Sie sich jetzt auch noch in die polizeilichen Ermittlungen ein, oder wie soll ich das verstehen? Auch wenn das bei Ihnen in der Vorderpfalz so üblich ist ...«

Ich wollte meine Frau in Schutz nehmen, aber Stefanie war schneller im Verteidigungsmodus. »Herr Specht, oder wie auch immer Sie heißen.« Sie fixierte ihn böse. »Ich kann mit meinem Mann einkaufen gehen, wann und wo wir wollen. Und glauben Sie nicht, dass wir Sie jedes Mal um Erlaubnis fragen. Ihre Ermittlungen sind mir und meinem Mann völlig egal.« Sie drehte sich wütend zur Seite, packte meinen Oberarm und ließ Specht stehen. Zwangsläufig musste ich Stefanie folgen.

»Dem hast du es aber gegeben«, sagte ich anerkennend zu ihr, als wir außer Hörweite waren.

»Im ersten Moment dachte ich an eine Finte deinerseits«, meinte sie. »Es hätte ja sein können, dass du mit ihm abgesprochen hast, dass er uns hier abpasst, um dich zu bitten, mit ihm in diesem Mordfall zu ermitteln.«

Ich musste laut lachen. »Du dachtest, ich hätte mich mit Specht verbündet? Das hätten er und auch ich niemals zugelassen. Im Prinzip hat er mir sogar verboten, mich in Neustadt blicken zu lassen.«

»Das war nur mein erster Gedanke«, ruderte Stefanie zurück. »Aber ich würde es dir zutrauen, bei deiner üblichen Lust, shoppen zu gehen!«

Ich fühlte mich ertappt, wollte aber die Situation entspannen und sagte: »Und mehr haben wir heute nicht vor.« Zumindest am Vormittag, dachte ich und machte ein unschuldiges Gesicht. Wenn ich allerdings am Nachmittag mit Michael Landgraf in Neustadt dem Polizeioberkommissar erneut vor die Füße laufen würde, wusste ich, dass es wohl größere Probleme geben könnte.

»Wir sollten uns erst einmal einen Überblick über die infrage kommenden Einzelhändler verschaffen«, schlug Stefanie vor. »Wir fangen am Hetzelplatz beim Bahnhof an und gehen anschließend zum Elwetritsche-Brunnen vor dem Klemmhof, danach dann in die Hauptstraße und schließlich zum angrenzenden Marktplatz.«

»Woher kennst du dich in Neustadt aus?«, fragte ich überrascht. Ich wusste zwar inzwischen, dass die Hauptstraße, die schnurgerade von Norden nach Süden verlief, ein Teil der Fußgängerzone war und dass auf dem Marktplatz die Stiftskirche stand, deren Türme ich im letzten Jahr mehr unfreiwillig als freiwillig hatte besteigen müssen, aber das war es auch schon im Großen und Ganzen.

Stefanie lächelte mich frech an und antwortete mysteriös: »Es gab für mich und es gibt für mich immer noch auch ein Leben vor und neben Reiner Palzki.« Mehr sagte sie nicht, und ich traute mich nicht, meine Neugier mit einer Frage zu befriedigen. Alle aufkommenden Fantasien versuchte ich umgehend zu unterdrücken, was mir durch die folgende, wie eine Drohung wirkende Aussage nicht schwerfiel:

»Wir wollen dir einen Anzug kaufen«, erinnerte sie an den aus ihrer Sicht eigentlichen Zweck der Reise. Sie blieb vor dem Elwetritsche-Brunnen stehen und betrachtete die Figuren.

»Zwei Anzüge, um genau zu sein«, betonte sie scharf, was mich blass werden ließ.

»Schau mal da«, sagte sie kurz darauf überrascht und deutete auf das Schaufenster einer Buchhandlung. Ich konnte es nicht glauben: Fast die Hälfte des Schaufensters hatte man dem Pseudo-Krimiautor Dietmar Becker geopfert. Alle seine Bücher, und das waren nicht wenige, wie ich frustriert feststellte, waren auffällig drapiert und mit blutigen Messern, Handschellen, Plastikrevolvern und anderen kriminellen Accessoires geschmückt. Eines der Bücher mit Namen *Der Bibel-Code*, auf dem die Turmspitzen der Stiftskirche auf dem Cover zu sehen waren, war mit einem Schild gekennzeichnet: ›Der aktuelle Neustadt-Krimi‹. »Vielleicht sollte ich doch mal einen Roman von Herrn Becker lesen?«, fragte sie.

»Hör auf damit«, entgegnete ich und versuchte, sie sanft vom Schaufenster wegzuschieben. »Das sind doch alles Fake-Medien der übelsten Sorte. Lies lieber einen Krimi von, äh, also, äh, oder einen Klassiker.«

»Die sollen nicht schlecht sein, die Krimis von Becker.« Stefanie gab nicht auf. »Das habe ich schon von mehreren Leuten gehört. Ich weiß, dass seine Krimis nicht jedermanns Sache sind, aber ist das nicht generell mit Literatur so?«

»Bei ihm ist es viel schlimmer«, behauptete ich. »Und seit er seinen Protagonisten nach mir benannt hat, ist es wirklich tragisch. Die ganze Welt glaubt, dass dieser Fantast, der in seiner eigenen Welt lebt, die reale Welt der polizeilichen Ermittlungsarbeit beschreibt. Vielleicht sollte ich eine Klage wegen Verletzung der Namensrechte einreichen.«

»Ich finde es toll, dass du literarisch unsterblich bist.« Sie machte eine kleine Pause. »Mir ist allerdings kürzlich zu Ohren gekommen, dass Herr Becker beim Familienleben des fiktiven Kommissars Reiner Palzki etwas zu dick aufträgt. Vor allem seine halbwüchsigen Kinder sollen nicht immer gut wegkommen.«

Ich verzichtete wegen akuter Lebensgefahr darauf, ihr zu sagen, dass es unmöglich sei, positive Geschichten über den Alltag von Melanie und Paul zu schreiben.

Nachdem meine Frau das Schaufenster mit ihrem Handy fotografiert hatte, konnten wir weitergehen. Auf dem Marktplatz spielte ich den Fremdenführer und erzählte ein paar Geschichten über die Stiftskirche. »Und da drüben, neben der Wirtschaft, ist das Ordenshaus der Weinbruderschaft der Pfalz.«

»Wir gehen zur Hauptstraße, da habe ich zwei oder drei passende Geschäfte gesehen«, sagte Stefanie. Da die Wege kurz waren, war ich einverstanden. Trotzdem hatte ich ein ungutes Gefühl wegen der bevorstehenden Aktion.

»Der erste Laden war irgendwo schräg gegenüber vom Antiquariat.«

Ich grinste, denn jetzt konnte ich wieder einmal mein breit gefächertes Allgemeinwissen an den Mann beziehungsweise an die Frau bringen. »Hier gibt es kein Antiquariat, Stefanie. Dort kann man nur alte Bücher kaufen. Du meinst sicher das Antiquitätengeschäft Denzinger. Das ist keine zehn Meter vor dir. Ich war übrigens schon mal drin, im Antiquitätengeschäft.«

Stefanie sah mich an und sagte kurz: »Klugscheißer.« Sie hatte das Kleidergeschäft längst entdeckt.

Ich hasste Geschäfte, in denen einem, sobald man einen Fuß hineinsetzte, sofort ein Verkäufer entgegensprang, einen guten Tag wünschte und fragte, wie er helfen könne. Die Dame, die uns begrüßte, erkannte an meinem Gesichtsausdruck sofort, dass sie sich besser an meine Frau wenden sollte.

»Womit kann ich Ihnen helfen?«, fragte sie meine Frau und fügte hinzu: »Ihr Mann braucht eine modische Auffrischung?«

Stefanie lachte laut auf. »Das sieht man auf den ersten Blick, oder?«

Die Verkäuferin blickte verlegen zu Boden. Mir war klar, dass Frauen dieses Geschäft nur dann in Begleitung ihrer Männer betraten, wenn es ausschließlich um ihre Männer ging.

»Wir brauchen zwei Anzüge, vielleicht in Blau und Schwarz«, sagte meine Frau. »Und mindestens vier oder fünf langärmelige Hemden. Mein Mann hat einen großen Verschleiß. Mit den Hemden, meine ich natürlich.«

Die Verkäuferin nickte. »Das sollten wir hinkriegen«, sagte sie, und es klang, als meinte sie es ernst. Sie holte ein Maßband aus der Tasche. »Darf ich mal?«, fragte sie mich. Schneller als ich »Nein« sagen konnte, hatte sie mir das Band um den Hals gelegt und das Ergebnis abgelesen. Nun betrachtete sie meinen Körper, was mir sehr unangenehm war. »Dann folgen Sie mir bitte.«

Wir gingen quer durch das Geschäft, in dem es sowohl Damen- als auch Herrenbekleidung gab, in den hinteren Bereich, wo sich in der Mitte die Umkleidekabinen befanden. »Links bitte«, gab sie die Richtung vor. In einer vom Eingang aus nicht einsehbaren Ecke zwischen den Umkleidekabinen und einer Tür mit der Aufschrift ›Nur für Mitarbeiter‹ befand sich ein einzelner Ständer mit Anzügen. Sie deutete auf ein kleines Schild, das an dem Rondell befestigt war. »Von hier nach rechts bis zum nächsten Schild sollte alles passen«, erklärte sie lächelnd.

»Viel zu groß«, entgegnete ich abwehrend, denn was hier hing, erinnerte mich eher an die Zeltabteilung eines Sportgeschäfts.

»Die Auswahl ist nicht besonders groß«, meinte dagegen Stefanie mit einem Seufzer. »Das hatte ich befürchtet.«

»Sondergrößen werden immer weniger nachgefragt«, erklärte die Verkäuferin. »In einem Schuhgeschäft wird es ab Größe 50 auch schwieriger.«

Stefanie ließ sich nicht beirren. Sie zog einen blauen Anzug aus dem Rondell. »Sogar zwei Hosen sind dabei, wie praktisch. Zieh doch den mal an, Reiner.«

Da war er nun, der gefürchtete Startschuss. Die nächsten Stunden, die sich wie Monate anfühlen mussten, würde ich halbnackt in irgendwelchen Umkleidekabinen verbringen und marionettenhaft Kleidung anprobieren, die mir Stefanie nach kurzer Begutachtung mit verzogenen Mundwinkeln wieder entreißen würde. Ich überschlug, wie viele Kabinen es in Neustadt geben könnte, und multiplizierte mit durchschnittlich zehn Kleidungsstücken pro Kabine. Das Ergebnis lag knapp unter dem Grenzwert für Suizid.

»Und, passt es?«, fragte Stefanie nach einer Weile durch den Stoffvorhang.

Mit dieser Frage riss sie mich aus meinen Gedanken. Schnell zog ich mich aus und schlüpfte in Hose und Jackett. »Die Hose ist zu lang«, brummte ich ihr zu.

»Hast du die Schuhe angezogen?« Sie kannte mich zu gut. Ich setzte mich auf den unbequemen Hocker und zog die Schuhe an. »Passt, den Anzug können wir nehmen. Darf ich mich wieder umziehen?« Mit dieser Bemerkung wollte ich den Ernst der Lage etwas abmildern. Dass ich mit dieser Finte nicht durchkommen würde, war mir natürlich klar.

»Komm raus«, forderte sie mich auf.

»Mein Mann ist immer so nervig, wenn wir gemeinsam einkaufen«, sagte Stefanie zu der Verkäuferin, während ich den Vorhang der Kabine zur Seite schob und heraustrat.

»Das ist mein tägliches Brot«, sagte sie in neutralem Ton. »Unter anderem aus diesem Grund habe ich bisher nicht geheiratet.« Dann sah sie mich an und nickte wohlwollend. »Der Anzug steht Ihnen sehr gut.« Entweder war sie geschult und mit allen Wassern gewaschen oder sie meinte es ernst.

Stefanie ließ sich mit der Begutachtung etwas mehr Zeit. Sie befahl mir, mich umzudrehen und verschiedene Verrenkungen mit Armen und Beinen zu machen. Dann musste ich mich auf den Hocker setzen und die Arme in die Luft strecken.

»Ich bin jetzt schon müde«, beschwerte ich mich. »Ein Jogginganzug wäre für solche akrobatischen Verrenkungen bequemer.«

»Das kann nicht sein«, sagte Stefanie schließlich. »Der Anzug passt wie angegossen.«

Ich konnte mein Glück kaum fassen. Eine euphorische Hoffnung machte sich in mir breit, diesen Tag ohne bleibende psychische und physische Schäden zu überstehen. Jetzt durfte ich auf keinen Fall etwas Falsches sagen. »Der Anzug ist auf jeden Fall viel bequemer als alle anderen, die ich bisher hatte. Und mit der blauen Farbe sieht er auch sehr modisch aus.«

Stefanie durchschaute mein Manöver. »Erzähl mir nichts von Mode. Aber ich muss zugeben, dass ich genauso überrascht bin wie du.« Sie ging zum Rondell und holte einen schwarzen Anzug heraus. »Probier den mal an«, sagte sie unerbittlich. »Er hat die gleiche Größe.«

»Warum?«, entgegnete ich verständnislos. »Warum sollte das bei diesem Teil anders sein?«

»Mach es einfach«, befahl sie unerbittlich. »Manchmal fallen gleiche Größen unterschiedlich aus. Außerdem will ich sehen, ob ein Fehler im Stoff ist.«

Ich tat, wie mir geheißen. Wenn in den nächsten Minuten nichts schiefging, hatte ich meinen Kleidervorrat für die nächsten Jahre wieder aufgefüllt. Um mich nicht noch mehr zu stressen, zog ich zu dem schwarzen Anzug auch gleich die Schuhe an.

»Passt wie angegossen«, freute ich mich, als ich aus der Kabine kam.

Stefanie prüfte auch diesmal jede Falte, jeden Quadratzentimeter Stoff und fand nichts Negatives. Die Verkäuferin war kurz verschwunden und kam mit einem Dutzend Hemden zurück. Scheiße, dachte ich. Die ganze Zeit war ich so auf das Glück mit den Anzügen fixiert gewesen, dass ich völlig aus den Augen verloren hatte, dass mein Outfit nicht komplett war.

»Meine Hemden sind alle in Ordnung.« Diese Verteidigungstaktik versprach wenig Erfolg.

»In Ordnung?«, bellte Stefanie sofort. »Hemden, die im letzten Jahrtausend produziert wurden, nennst du in Ordnung? Weißt du eigentlich, wie viele Hemden du noch hast, die nicht irgendwo geflickt oder so ausgeleiert sind, dass sie bei der kleinsten Bewegung reißen?«

Ich setzte meine Hoffnung in die Verkäuferin. Anscheinend war sie Profi und in der Lage, Kleidergrößen realistisch einzuschätzen. »Sind die alle für mich oder räumen Sie gerade den Laden um?«, fragte ich sie.

»Diese Hemden haben alle die gleiche Größe und sollten Ihnen passen. Sie müssen sich nur noch für eine Farbe entscheiden.«

Stefanie übernahm die Entscheidung: »Zwei weiße für offizielle Anlässe, dann vielleicht ein blaues und zwei bunte für Freizeit und private Anlässe.«

»Du willst, dass ich in der Freizeit einen Anzug trage?«

»Halt die Klappe«, erwiderte sie barsch, nahm der Verkäuferin die Hemden ab und reichte sie mir. »Eins nach dem anderen, bitte.«

Die Glückssträhne riss nicht ab. Der Modegott schien es heute gut mit mir zu meinen. Weder Stefanie noch die Verkäuferin fanden den kleinsten Makel. »Passt wirklich gut«, sagte die beste Frau von allen. »Die Frage ist nur, wie lange.«

»Ihr Mann sollte natürlich nicht zu viel zunehmen«, meinte die Verkäuferin. »Wenn der Ernährungsprozess noch nicht abgeschlossen ist, sollten Sie vielleicht nicht zu viele Hemden auf einmal kaufen.«

»Welcher Prozess?« Ich horchte auf. War das eine unterschwellige Beleidigung?

»Das ist bei vielen Männern mit Ihrem Körperbau ganz normal«, antwortete sie naiv. »Ab einem gewissen Alter bis zur Rente nimmt der Energieverbrauch bei Männern, wenn sie nicht gerade zum sportlichen Typ gehören, schleichend ab. Die Fett-, äh, Energiereserven lagert der Körper vor allem auf den Hüften ab. Das ist natürlich meist genetisch bedingt«, fügte sie aus psychologischen Gründen hinzu.

»Bis zur Rente sind es noch ein paar Jahre«, ergänzte meine Frau. »Da kann noch viel passieren, wenn wir nicht aufpassen.«

»Du hast es gehört«, beschwerte ich mich. »Das ist alles genetisch bedingt.«

»Dein Fastfood-Fimmel soll genetisch bedingt sein?« Stefanie schnaufte ein paarmal heftig.

Ich gab mich geschlagen und versuchte, die Situation zu retten. »Wichtig ist, dass wir für den Moment etwas Passendes für mich gefunden haben.«

Zur Strafe musste ich weitere Hemden anprobieren. Nach dem fünften Stück war sie zufrieden. »So schnell ging es noch nie.« Sie drehte sich zur Verkäuferin und strahlte sie an. »Das nächste Mal kommen wir wieder nach Neustadt.«

Während die Verkäuferin den Hemdenstapel ordnete, schaute meine Frau auf das Preisschild des Anzugs. »Huch«, entfuhr es ihr. »Aber egal, du bist es mir wert.«

»Von meinem Gehalt«, ergänzte ich so leise, dass sie es nicht hören konnte.

Trotzdem fühlte ich mich wie im siebten Himmel. Egal, was auf dem Preisschild stand, dieses Modegeschäft und seine Verkäuferin hatten mir eine unbeschreibliche Tortur erspart. Zu Hause würde ich den Erfolg mit einem kühlen Weizenbier auf der Terrasse begießen. Aber Stefanie wäre nicht Stefanie, wenn sie so schnell aufgeben würde. Sie folgte der Verkäuferin mit den beiden Anzügen zur Theke und sagte zwei Sätze, die die Weltordnung wieder ins Wanken brachten: »Können wir die Sachen bei

Ihnen für ein oder zwei Stunden reservieren? Ich möchte mich zur Sicherheit noch ein wenig in der Fußgängerzone umsehen.«

Die Verkäuferin hatte nichts dagegen. »Sehr gerne. Beachten Sie bitte, dass Sie diese Übergrößen in dieser Auswahl und Qualität sonst nirgendwo finden. Aber schauen Sie ruhig, das wird Sie in Ihrer Entscheidung nur bestärken.«

Unabhängig davon, was in diesem Geschäft verkauft wurde, zollte ich der Verkäuferin höchsten Respekt. Ihr Umgang mit den Kunden, vielleicht gehörte ich auch zu den etwas schwierigeren, war phänomenal.

»Oh, Reiner, schau mal«, sagte Stefanie beim Verlassen des Geschäfts. »Was für ein schönes Abendkleid. Ob es das auch in Indigo und in meiner Größe gibt?«

Ambivalente und fremdbestimmte Situationen erlebte ich täglich. In Sekundenschnelle schätzte ich die Situation und die Auswirkungen auf mein Wohlbefinden ein. Bedingungsloses Nachgeben, das war auch dieses Mal mein eindeutiges Fazit. »Probier's einfach und lass dir Zeit«, flüsterte ich ihr zu. »Ich setze mich so lange auf den Hocker neben den Umkleidekabinen.«

Schneller als erwartet schlief ich ein. Aber es war nur ein flacher Schlaf, der immer wieder von einer Stimme aus dem Off unterbrochen wurde: »Schau mal, wie gefällt es dir, Reiner?«

Mir gelang es wohl jedes Mal, kurz den Kopf zu heben und zustimmend zu nicken. Meine Reaktion schaffte es aber nicht ins Kurzzeitgedächtnis, geschweige denn ins Langzeitgedächtnis.

»Ich glaube, das nehme ich«, war der Satz, der mich aufweckte.

»Das ist das schönste von allen, Stefanie«, bestätigte ich sie in ihrer Wahl.

»Aber nicht ganz billig«, meinte sie und zeigte mir das Preisschild.

Ich versuchte, meinen Blick zu fixieren, denn im ersten Moment glaubte ich, einen Schlaganfall erlitten zu haben und alles doppelt zu sehen. Aber so sehr ich mich auch bemühte, die Zahl wurde nicht kleiner. »Ist das das Verfallsdatum?«

Stefanie funkelte mich böse an. »Haha, mach es mir nicht noch schwerer.«

Ich stand auf und umarmte sie. Erst jetzt konnte ich mich auf das dunkelblaue Kleid konzentrieren, das sie trug. »Das ist ja wunderschön«, stammelte ich.

»Du tust gerade so, als ob du es ernst meinst«, sagte sie schüchtern.

»Was unterstellst du mir schon wieder? Das ist das schönste Kleid, das du je getragen hast.« Eine Sekunde später bemerkte ich den Fehler. »Ich meine natürlich, eines der schönsten Kleider, die du je getragen hast.«

»Nun, ich habe noch nie viele Abendkleider besessen«, erwiderte sie. »Aber es freut mich, dass es dir so gut gefällt. Ich ziehe mich schnell um.«

Zum Schluss erlaubte ich mir noch einen kleinen Scherz. »Wenn wir Paul und Melanie verkaufen, können wir die Raten für das Kleid schneller tilgen.«

Wenige Minuten später hatte sie ihr Kleid auf den Stapel mit den beiden Anzügen und den Hemden gelegt. Sie strahlte mich glücklich an. »Jetzt brauche ich nur noch die passenden Schuhe, eine Handtasche und etwas Schmuck. Dann sind wir für das Wochenende komplett ausgestattet.«

Ihr Vorhaben gab mir Hoffnung. Mit einem Quäntchen Glück konzentrierte sich Stefanie von nun an auf ihre eigenen modischen Bedürfnisse, und ich durfte gelangweilt mitschlappen, was mir in diesem Fall nichts ausmachte.

»Wo gehen wir als Nächstes hin?« Stefanie schaute sich, auf der Hauptstraße stehend, um. In diesem Moment meldete sich mein Smartphone.

12 EISGEKÜHLT

»Der Oberbürgermeister«, sagte ich erschrocken, als ich auf das Display schaute.

»Er wird doch hoffentlich nicht die Veranstaltungen am Wochenende absagen?«, fragte Stefanie. »Das wäre …« Sie schnappte nach Luft. »Ich dachte, ihr hättet den Mörder so gut wie gefasst?«

Was sollte ich ihr darauf antworten? Schließlich wusste ich auch nicht, was Marc Weigel von mir wollte.

»Palzki.«

»Hallo, Herr Palzki«, meldete sich ein aufgeregter OB. »Herr Landgraf hat mir Ihre Handynummer gegeben. Können Sie kurzfristig nach Neustadt kommen oder sind Sie gerade unabkömmlich? Herr Landgraf sagte, Sie seien mit Ihrer Frau unterwegs. Er wusste aber nicht, wo genau.«

»Was ist denn passiert?«, fragte ich, ohne meinen Standort zu verraten.

»Der Mörder hat wieder zugeschlagen«, berichtete der OB atemlos. »Wir haben eine zweite Leiche, diesmal sogar *im* Saalbau.«

Diese Nachricht kam in der Tat mehr als überraschend. Ich hatte nicht damit gerechnet, dass der Täter in so kurzer Zeit abermals zuschlagen würde. »Um wen handelt es sich? Kenne ich das Opfer?«

»Das weiß ich leider selbst nicht. Ich bin nur kurz von der Polizei informiert worden. Dann habe ich Michael

Landgraf angerufen und ihn gebeten, zum Tatort zu kommen. Ich selbst habe eine Sitzung im Rathaus unterbrochen und mache mich jetzt zu Fuß auf den Weg zum Saalbau. Das geht am schnellsten. Herr ...« Weigel brach mitten im Satz ab. »Das gibt's doch nicht. Ich sehe Sie keine 50 Meter vor mir stehen.«

Ich blickte die Hauptstraße entlang und entdeckte sofort den Oberbürgermeister, der mir zuwinkte, während er schnell näher kam.

Stefanie sah mich verwirrt an, während ich das Gespräch beendete. »Es gibt eine zweite Leiche«, erklärte ich ihr mit ernster Miene.

»Was für ein Zufall«, begrüßte uns Marc Weigel, als er uns erreicht hatte. »Es tut mir leid, Frau Palzki. Darf ich Ihren Mann mitnehmen? Es handelt sich um einen Notfall.«

Stefanie nickte wie unter Schock. »Dann bleibt der Saalbau am Wochenende geschlossen?«

Der OB zuckte mit den Schultern. »Das kann ich Ihnen zum jetzigen Zeitpunkt leider nicht sagen, Frau Palzki. Ich selbst verfüge bisher nur über rudimentäre Informationen. Bitte glauben Sie mir, dass ich mich mit höchster Priorität dafür einsetze, dass die Wahl der Pfälzischen Weinkönigin und die Pfalzweinprobe stattfinden.«

»Dann geh«, sagte Stefanie seufzend. »Deine Kleider haben wir ja. Ich nehme das Auto, und du kannst später mit der S-Bahn nach Schifferstadt fahren. Ich hole dich am Bahnhof ab.«

»Danke, das ist eine gute Idee.« Ich verabschiedete mich kurz von meiner Frau.

Stefanie hatte eine letzte Frage. »Was machst du, wenn dieser Herr Specht am Tatort ist?«

Ich rollte mit den Augen und erklärte Weigel den Grund für die Frage: »Wir sind ihm heute Morgen auf dem Weg in die Altstadt über den Weg gelaufen. Aber meine Frau hat ihm klargemacht, dass wir nur zum Einkaufen nach Neustadt gekommen sind. So war unser Plan, jedenfalls bis jetzt.«

Weigel winkte ab. »Lassen Sie das meine Sorge sein. Als Oberbürgermeister verfüge ich über eine gewisse Autorität gegenüber der Exekutive.«

Völlig außer Atem kamen wir wenige Minuten später am Saalbau an. Die Freitreppe war mit Flatterband abgesperrt. Zwei Polizisten kontrollierten den Zugang.

»Herr Oberbürgermeister, Sie dürfen rein. Herr Palzki leider nicht. Das ist eine Anordnung unseres Chefs, des Polizeioberkommissars Specht.«

»Diese Anordnung werde ich als Hausherr sofort außer Kraft setzen. Wo ist Herr Specht?«

»Er ist auf Dienstreise in Landau«, erklärte der Beamte sichtlich eingeschüchtert. »Er kommt so schnell wie möglich zurück.«

»Dann spreche ich mit ihm, sobald er da ist«, erklärte der OB streng. Die beiden hatten nun nichts mehr dagegen, dass ich das Gebäude betrat.

»Wo befindet sich der Tatort?«, fragte Weigel die beiden Beamten.

»Im Keller«, war die Antwort.

Und wieder gab es eine Parallele zur Baustelle. Mir war sofort klar, dass sich die Tat in dem Raum ereignet haben musste, in dem gestern die Statikerin die Außenwand begutachtet hatte.

Im Foyer des Kellergeschosses kam uns Landgraf entgegen.

»Wie bist du reingekommen?«, fragte der OB verblüfft.

»Durch den Nebeneingang«, antwortete Landgraf lächelnd. »Vorne durfte ich nicht.«

»Warum ist der hintere Teil des Kellers nicht abgeriegelt?«, wunderte ich mich.

»Warum sollte er?«, fragte Landgraf.

»Der Mord muss doch im nicht öffentlichen Bereich in der Nähe der Baustelle geschehen sein.«

Die Antwort war anders als erwartet. »Im nicht öffentlichen Bereich, das stimmt, aber auf der anderen Seite, im Küchenbereich. Kommt, so etwas habt ihr noch nicht gesehen.«

Wir folgten ihm in den Küchenbereich, wo sich einige Beamte drängten. Vor der offenen Tür des Kühlraums lag auf einer Matte die Leiche von Martin Franck. Offensichtliche Verletzungen waren nicht zu erkennen, dennoch war sein Anblick bizarr: Der Geschäftsführer der *Tourist, Kongress und Saalbau GmbH* lag ausgestreckt und erfroren auf dem Boden. Seine Kleidung war mit gefrorenem Eis überzogen, Gesicht und Hände glänzten nass. Grotesk hing seine rot überzogene Zunge aus dem Mund.

Ein Beamter, der den OB kannte, kam zu uns: »Die Kollegen haben ihn aus dem Kühlraum geholt, damit der Notarzt die obligatorische erste Leichenschau durchführen kann. Wir haben zwar sofort die Kühlung abgestellt, aber die Temperatur wird noch einige Zeit unter dem Gefrierpunkt bleiben.« Er zeigte auf die Leiche. »Durch die Restwärme des Körpers ist das Eis an Kopf und Händen geschmolzen. Über den Todeszeitpunkt können wir nur spekulieren. Normalerweise muss die Leichenschau am Tatort an der unbekleideten Leiche durchgeführt werden, doch der Notarzt hat abgewunken. Das ist in dem Aggregatzustand zurzeit einfach nicht machbar.«

»Gestern Abend war er noch nicht im Kühlraum!«, rief ein mir unbekannter Mann, der am anderen Ende des Raumes auf einem Stuhl saß.

»Das ist Sascha Griebel, der Inhaber von *Clevers Catering*«, erklärte der Beamte. »Er hat Martin Franck vor einer Dreiviertelstunde im Kühlraum gefunden.«

Ich war froh, dass der OB eine Art Führungsrolle übernahm und bereitwillig Informationen von den Beamten der Spurensicherung erhielt. Die Gelegenheit war allerdings nur bis zur Rückkehr von Specht günstig. »Würden Sie bitte Herrn Griebel zu den näheren Umständen befragen?«, flüsterte ich Marc Weigel zu, der mir verschwörerisch zunickte.

Wir gingen zu Sascha Griebel, der sehr mitgenommen wirkte und ängstlich auf seinem Stuhl kauerte.

»Leiten Sie die Ermittlungen, Herr Weigel?«, fragte er überrascht, als der OB ihn nach Details des Leichenfundes fragte.

»Wir müssen schnell handeln«, wich der OB der Frage aus, »später wird sich der zuständige Ermittler der Neustadter Polizei einschalten und alles Weitere übernehmen. Aber das wird noch eine Weile dauern. Bis dahin wollen wir natürlich so schnell wie möglich wissen, was passiert ist, um erste Maßnahmen einzuleiten. Herr Landgraf, den Sie ja bereits kennen, und Herr Palzki, übrigens ein sehr erfahrener Kriminalbeamter, waren zufällig mit mir unterwegs und unterstützen die Ermittlungen im Moment aushilfsweise.«

»Ist mir egal, wer was macht«, sagte der Caterer. »Hauptsache, ich komme bald wieder an die frische Luft.

Der Anblick der Leiche macht mich wahnsinnig.« Er schüttelte sich. »Außerdem müssen wir den größten Teil der Waren im Kühlhaus entsorgen. Hoffentlich hat der Saalbau die Versicherungsprämien bezahlt.«

»Ganz bestimmt«, beschwichtigte Weigel zu dem im Moment völlig unwichtigen Detail. »Wir setzen alles daran, dass beide Veranstaltungen am Wochenende stattfinden können. Wie realistisch sehen Sie das?«

Griebel überlegte kurz. »Das Kühlhaus auszuräumen und neu zu bestücken, sollte kein Problem sein, wenn ich spätestens morgen früh damit beginnen kann. Aber geht das auch wegen dem Leichenfund?«

»Die liegt ja schon außerhalb des Kühlraums«, sagte Weigel. »Ich glaube nicht, dass die Spurensicherung lange braucht, um den Tatort freizugeben.«

»Da wäre ich mir nicht so sicher«, mischte sich Michael Landgraf ein, der die Arbeit der Beamten in den letzten Minuten verfolgt hatte. »Ich frage mich, was die sichergestellten Gegenstände bedeuten.« Er deutete auf einen Klapptisch, auf dem mehrere Beweissicherungstüten lagen, in denen sich eine leere Weinflasche, ein Korkenzieher und ein Stielglas befanden.

»Das war krass«, erklärte Sascha Griebel. »Ich öffnete nichtsahnend den Kühlraum und sah sofort Martin Franck auf dem Boden liegen. Neben seiner Hand lagen das Weinglas, direkt daneben der Korkenzieher und die Flasche.«

Landgraf trat an den Tisch. »Dem Etikett nach ist oder war es ein teurer italienischer Rotwein.«

»Der Mörder muss Sinn für subtilen Humor haben«, unterbrach ihn der Beamte, der den OB kannte. »Er muss sein Opfer mit diesen Utensilien eingesperrt haben, um

ihm die Stunden bis zum kalten Tod halbwegs erträg-
lich zu gestalten«, erklärte er sarkastisch.

»Ausgerechnet italienischer Rotwein«, sinnierte
Landgraf laut, »wo doch Martins Frau Paola Italiene-
rin ist.«

»War Martin Franck gefesselt oder sonst wie fixiert?«,
fragte ich den Beamten.

Er blickte kurz zum OB, der zustimmend nickte. »Das
Gleiche wollte ich auch gerade fragen.«

»Der Sicherungsmechanismus an der Innenseite der
Kühlraumtür und der Notalarm wurden fachmännisch
außer Kraft gesetzt. Das Opfer hatte keine Chance, die Tür
zu öffnen. Wir haben sein Handy gefunden, aber die SIM-
Karte ist verschwunden. Hier unten dürfte es sowieso keinen Empfang geben.«

»Was ist das für ein roter Fleck an der Wand?«, rief
Landgraf, der ohne zu fragen in den Kühlraum gegangen
war. Niemand hatte ihn daran gehindert.

»Den Fleck haben wir entdeckt, nachdem wir die Leiche geborgen hatten. Wegen der Kälte konnten wir uns
zunächst nur kurze Zeit in dem Raum aufhalten. Inzwischen müsste es wegen der offenen Tür etwas milder sein.
Folgen Sie mir.«

Ohne unsere Schuhe mit Plastiküberziehern zu schützen, betraten wir den geräumigen Kühlraum, dessen
Boden allerdings mit einer Folie ausgelegt war. »Immer
noch arschkalt«, sagte ich, dann entdeckte ich den Fleck.

»Die einzige Erklärung, die wir im Moment haben, ist,
dass das Opfer im Todeskampf eine Flasche Ketchup im
Regal gefunden, geöffnet und damit einen Hilferuf an die
Wand geschrieben hat. Vielleicht sogar mit dem Namen
seines Mörders.«

»Das bedeutet, dass der Mörder nach Francks Tod noch einmal im Kühlraum war«, kombinierte ich.

»Wenn unsere Vermutung richtig ist, muss es so gewesen sein«, bestätigte der Beamte. »Leider haben wir bisher keine angebrochene Ketchupflasche gefunden. Aber einen anderen Grund kann ich mir nicht denken. Vielleicht finden die Rechtsmediziner der Universität Mainz mehr heraus. Es könnte ja sein, dass er gar nicht durch die Kälte gestorben ist.«

»Trotzdem«, sagte ich. »An dieser Wand stand etwas, das später weggewischt wurde.«

»Kann man das mit UV-Licht oder anderen Hilfsmitteln herausfinden?«, fragte der Oberbürgermeister.

»Nur in unrealistischen Krimis mit Fantasy-Elementen«, nahm ich ihm diese Hoffnung. »Der Täter hat garantiert den gleichen Ketchup benutzt, um den Fleck zu verwischen.« Ich wandte mich an den Caterer. »Wann waren Sie gestern das letzte Mal im Kühlraum?«

Sascha Griebel musste nicht lange überlegen. »Kurz vor 18 Uhr, da bin ich mir sicher. Von meinen Mitarbeitern war zu diesem Zeitpunkt niemand mehr da. Ich habe auch nichts Verdächtiges bemerkt. Martin Franck habe ich das letzte Mal vor drei oder vier Tagen gesehen, lebend, meine ich.«

»Auf jeden Fall muss das Opfer am frühen Abend eingesperrt worden sein«, sagte ich zu den anderen. »Bis zu seinem Tod müssen einige Stunden vergangen sein, den ungefähren Zeitpunkt werden die Experten hoffentlich berechnen können. Der Täter muss dann mitten in der Nacht zurückgekommen sein, um zu sehen, ob sein Plan funktioniert hat.«

»Oder heute Morgen«, ergänzte Landgraf.

»Von meinen Leuten war heute früh niemand im Keller«, sagte Griebel. »Ich war der Erste und habe den Toten gefunden.«

Das machte den Caterer zwar verdächtig, aber ein Motiv war zu diesem Zeitpunkt nicht einmal ansatzweise erkennbar. Theoretisch könnte die Tat auch völlig unabhängig von dem anderen Mord geschehen sein, vielleicht ein interner Streit um die nächste Ausschreibung für das Catering des Saalbaus, aber das waren im Moment nur äußerst vage Gedanken.

»Ob mitten in der Nacht oder erst heute Morgen«, fasste ich zusammen. »Auf jeden Fall kennt sich der Mörder im Saalbau aus. Ein Fremder würde sicherlich auffallen, erst recht, wenn er sich mitten in der Nacht im Gebäude aufhält.«

Der Oberbürgermeister schaute auf die Uhr und erschrak: »Ich muss zurück zur Sitzung«, sagte er zu dem Beamten, den er gut zu kennen schien. »Würden Sie mich bitte telefonisch auf dem Laufenden halten? Sie haben ja meine Handynummer von unserer gemeinsamen Aktion.« Um welche Aktion es sich handelte, verriet er nicht.

Der Beamte nickte. »Ich darf Ihnen keine vertraulichen Ermittlungsdetails mitteilen, aber angesichts der Tatsache, dass Sie Martin Francks Vorgesetzter waren, wüsste ich nicht, was es Ihnen gegenüber zu verheimlichen gäbe.«

»Das ist richtig«, lächelte Weigel ihn an. »Herr Specht wird das anders sehen, aber das müssen Sie ja nicht in seinem Beisein thematisieren.«

Gemeinsam mit Weigel und Landgraf stiegen wir die Treppe hinauf ins Erdgeschoss. Auf dem Treppenabsatz blieb der OB abrupt stehen und sah Landgraf an. »Konntest du die Sache mit der Baustelle klären?«

»Wann denn?«, fragte der zurück. »Nach unserem Treffen gestern Abend war es zu spät, und vorhin hatte ich eine Führung im Bibelmuseum.« Nun sah er mich an. »Ich habe Marc gestern Abend zufällig auf dem Marktplatz vor dem Ordenshaus getroffen und ihn bei dieser Gelegenheit nach der Baustelle gefragt.«

»Stimmt«, unterbrach ihn der OB. »Natürlich habe ich von der Baustelle gewusst, zumindest dem Grunde nach. Die Details sind mir als Stadtoberhaupt allerdings nicht präsent, da die Koordination in den entsprechenden Fachämtern erfolgt. Da die Lage der Baustelle impliziert, dass der Saalbau involviert ist, denke ich, dass Martin Franck und seine Mitarbeiter Bescheid wissen müssten. Und natürlich auch Volker Schmidt. Dass er angeblich nichts weiß, hat mich ziemlich verwundert. Jedenfalls habe ich Michael gebeten, noch heute Vormittag mit Martin Franck zu sprechen, um die Hintergründe des Bauvorhabens in Erfahrung zu bringen. Ich selbst bin leider den ganzen Vormittag in diversen Haushaltssitzungen unabkömmlich. Und dorthin muss ich jetzt auch zurück. Das Einzige, was ich heute schon gemacht habe, ist, eine Anfrage an das Bauamt zu stellen. Von dort habe ich aber noch keine Antwort erhalten.«

»Vielleicht weiß es einer von Martin Francks Mitarbeitern«, vermutete ich. »Das sollten wir leicht herausfinden können.«

Der OB nickte, war aber in Gedanken. »Wo ist eigentlich Volker Schmidt? Den habe ich die ganze Zeit nicht gesehen.«

Der Gedankengang des OBs war brillant. Selbst mir war das nicht aufgefallen. »Herr Landgraf und ich werden uns sofort auf die Suche machen, Herr Weigel.« Hoffentlich gab es keinen weiteren Toten.

»Das ist gut, vielen Dank. Bitte haltet mich ebenfalls auf dem Laufenden.« Nach einem kurzen Gruß ging er zum Ausgang.

Mein Begleiter hielt einen Techniker an, der eine Klappleiter durch das Foyer trug. »Wo finden wir Volker Schmidt?«

»Kann soi, dass der noch mit soim Bsuch in seim Biro hockt«, bekam er zur Antwort. »Eichentlich wollt er uns heit helfe mit dem Bihne-Umbau, doch dann hotter Bsuch kriecht, de Volker. Zum Glick hänn die Bulle net de Saal gsperrt, sodass mer wenigschtens dort weiterschaffe kenne.«

Wir bedankten uns und machten uns auf den Weg zu Schmidts Büro. Auch dort gab es keine Absperrungen, die polizeilichen Ermittlungen konzentrierten sich auf den Keller.

Wir waren beide sehr verblüfft, als wir Oliver Stiess zusammen mit Volker Schmidt am Besprechungstisch sitzen sahen.

Landgraf grüßte den Ordensmeister und sprach Schmidt sein Beileid aus.

»Schon gut«, bedankte sich der Saalbauleiter mit belegter Stimme. »Martin und ich waren nicht unbedingt die dicksten Freunde. Aber ich habe ihm den Tod natürlich nicht gewünscht.« Mit einer Handbewegung forderte er uns auf, Platz zu nehmen. Dann füllte er mit einem Blick zu mir die Keksschale auf und holte zwei weitere Tassen.

»Was machst du hier bei Volker?«, fragte Landgraf inzwischen den Ordensmeister der Weinbruderschaft.

»Letzte Abstimmungen für die Pfalzweinprobe machen. Wir wollen ein paar Programmpunkte anpassen, dazu brauchen wir technische Unterstützung.«

»Wie lange sitzen Sie schon zusammen?«, fragte ich, obwohl die Antwort keine große Rolle spielte.

»Seit zwei Stunden«, sagte Schmidt und schaute auf die Wanduhr. »Im Prinzip sind wir bereits eine Weile fertig, aber wir wissen nicht so recht, wie wir mit der aktuellen Situation umgehen sollen. Alles absagen oder weitermachen wie bisher und die beiden Veranstaltungen wie geplant durchführen?«

Stiess nickte eifrig. »Wir drehen uns die ganze Zeit im Kreis. Gibt es inzwischen Neuigkeiten? Wir wissen lediglich, dass Martin Franck erfroren im Kühlraum gefunden wurde.«

»Nachdem mich ein Mitarbeiter angerufen und mir den Leichenfund gemeldet hatte, wollte ich nach unten gehen, aber da waren schon die ersten Polizisten da und man hat mich nicht in den Keller gelassen«, erklärte Schmidt. »Ich weiß also nicht, wie es unten aussieht.«

Mit dieser Aussage war klar, dass beide nur ein Alibi für den Zeitpunkt des Auffindens der Leiche hatten, nicht aber automatisch für den Tatzeitpunkt. Für Schmidt dürfte es ein Leichtes gewesen sein, in den frühen Morgenstunden in das Gebäude zu gelangen. Vielleicht hatte aber auch Oliver Stiess zumindest zeitweise einen Schlüssel zum Saalbau.

»Der Oberbürgermeister ist sehr erschüttert«, sagte Landgraf. »Wir waren bis eben mit ihm im Keller am Tatort. Seid froh, dass ihr euch den Anblick der Leiche ersparen könnt. Auch Marc weiß noch nicht, wie er mit der Situation umgehen soll. Das wird sich wohl erst im Laufe des Tages klären. Mein Rat wäre, die Vorbereitungen zunächst wie geplant weiterlaufen zu lassen. Im Küchenbereich im Untergeschoss geht das momentan zwar nicht, aber der Caterer hat angekündigt, dass er trotz der Umstände pünktlich liefern kann.«

Ordensmeister Oliver Stiess erhob sich. »Du hast recht, Michael, wir stecken den Kopf nicht in den Sand. So traurig der Anlass auch sein mag, das Leben geht weiter.«

»Zumindest das Leben der meisten«, fügte Volker Schmidt leise und wohl ungewollt sarkastisch hinzu. »Ich gehe jetzt runter in den Saal. Meine Mitarbeiter warten auf mich, weil wir einige Umbauten vornehmen müssen.«

Nachdem ich mich mit einer Notration Kekse eingedeckt hatte, gingen wir gemeinsam nach unten. Schmidt eilte nach der Verabschiedung in den Saal, Stiess zum Ausgang.

»Ich muss noch mal in den Keller«, sagte ich zu Landgraf.

»Ob man uns ohne Marc Weigel dort duldet?«, fragte er.

»Ich meine nicht zum Tatort«, erklärte ich lächelnd. »Ich habe ein anderes Bedürfnis.«

»Ach so. Das ist eine gute Idee, ich komme mit.«

Der Pseudo-Krimiautor Becker würde diese Szene jetzt sicher literarisch ausschlachten und behaupten, es sei kein Klischee, dass immer nur Frauen gemeinsam auf die Toilette gingen.

Etwas war merkwürdig. Schon beim Betreten der Toilettenanlage spürte ich, dass etwas nicht stimmte. Mein siebter Sinn meldete sich. Genau genommen war es der sechste Sinn, der die Wahrnehmung in der Gegenwart beschrieb. Der siebte Sinn hingegen beschrieb die Vorahnung, das Bauchgefühl, das vor gefährlichen Situationen warnt. Ob sechster oder siebter Sinn, vielleicht war es auch eine Mischung aus beidem, auf jeden Fall war etwas faul.

Die Anlage war menschenleer, sämtliche Kabinentüren waren unverschlossen. Trotzdem hatte ich beim Betreten der Anlage ein Flüstern gehört. Ich gab Landgraf ein Zeichen, das er nicht verstand. Was war hier los? Mein Blasendruck war vorerst verschwunden, die Adrenalinproduktion setzte andere körperliche Schwerpunkte. Plötzlich hörte ich ein leises Schniefen. Abwarten war keine Option. Ich riss die angelehnte Toilettentür auf: leer. Ohne zu zögern, öffnete ich die Nebentür und starrte in die Gesichter von Dietmar Becker und Steffen Boiselle.

»Haben Sie den Beruf gewechselt?«, fragte ich die beiden nach einer Schrecksekunde.

»Was ist los?«, fragte Landgraf aus Richtung der Urinale.

»Ich habe einen kleinen Fang gemacht«, erklärte ich.

»Den Mörder?«

»Wir sind keine Mörder!«, riefen Becker und Boiselle gleichzeitig.

»Das behaupten alle Mörder.« Damit revanchierte ich mich für den Schrecken.

»Steffen? Dietmar? Ihr hier?«, rief Landgraf.

»Wir wussten nicht, dass du das bist«, antwortete der Karikaturist. »Und Herr Palzki.«

»Wir dachten, es wären wieder Polizeibeamte«, sagte Becker. »Wir mussten uns schon zweimal vor den Polizisten verstecken.«

»Verstecken macht immer verdächtig«, provozierte ich sie weiter. »Raus mit der Sprache, was habt ihr mit dem Tod von Martin Franck zu tun?«

»Martin Franck ist tot?« Boiselle und Becker waren inzwischen aus der Kabine gekommen. »Das wussten wir nicht.«

»Warum dann das Versteckspiel?« Ich verstand die beiden immer noch nicht.

»Vorhin hat einer der Beamten zu einem Kollegen gesagt, dass sie die Leiche gleich mitnehmen«, sagte Boiselle. »Mehr haben wir in der Kabine nicht verstanden. Das können wir beschwören.«

»Dann erklären Sie mir, warum Sie sich überhaupt in der Kabine versteckt haben, wenn Sie erst später und zufällig von der Tat erfahren haben?«

Inzwischen standen wir zu viert im Vorraum bei den Waschbecken.

»Ich werde alles erklären«, sagte der eingeschüchterte Boiselle mit einem kurzen Blick zu seinem Kumpel Becker. »Dietmar war heute früh bei mir im Verlag, und wir haben die Lage besprochen. Er hat mir von seinem neuen Buch erzählt und dass er mich wieder in einer realen Rolle in die Geschichte einbauen möchte. Über unsere Kontakte, die ich nicht preisgeben möchte, haben wir erfahren, dass gestern eine Statikerin im Keller des Saalbaus war, um die Folgen der Explosion abzuklären.«

»Soso, Ihre Kontakte«, unterbrach ich den Zeichner. »Fahren Sie fort.«

»Uns ist klar, dass der Mord und die Explosion mit der Baustelle zu tun haben müssen«, fuhr Boiselle fort. »Draußen an der Baustelle ist alles abgesperrt, da konnten wir nicht recherchieren, also haben wir beschlossen, uns im Keller des Saalbaus umzusehen.«

»Sie sind eingebrochen?«

»Natürlich nicht. Die ersten Mitarbeiter waren längst da und haben im Foyer etwas aufgebaut. Aber wir haben uns nicht getraut, einfach durch den Haupteingang hineinzugehen. Zum Glück war der Lieferanteneingang nicht abgeschlossen, sodass wir ungesehen ins Untergeschoss gelangen konnten.«

Ein offener Lieferanteneingang, dieses Detail notierte ich mir sofort in meinem Langzeitgedächtnis. »Und dann sind Sie im Kühlhaus auf die Leiche gestoßen.«

»Im Kühlhaus?«, fragte Becker erstaunt. »Sie haben Martin Franck im Kühlhaus gefunden? Nein, da waren wir gar nicht«, wehrte er ab. »Wir sind sofort in den technischen Bereich gegangen, um den Raum in der Nähe der Baustelle zu suchen.«

»Genauso war es«, bestätigte der Zeichner. »Aber wir waren noch keine fünf Minuten im Keller, da wimmelte es plötzlich von Polizisten, die alles abgesperrt und sämtliche Räume durchsucht haben.«

»Und warum haben sie euch nicht entdeckt?«

»Ich bitte Sie, Herr Palzki«, sagte Becker überheblich. »Ich kenne die übliche Vorgehensweise der Polizei. Da gibt es ein paar Tricks …«

»Die ich jetzt nicht erfahren möchte«, unterbrach ich ihn. »Warum haben Sie sich nicht zu erkennen gegeben?«

»Wir hatten Angst«, sagte Boiselle. »Außerdem wussten wir zunächst nicht, was los war. Schließlich konnten wir uns unbemerkt auf die Toilette schleichen.«

»Sie waren wohl eher neugierig als ängstlich«, erwiderte ich. »Haben Sie etwas Verdächtiges bemerkt, als Sie in den Saalbau eingedrungen sind?«

»Wir sind nicht eingedrungen«, widersprach Boiselle. »Wir hatten vielleicht keine Erlaubnis, aber wir haben nur den unverschlossenen Nebeneingang benutzt.«

»Ich habe nichts bemerkt«, sagte Becker nach kurzem Nachdenken. »Aber ich war mehr auf unser eigenes Tun fixiert. Niemand konnte zu diesem Zeitpunkt damit rechnen, dass ein weiteres Verbrechen geschehen würde, noch dazu in unserer unmittelbaren Nähe.« Er sah mich an. »Wann wurde Herr Franck ermordet?«

»Das kann und darf ich Ihnen nicht sagen«, antwortete ich knapp.

Steffen Boiselle war diesmal schneller im Kombinieren als Hobbydetektiv Becker. »Dietmar, wenn man Martin Franck tot im Kühlhaus gefunden hat, dann hat man ihn bestimmt schon gestern Abend eingesperrt.«

»Du meinst, er ist erfroren?« Becker sah erst Boiselle an, dann mich.

Ich hob die Schultern und schwieg.

»Dazu darf ich leider auch nichts sagen«, ergänzte Michael Landgraf.

13 ALLES STEHT AUF DER KIPPE

»Auf jeden Fall werden wir diesen Ort jetzt zügig verlassen«, sagte ich mit einem Seitenblick auf Landgraf. »Es
gibt nämlich eine Person, der ich im Moment lieber nicht
begegnen möchte.«

»Ach, Sie meinen wegen ...«

»Genau«, schnitt ich ihm das Wort ab, bevor er den
Namen des Polizeioberkommissars aussprechen konnte.
Becker und Boiselle verzogen enttäuscht das Gesicht, weil
sie den Namen nicht erfuhren. »Sie können gerne auf der
Toilette bleiben, wenn Sie ein paar Tage in Untersuchungs-
haft verbringen möchten.«

»Aber wir haben doch gar nichts gemacht«, ereiferte
sich Becker.

»Deshalb auch nur ein paar Tage Untersuchungshaft.
Die Mühlen der Justiz mahlen langsam.« Um ihn noch
mehr zu ärgern, setzte ich eine weitere Gemeinheit oben-
drauf: »Die Tagespauschale für zu Unrecht erlittene Haft
wurde erst kürzlich von 25 auf 75 Euro erhöht. Das ist
viel Geld für einen ewigen Studenten.«

Ohne Murren folgten sie uns nach oben. Unbehelligt
konnten wir das Gebäude verlassen.

»Wie geht es jetzt weiter?«, fragte der Krimischreiber.

»Ganz einfach«, erklärte ich ihm. »Sie teilen Ihrem Verlag mit, dass Sie sich in Zukunft auf das Schreiben von
Gedichten beschränken werden. Lyrik können Sie zwar

auch nicht, aber Sie tun mir und der gesamten kurpfälzischen Polizei damit einen großen Gefallen. Auch Ihre
Leser, falls es noch welche gibt, können aufatmen.«

Becker verzog das Gesicht. »Sie müssen mich immer
wieder ärgern, Herr Palzki. Dabei gebe ich mir so viel
Mühe mit jedem Roman.«

»›Er hat sich stets bemüht‹, das wird eines Tages auf
Ihrem Grabstein stehen.«

»Lass ihn«, mischte sich Steffen Boiselle ein. »Herr
Palzki ist offensichtlich neidisch, weil sein fiktives Pendant
viel erfolgreicher ist als er selbst im wirklichen Leben.«

Unbeeindruckt entgegnete ich: »Mal sehen, wer den
Fall schneller löst: Ihr kruder Krimidingsbums oder wir,
die offiziellen Beamten.«

»Sie ermitteln ja gar nicht offiziell«, konterte Becker
sofort. »Sie schnüffeln genauso privat herum wie Steffen und ich.«

»Hört auf, ihr Streithähne!«, griff Landgraf ein, der die
ganze Zeit fassungslos von einem zum anderen geschaut
hatte. »Sobald der Mörder gefasst ist, lade ich euch zur
Mediation ein.«

In diesem Augenblick rief uns aus einiger Entfernung
der Notnotarzt Doktor Metzger zu: »Palzki! Haben wir
Ihnen den zweiten Toten zu verdanken? Natürlich, das
ist ja fast ein Gesetz.« Während wir geschockt dastanden,
kam Metzger näher und baute sich vor uns auf. »Steffen, Dietmar, könnt ihr nicht besser auf Palzki aufpassen?
Der sabotiert uns jedes Mal aufs Neue unsere Geschäfts-
grundlage.«

»Was ist passiert?«, fragte Boiselle vorsichtig.

»Was passiert ist? Euer Freund dort«, er zeigte auf mich,
»hat zugelassen, dass Martin ermordet wurde.«

»Du kanntest den Toten?«, mischte sich Dietmar Becker ein.

»Ich habe ihn gestern bei Volker kennengelernt«, erklärte der Pseudo-Arzt. Er begann zu flüstern: »Ich habe mit Martin einen erstklassigen Deal ausgehandelt.« Von einer Sekunde auf die andere begann er zu schreien: »Und jetzt? Jetzt kann ich mir die Konditionen an den Hut stecken. Als Geschäftsführer hat er mir und Günter ein hervorragendes Angebot gemacht. So hervorragend, dass es aus Gründen der Vertraulichkeit nur mündlich vereinbart wurde. Ihr wisst sicher, was ich meine.« Aus seinen Augen sprühten fiktive Dollarzeichen.

Von hinten kam Günter Wallmen angerannt. »Matthias, die Polizei meint, wir sollen unseren Doppeldeckerbus wegfahren.«

»Na bitte!«, brüllte Metzger weiter. »Jetzt haben wir auch noch die Bullen am Hals. Wie sollen wir denen erklären, dass Martin uns die Erlaubnis gab und wir auch noch …« Er brach mitten im Satz ab. »Ist ja jetzt auch egal«, fügte er kurz darauf hinzu.

Ich versuchte, das Gespräch, das eigentlich keines war, auf eine sachliche Ebene zu bringen. »Ist Ihnen in der vergangenen Nacht in der näheren Umgebung des Saalbaus etwas Verdächtiges aufgefallen?«

Während Metzger unverständlich vor sich hin grummelte, antwortete Wallmen: »Wir hatten bis 2 Uhr morgens viel zu tun. Unser neuer Service spricht sich langsam herum. Immerhin wird es bei einer Trunkenheitsfahrt zwischen ein und zwei Promille nach Paragraf 316 StGB sehr schnell teuer: Mindestens 18 Monate keinen Führerschein, drei Punkte, 3.000 Euro Geldstrafe, und ab 1,6 Promille kommt ein Idiotentest für 2.500 Euro hinzu, da man diesen ohne Beratung eines Verkehrspsychologen sowieso nicht schafft. Das sind in Summe über 5.000 Euro. Bei Beamten wird es noch teurer, und der Job ist weg.« Metzger hatte sich in Rage geredet. »Wir dagegen garantieren für ein Zehntel, also 500 Euro, eine sichere Fahrt. Die Zehnerkarte ist übrigens deutlich günstiger. Das ist etwas mehr, als eine Dialysepraxis bekommt, aber wir haben ja schließlich exorbitante Öffnungszeiten. So bald wie möglich wollen wir weitere Dialyseplätze einrichten. Die Geräte sind leider rar, und nicht in jedem Krankenhaus stehen sie einfach so zum Mitnehmen herum.« Er seufzte. »Wahrscheinlich müssen wir jetzt sowieso den Platz räumen. Mal sehen, ob wir uns stattdessen in den Hof der Polizeidirektion stellen dürfen. Dann müssten wir allerdings einen Shuttleservice anbieten, denn für unsere Kunden dürften die 100 Meter vom Weinlesefest zur Polizei in ihrem Zustand zu anstrengend sein. Das Wasser für die Dialyse könnten wir mit einem Schlauch aus den Sozialräumen der Polizei ableiten.«

»Das interessiert mich alles nicht«, unterbrach ich Wallmens Überlegungen. »Ist Ihnen in der vergangenen Nacht irgendetwas aufgefallen, was mit dem Mord zu tun haben könnte?«

»Nein!«, schrie Metzger. »Günter und mir ist nichts aufgefallen. Ein paar Halbstarke haben sich im Gebüsch neben unserem Bus herumgetrieben, wahrscheinlich mussten sie sich den Magen entleeren.«

»Diese Klientel lassen wir natürlich nicht in unseren Bus«, fügte Wallmen hinzu. »Schließlich stehen wir mit unseren Namen für einen gewissen Hygienestandard.«

Mit einem Blick auf die Uhr und einem gespielten

Schreck leitete ich die dringend notwendige Verabschiedung ein. »Um Himmels willen, ist es wirklich schon so
spät? Unser nächster Termin steht an.« Ich sah Landgraf
scharf an, der sofort verstand.

»Richtig, unser ganzer Zeitplan ist durcheinandergera-
ten.«

»Wo geht's denn hin?«, wollte Becker wissen.

»Zum nächsten Verdächtigen«, ärgerte ich ihn. »Oder
vielleicht zu unserem gesuchten Mörder? Oder gar zum
nächsten Opfer? Viel Erfolg beim weiteren erfolglosen
Herumstochern.« Dass wir ebenso erfolglos herumsto-
cherten, ging ihn nichts an.

»Sie wollen gehen?«, brüllte der Notarzt. »Bringen Sie
erst einmal Ordnung in das von Ihnen angerichtete Chaos.
Wie sollen wir unter diesen Umständen in Ruhe arbeiten
und Menschenleben retten?«

Ich grinste ihn frech an und antwortete: »Da fällt Ihnen
sicherlich etwas Absonderliches ein.« Ich drehte mich um,
und Landgraf folgte mir. Wir gingen durch die Unterführung in die Altstadt. Auf der anderen Seite der Bundesstraße stellten wir uns hinter eine Reklametafel, um zu
sehen, ob Becker und Boiselle uns folgten.

»Wir sind sie vorerst los«, stellte ich nach einer Weile
fest.

»Ich bin immer noch schockiert, dass solche Möchte-
gernärzte frei herumlaufen dürfen«, sagte mein Begleiter
besorgt. Er zückte sein Notizbuch. »Für den Rest des
Tages müssen wir improvisieren. Mein Tagesplan ist durch
die aktuellen Ereignisse so nicht mehr realisierbar. Ich
hatte ohnehin nur den Nachmittag mit Gesprächen ter-
miniert. Sollen wir erst mal hoch ins Bibelhaus gehen und
uns um meine Pläne kümmern?«

»Mit Ihren Tapeten?«, rutschte es mir heraus. Bloß nicht, dachte ich und blickte auf das Gebäude der Tourist-Info. »Da gehen wir jetzt rein«, sagte ich. »Die Mitarbeiter von Martin Franck haben bestimmt einiges zu erzählen. Solange Herr Specht nicht zurück ist, haben wir freie Hand.«

»Gute Idee«, schwärmte mein Begleiter. »Die Damen machen einen erstklassigen Kaffee.«

›Wegen Trauerfall geschlossen‹, stand auf der Eingangstür. Ich klopfte kräftig an die Tür, und man öffnete uns.

»Leider haben wir … ach, Sie sind es«, sagte eine Dame, die uns erkannte. »Kommen Sie bitte herein.« Dann schloss sie wieder ab.

Hinter dem Empfangsraum befand sich ein größeres Büro, in dem ein halbes Dutzend Frauen saß. Auf zwei Tischen türmten sich Kaffeestückchen, Kekse und andere Leckereien. Neben den obligatorischen Kaffee- und Teekannen entdeckte ich eine leere Sektflasche. Eine der Frauen versuchte noch, die Flasche unter dem Tisch zu verstecken, aber ich hatte sie längst gesehen. Überhaupt hatte ich den Eindruck, dass die Stimmung eher gelöst war, von tiefer Trauer keine Spur.

»Wir wissen nicht, wie es weitergehen soll«, sagte eine der Damen, die sich als Francks Assistentin vorstellte. »Herr Franck hat vieles selbst geplant und organisiert und mich und die anderen Kolleginnen so gut wie nie eingeweiht.«

Jemand klopfte an die Eingangstür. Ich hoffte inständig, dass es nur der nervige Becker und sein Verlagsfreund waren und nicht der kommissarische Leiter der Kriminalpolizei, Specht.

Eine Minute später kam die Assistentin zurück und wuchtete einen schweren Karton auf den Schreibtisch. »Das kam gerade von *UPS* für Herrn Franck.« Sie schaute auf den Aufkleber. »Komisch, da steht gar kein Absender drauf, sondern nur ›Von deinem neuen guten Freund, deinem Matthias M‹.«

Ohne wirklich befugt zu sein, griff ich nach einer Schere und öffnete den Karton. Mehrere Flaschen Sekt kamen zum Vorschein. »Metzger schickt Franck Sekt?«

Landgraf sah sich die Flaschen genauer an. »Herr Palzki, das ist extrem teurer Champagner, jede Flasche kostet locker 1.000 Euro.«

»Der Deal zwischen den beiden muss sich ja richtig lohnen«, meinte ich ironisch. »Leider war er nur von kurzer Dauer. Aber um die Sache kann sich ja das Rechnungsprüfungsamt im Rathaus kümmern.«

Die Assistentin hatte eine Flasche aus dem Karton genommen und betrachtete sie neugierig.

»Leider müssen Sie sich zur Feier des Tages mit Ihrem normalen Sekt begnügen. Der Champagner darf nicht angerührt werden.«

»Feier?«, wiederholte sie und schluckte heftig. »Wir trauern auf unsere Weise um unseren Chef. Er hatte auch ein paar gute Seiten.«

Ich beruhigte die Gemüter. »Sie können es halten, wie Sie wollen. Wir sind nicht die Moralpolizei. Würden Sie bitte in Herrn Francks Terminkalender nachsehen, was für gestern Nachmittag und den Abend eingetragen ist?«

»Nichts«, kam es wie aus der Pistole geschossen. »Als wir von seinem Tod erfahren haben, schaute ich sofort nach. Hier, sehen Sie selbst.« Sie reichte mir einen ziemlich zerfledderten Terminkalender.

Ich hielt die entsprechende Seite gegen das Tageslicht, um eventuelle Radierungen erkennen zu können. Mehr aus Neugier blätterte ich zum heutigen Tag. Es war zwar kein fester Termin eingetragen, aber quer über die Seite stand: ›Unauffällig Dialysegeräte Kliniken LU abfragen‹.

»Sehr aufschlussreich«, sagte ich zur Assistentin und gab ihr den Kalender zurück.

»Was wissen Sie über die Baustelle neben dem Saalbau? Dort, wo die erste Leiche gefunden wurde.«

Verblüfft sah sie mich an. »Ich habe keine Ahnung, warum Sie das fragen.« Sie wandte sich an ihre Kolleginnen. »Wisst ihr etwas darüber?«

Nachdem sie einhelliges Kopfschütteln als Antwort erhalten hatte, ging sie zu einem Regal mit Aktenordnern. »Da ist bestimmt nichts über eine Baustelle zu finden«, sagte sie schließlich, »Sie können ja mal nachsehen. Vielleicht können Ihnen die Kollegen im Saalbau oder im Rathaus weiterhelfen?«

Landgrafs Handy meldete sich mit einer Melodie. »Marc Weigel«, sagte er mit einem Blick auf das Display. Nach einem äußerst kurzen Telefonat, aus dem ich nicht schlau wurde, sagte er zu mir: »Er bittet uns darum, ins Rathaus zu kommen. Wegen der Haushaltssitzungen kann er nur eine kurze Pause machen.«

»Passt«, sagte ich. Peinlicherweise knurrte im selben Moment mein Magen wie ein überlastetes Dieselaggregat. »Wir haben alle Informationen beisammen«, sagte ich in Richtung der Damen. »Ich werde dem OB sagen, dass er sich um Sie kümmern soll.«

»Können wir kurz …«, forderte ich Landgraf in der Hauptstraße mit einer eindeutigen Geste in Richtung Metzgerei-Imbiss auf.

»Später«, unterbrach er mich. »Zuerst müssen wir zu Marc Weigel. Er wartet auf uns. Leider gibt's im Rathaus aus haushaltsrechtlichen Gründen zurzeit keine Kekse für Gästebewirtungen. Aber sobald wir im Rathaus fertig sind, gehen wir einen Happen essen.«

Den Weg zum Rathaus neben der Stiftskirche am Marktplatz kannte ich inzwischen auswendig. Zielstrebig lotste mich mein Begleiter, der zudem ein gewähltes Stadtratsmitglied war, durch das Gebäude. In einem kleinen, sparsam möblierten Sitzungszimmer saß der OB, der auf seinem Handy herumtippte.

»Da seid ihr ja!«, rief er erfreut. »Kommt, setzt euch hin. Ich habe leider nur wenig Zeit.«

Auf dem Tisch stand eine Kanne Kaffee, aus der sich Landgraf sofort bediente. Für mich kam dies nicht infrage, da mein oberer Verdauungstrakt aufgrund permanenter Unterforderung und Nichtstun kurz vor einem Mageninfarkt stand. Auch die Flasche Orangensaft ignorierte ich freiwillig, da ich keine Lust hatte, einen qualvollen Sodbrennentod zu sterben.

»Was habt ihr inzwischen rausgefunden?« Der OB kam sofort zur Sache.

»Nicht viel«, antwortete ich. »Volker Schmidt hatte Besuch vom Ordensmeister Oliver Stiess. Ob sich die beiden oder einer davon dadurch verdächtig macht, kann ich nicht sagen. Ein Motiv ist bisher nicht zu erkennen.«

»Vor dem Saalbau parken zwei verrückte Mediziner in einem Doppeldeckerbus«, ereiferte sich Landgraf. »Die sollen sogar Zulassungen als Ärzte haben. Ich könnte mir gut vorstellen, dass die beiden vor einem Mord nicht zurückschrecken.«

»Ich bitte Sie, Herr Landgraf«, ergriff ich für die beiden Partei, obwohl mein Gewissen versuchte, mich zurückzupfeifen. »Die beiden sind keine Mörder im eigentlichen Sinn. Wenn bei Metzger und Wallmen mal was schiefgeht, und das scheint leider ständig der Fall zu sein, ist deren Vorgehen viel subtiler. Ich glaube nämlich, dass das Mordkriterium ›Vorsatz‹ nicht erfüllt wird. Sie glauben tatsächlich, dass sie fähige Mediziner sind.«

»Auf mich machten Sie einen kompetenten Eindruck«, sagte Marc Weigel. »Ich war gestern Abend noch ziemlich spät auf dem Weinlesefest. Natürlich als Privatperson. Zufällig bin ich an dem Doppeldeckerbus vorbeigekommen und wurde von einem der beiden angesprochen. Er hatte sehr wirre und ungepflegte Haare, und sein Kittel war nicht gerade der sauberste. Aber das, was er mir erzählte, hatte Hand und Fuß. Leider war ich abgelenkt, sodass ich den medizinischen Ausführungen nicht im Detail folgen konnte.«

»Sie waren in der Nähe des Saalbaus? Waren Sie auch drinnen?«, fragte ich. Das Treffen mit den beiden Pseudomedizinern interessierte mich nicht.

»Nein, natürlich nicht«, entgegnete der OB sofort. »Wenn ich daran denke, dass Martin Franck vielleicht gerade zu diesem Zeitpunkt getötet wurde.«

Ich wusste nicht, wie ich dieses Scheinalibi des Oberbürgermeisters einordnen sollte. Einen Persilschein bekam er von mir jedenfalls für seine Aussage nicht.

»Die Ermordung von Herrn Franck schließt eine Täterschaft der beiden Pseudomediziner auf jeden Fall aus«, klärte ich den OB auf. »Ihr Mitarbeiter, Herr Franck, hat sich von den beiden auf irgendeine Art und Weise beeinflussen lassen – wie genau, wissen wir nicht. Irgendein großer Deal, wie Doktor Metzger behauptet. Dieser Sache sollten Sie unbedingt nachgehen, Herr Weigel. Vorhin wurde für Herrn Franck ein Karton mit Champagner geliefert, Absender Doktor Metzger.«

»Meinen Sie mit Beeinflussung Korruption?«, fragte der OB perplex. »Das kann ich mir bei Herrn Franck nun wirklich nicht vorstellen. Ich werde das an die entsprechende Abteilung weitergeben, aber erst nächste Woche, wenn wir die wichtigen Veranstaltungen hinter uns gebracht haben.«

»Es bleibt dabei?«, freute sich Landgraf.

»Das habe ich vor einer Viertelstunde offiziell verkündet«, bestätigte Weigel, »nachdem ich mit Herrn Specht telefoniert habe.«

»Der war wohl nicht so begeistert von Ihrer Entscheidung?«

Der OB lachte kurz auf. »Natürlich wusste er längst, dass wir drei vor Ort waren und herumgeschnüffelt haben, so seine Wortwahl. Aber solche Provokationen prallen schon lange an mir ab. Ich bin für das Wohl der Neustadter Bürgerinnen und Bürger verantwortlich, und da gehört es dazu, über die aktuelle Lage informiert zu sein, gerade wenn es um schwere Kapitalverbrechen direkt vor unserer Haustür geht.«

»Ja, das würde sicher einen großen Wirbel auslösen, wenn diese beiden Veranstaltungen nicht stattfänden«, grübelte Landgraf laut.

»Das wäre tragisch für die ganze Region«, unterstrich der OB. »Die zuständigen Stellen und Organisationskomitees sind inzwischen informiert. Die Polizei wird gegen Abend den Keller des Tatortes freigeben, damit der Caterer in den Kühlraum kann.« Er machte eine kurze

Pause. »Ich weiß nicht, ob Joachim Specht mir die Wahrheit gesagt hat. Vielleicht hat er mir auch nur etwas Wichtiges verschwiegen, aber das glaube ich nicht. Wahrscheinlicher ist, dass er genauso wenig weiß wie wir, was den Täter betrifft. Oder irre ich mich?« Er sah uns scharf an. »Langsam werde ich ganz wirr im Kopf.«

»Wir können dich beruhigen«, sagte Landgraf. »Herr Palzki und ich haben in den letzten Tagen mit einigen infrage kommenden Personen gesprochen. Einen wirklichen Verdächtigen, der die Tat begangen haben könnte, oder alle drei Taten, wenn man die Explosion mitzählt, haben wir leider nicht.«

»Nicht einmal ein vernünftiges Motiv haben wir gefunden«, übernahm ich. »Es sind immer noch nur vage Vermutungen, dass die Grundsteinlegung vor 150 Jahren etwas damit zu tun haben könnte. Die Legende, dass im Keller ein Schatz versteckt sein soll, ist völlig unglaubwürdig. Auch der weitere Ansatzpunkt, dass es um die Gründung der Weinbruderschaft im *Künstlerkeller* geht, führte bisher völlig ins Leere.«

»Meiner Meinung nach hängt die Explosion direkt mit der Legende zusammen. Irgendjemand muss wissen, wo der Schatz ist«, sagte der Oberbürgermeister.

»Wahrscheinlich jemand, der glaubt, es zu wissen, und die Legende für wahr hält. Ein Fanatiker oder ein Träumer.« Ich schüttelte den Kopf. »Wir haben bisher keine Person gefunden, auf die diese Eigenschaften zutreffen.«

»Könnte es sein«, begann der OB, »dass wir auf einer völlig falschen Fährte sind? Vielleicht geht es um etwas ganz anderes? Könnte Martin Franck Jochen Hamatschek nach einem Streit ermordet haben?«

»Und wer hat Franck dann in den Kühlraum gesperrt?«

Landgraf entwickelte eine neue Theorie: »Jemand, der ahnte, wer Hamatscheks Mörder war. Vielleicht seine Frau?«

Für einen Moment hingen wir alle unseren Gedanken nach.

»Wenn das stimmt, Michael, dann dürfte es von nun an keine Verbrechen mehr geben«, schloss der OB. »Je länger ich darüber nachdenke, desto mehr schließe ich mich deiner Theorie an. Würdet ihr mal diskret bei Frau Hamatschek nachforschen?«

Landgraf nickte. »Wir fahren morgen nach Landau.«

»Das wäre mir sehr recht«, sagte Marc Weigel. »Dann schlagen wir zwei Fliegen mit einer Klappe.« Wir starrten ihn verständnislos an, sodass er zu einer Erklärung ausholte: »Joachim Specht sollte euch beide erst einmal nicht mehr in Neustadt sehen. Er hat zwar keine Befugnis, über euren Aufenthaltsort zu bestimmen, aber ich möchte so kurz vor dem Wochenende einen Eklat vermeiden. Specht kann euch durchaus für ein paar Stunden aus dem Verkehr ziehen, nämlich wegen Behinderung der Exekutive. Außerdem hat er angedroht, das Polizeipräsidium in Ludwigshafen in die Ermittlungen einzubeziehen. Und wie ich die Ludwigshafener kenne, nehmen die keine Rücksicht auf unsere Veranstaltungen.«

»Aber ich wohne doch in Neustadt«, empörte sich Landgraf. »Ich kann doch nicht einfach meine Heimatstadt verlassen.«

»Und ich muss mit meiner Frau am Freitag im Saalbau sein. Sonst kann ich für nichts garantieren.«

»So strikt ist das Verbot nicht gemeint«, ruderte der OB zurück. »Specht meint natürlich, dass er euch nicht mehr in Tatortnähe sehen will und dass ihr euch nicht mehr aktiv in die Ermittlungen einmischt.« Er sah mich an: »Die Teilnahme an der Veranstaltung geht natürlich in Ordnung, Herr Palzki.«

Die Anweisung des OBs sah ich sehr zwiespältig. Einerseits war ich froh, nicht meinen gesamten Resturlaub opfern zu müssen, andererseits ließ mich dieser äußerst komplexe Kriminalfall nicht mehr los. Auf halber Strecke aufgeben, das war nicht mein Ding. Außerdem war ich von Landgrafs Theorie nicht überzeugt, denn die Explosion passte nicht ins Bild. Aber es wäre nicht das erste Mal, dass es eine Parallelgeschichte gab, die mit dem Verbrechen nichts oder nur am Rande zu tun hatte. Alles in allem hatten wir bisher nur wenig bis gar nichts vorzuweisen.

»Ich fahre morgen mit Herrn Palzki nach Landau«, schlug Landgraf vor. »Dann können wir gleich einen weiteren Termin außerhalb von Neustadt wahrnehmen, der eigentlich für heute auf dem Programm stand.«

»Prima«, lobte der Oberbürgermeister zufrieden. »Dann macht mal für heute Feierabend. Ich werde mich nach den Haushaltssitzungen um die Mitarbeiterinnen und Mitarbeiter der Tourist-Info kümmern. Bitte haltet mich weiterhin auf dem Laufenden. Hoffentlich kehrt jetzt Ruhe in Neustadt ein.« Er stand auf und nickte mir zu. »Wir sehen uns spätestens übermorgen bei der Wahl der Pfälzischen Weinkönigin.«

Ich war mehr als erstaunt, dass Landgraf der Bitte des OBs, für heute Feierabend zu machen, sofort nachkam. Meine Vermutung war, dass er noch etwas vorhatte, bei dem er mich nicht dabeihaben wollte. Das konnte ein harmloses Vorhaben sein, wie die Beschäftigung mit seinem Tapetengemälde im Bibelmuseum, aber auch ein waghalsiger Plan, falls er eine gefährliche Entdeckung gemacht hatte. Doch zunächst führte er mich zu einem Metzger-Imbiss in der Fußgängerzone. Mein Magen produzierte bereits Magensäure, während ich das Schild ›Neumaier-Metzgerei mit Imbiss – hier gibt es Gegrilltes mit Beilagen‹ las.

»Schlagen Sie zu, Herr Palzki. Ich kann Ihnen das ganze Angebot empfehlen. Vielleicht nicht alles auf einmal, aber der Inhaber versteht sein Geschäft.«

»Boah, das war Rettung in letzter Minute«, übertrieb ich nach der Nahrungsaufnahme, die Stefanie sicher nicht als maßvoll bezeichnen würde. »Mein Energiedefizit ist vorerst wieder ausgeglichen.«

Landgraf grinste. Er hatte nicht ganz so viele Köstlichkeiten probiert wie ich. »Schön, dass es Ihnen geschmeckt hat. Ich hatte mal vor, einen Imbissführer für Neustadt zu schreiben, aber Barbara war dagegen. Sie meinte, das wäre nicht gut für meine Hüfte.«

Ich seufzte zustimmend. Familienprobleme ähnelten sich überall.

»Können wir einen kleinen Umweg zum Bahnhof machen?«, fragte ich meinen Begleiter.

Er war mehr als überrascht. »Solch ein Satz aus Ihrem Mund? Das sind ganz neue Töne. Oder haben Sie ein Problem mit Ihrem Magen und wollen Ihre Verdauung anregen?«

»Ich hatte noch nie ein Problem mit dem, was ich gegessen habe«, verteidigte ich mich. »Aber ich möchte Herrn Specht nicht über den Weg laufen.«

»Versprechen kann ich nichts. Zumal sich aufgrund der Vorfälle sicher viele Polizisten rund um den Saalbau und die Tourist-Info aufhalten und wir nicht wissen, wo er sich gerade herumtreibt.«

Ich folgte meinem Führer, und schließlich erreichten wir von Osten kommend den Hauptbahnhof. Nach einer kurzen Verabschiedung und der Vereinbarung, uns morgen früh um 10 Uhr im Bibelhaus zu treffen, ging ich zum Fahrkartenautomaten.

»Kann ich dir helfen, Opa?«, fragte mich eine rotzfreche Göre, etwa im Alter meiner Tochter Melanie.

Immer auf Deeskalation mit der Jugend bedacht, riss ich mich zusammen und sagte ohne jeden aggressiven Unterton: »Ich muss nur nach Schifferstadt, das schaffe ich bestimmt alleine.«

Kaum hatte ich den Satz beendet, drückte sie wie wild auf dem Display herum, was kaum länger als zwei Sekunden dauerte. »Du musst nur noch dein Geld einwerfen, Opa.«

Durchatmen und gleichzeitig mein Portemonnaie zücken, das klappte ohne aggressive Nebenhandlung. Verhielt sich meine Tochter gegenüber Fremden auch so?

»Nicht mal einen Euro Trinkgeld?«, fragte die nervige Halbwüchsige und stopfte sich einen Kaugummi in den Mund.

Wortlos ließ ich sie stehen. Wir waren alle verloren.

Die S-Bahn kam fast pünktlich. Ich hatte sogar noch Zeit, Stefanie vorher anzurufen.

In Schifferstadt wartete sie im Auto vor dem Bahnhof auf mich.

»Mannomann«, sagte sie, als ich eingestiegen war. »Ich habe dich gerade beim Gehen beobachtet. Dein Bauch ist noch dicker, als ich ihn in Erinnerung hatte. Dabei haben wir uns nur ein paar Stunden nicht gesehen. Hoffentlich passen die Anzüge noch.«

»Hallo, Stefanie«, begrüßte ich sie, »ich hoffe, du hattest eine angenehme Heimfahrt.« Ihre Anspielung ließ ich unkommentiert im Raum stehen.

»Bei mir hat alles geklappt. Und bei dir?«

Im Schnelldurchlauf erzählte ich, was ich in Neustadt erlebt hatte. Mein Bericht endete mit dem Besuch beim Oberbürgermeister im Rathaus.

»Du hast bestimmt Hunger«, folgerte Stefanie. »Ich wärme dir zu Hause den Kartoffelauflauf auf, den ich heute frisch gemacht habe. Es ist noch ziemlich viel übrig.«

14 DIEFFENBACHERS GEHEIMNIS

Am nächsten Morgen war ich unschlüssig, ob ich vor der Fahrt nach Neustadt noch bei der Dienststelle vorbeischauen sollte, denn ich wusste nicht, wie groß das Risiko war, KPD zu begegnen. Laut Jürgen sollte er zwar noch im Krankenhaus sein, doch ich hatte meine Zweifel.

Stefanie nahm mir die Entscheidung ab.

»Würdest du bitte, bevor du losfährst, die Hemden anziehen und die Anzüge anprobieren? Ich will auf Nummer sicher gehen, dass morgen alles klappt. Ich werde die Hemden heute Vormittag waschen, dann kannst du sie am Freitag anziehen.«

»Alle?«

»Depp!«

»Du darfst wirklich kein Gramm mehr zunehmen«, sagte sie, als ich in meinen neuen Klamotten vor ihr stand und mich anstarren ließ. »Dieses Wochenende lasse ich noch Gnade vor Recht ergehen, aber ab Montag werden wir strenge Diät halten.«

»*Wir*?«, stotterte ich. »Du auch?«

»Blödmann!«

»War nur Spaß«, sagte ich schnell entschuldigend, bevor sie an ihrem Gewicht zu zweifeln begann, obwohl sie höchstens Idealgewicht hatte.

Wie gut, dass ich ab Montag wieder arbeiten musste. In Gedanken stellte ich mir vor, wie der Pizzabote in der Mittagspause vorfuhr und mein Leben rettete.

Stefanie erriet meine Gedanken. »Ich werde Jutta und Gerhard genau instruieren. Und wenn es nicht klappt, wirst du morgens und nach Feierabend gewogen.«

Ich schaute sie mit offenem Mund an. »War das ein Witz?«, fragte ich vorsichtig.

»Kommt drauf an«, antwortete sie bissig. »Und zwar auf dein Verhalten. Ich bin es leid, ständig auf eine gesunde Ernährung für die ganze Familie zu achten, während mein lieber Mann meine Bemühungen konterkariert und Kalorienmengen in sich hineinstopft, mit denen man eine ganze Schulklasse ernähren könnte.«

Oha, meine Frau war auf 180, vielleicht auf 1800. Ich versuchte, ihren Puls auf 60 zu senken. »Jetzt genießen wir erst mal die schöne Wahl am Freitag. Und dann sehen wir weiter. Hast du dir eigentlich schon Gedanken gemacht, wo wir über Silvester Urlaub machen könnten?«

»Urlaub? Wir?« Stefanie sah mich an, als stünde *E.T.* vor ihr. »Wie, äh, wie kommst du denn darauf? Unser letzter Urlaub war ...«

»Schau in die Zukunft, nicht in die Vergangenheit, liebe Frau.« Ich umarmte sie, was trotz der neuen Kleidung erstaunlich gut funktionierte. »Paul und Melanie sind alt genug, dass wir sie ein paar Tage allein lassen können.«

»Paul und Melanie allein lassen?« Stefanie reagierte mit sichtlichem Herzklopfen. »Von mir aus können sie ein paar Tage bei meiner Mutter bleiben, aber allein lassen, um Himmels willen!«

»Oder so«, bestätigte ich sie, »dann bleibt uns mit viel Glück die Meldung an die Haftpflichtversicherung erspart.«

»Und was ist mit Lisa und Lars? Die können wir auf keinen Fall allein lassen.«

»Die nehmen wir mit«, sagte ich schnell. Eigentlich hatte ich nur an einen Kurzurlaub von zwei, drei Tagen gedacht.

»Wellness?«, fragte sie zaghaft. »Ein schönes Wellness-hotel?«

Schlagartig wurde mir klar, auf welch gefährliches Terrain ich mich mit diesem unvorsichtigen Angebot begeben hatte. »Ist das nicht sauteuer?«

»Ach, Reiner«, flötete Stefanie. »Warum gönnen wir uns nicht mal was? Nur wir beide? Ich suche uns ein Wellnesshotel mit Kinderbetreuung und wir lassen es uns gut gehen bei Fango, Massage, Whirlpool, Sauna und vielen anderen entspannenden Angeboten. In vielen Hotels kann man bei der Buchung angeben, dass man zum Beispiel mediterrane und kalorienarme Kost bevorzugt. Dein Cholesterinspiegel wird es dir danken.«

Stefanie schwärmte minutenlang von den Vorzügen eines Wellnessurlaubs. Wenn ich jetzt auch nur einen millionstel Millimeter zurückweichen würde, könnte ich mit viel Glück mein Bett in der Garage aufstellen. »Dann schau doch mal im Internet nach«, sagte ich betroffen. »Aber bitte nicht unsere ganzen Ersparnisse opfern.« Ich hoffte, dass die entsprechenden Hotels zum Jahreswechsel längst ausgebucht waren.

»Mach ich, Reiner.« Stefanie gab mir einen dicken Schmatzer. »Du wirst sehen, nach dem Urlaub bist du ein anderer Mensch.« Sie sah mich an. »Ich bin sicher, es wird dir gefallen und wir können das in Zukunft öfter machen.«

»Ich muss jetzt leider gehen«, sagte ich entschuldigend. »Herr Landgraf wartet auf mich.«

»Dann drücke ich dir die Daumen, dass du den Fall schnell löst. Sag Herrn Landgraf und Herrn Weigel, dass sie morgen auf deine Dienste als Polizist verzichten müssen. Ich möchte nämlich, dass du unbeschadet mit mir zur Weinköniginnenwahl gehen kannst.«

Vor der Haustür erwartete mich eine weitere Überraschung in Form eines größeren Kartons. Da kein Name darauf stand, öffnete ich ihn. Er war komplett mit Papier gefüllt. Obenauf lag ein Zettel. ›Hallo, Reiner, ich wusste nicht, ob du heute ins Büro kommst. Deshalb lege ich dir meine Kurzrecherche über die Weinbruderschaft der Pfalz vor die Tür. Es sind etwa 3.500 Seiten geworden. Ruf mich an, wenn du möchtest, dass ich an bestimmten Stellen tiefer einsteige. Im ersten Teil findest du Informationen zu den Personen Stiess, Huber und Dieffenbacher. Die anderen Recherchen liefere ich nach. Dein Jürgen‹

Wahnsinn, dachte ich. Ich konnte mich nicht erinnern, Jürgen diesen Auftrag gegeben zu haben, jedenfalls nicht in diesem Umfang. Es würde Jahre dauern, die Unterlagen zu sichten. In der Zwischenzeit könnte der Täter an Altersschwäche gestorben sein.

Ein lautes Schnattern ließ mich aufhorchen. Ein Blick zum Nachbarhaus verriet mir, dass mein Kollege Jürgen ahnungslos in die verbale Falle von Frau Ackermann getappt war. Ob er schon fünf Minuten oder zwei Stunden dort stand und litt, wusste ich nicht.

Ich nutzte die Gunst der Stunde, wuchtete den sauschweren Karton in mein Auto und fuhr los.

Der Museumsleiter erwartete mich schon. »Guten Morgen, Herr Palzki. Wollen wir gleich ins Museum gehen? Ich habe die letzten Stunden genutzt, um unsere bisherigen Erkenntnisse zu strukturieren und einer aktualisierten Bewertung zu unterziehen.«

»Und wer ist unser Täter?«, fragte ich ironisch, während wir die Wendeltreppe hinuntergingen.

»Ich bin hin- und hergerissen«, antwortete er. »Inzwischen glaube ich, dass wir es mit mehreren Tätern zu tun haben. Wenn Martin Franck Jochen Hamatschek mit dem Fassbinderhammer niedergeschlagen hat, dann …« Er deutete auf den großen Tisch, auf dem er neue Tapetenbahnen ausgerollt hatte. Das bunte Kunstwerk sah noch viel verwirrender aus als das letzte. Nur mit Mühe konnte ich Landgrafs krakelige Schrift zwischen verschiedenen Symbolen erkennen, die mir alles andere als klar waren.

»Ich sehe schon«, sagte ich, erneut mit ironischem Unterton, »als Täter kann nach Ihrer Tapete eigentlich nur der Ordensmeister infrage kommen.«

Landgraf schaute mich mit großen Augen an. »Wie, äh, wie haben Sie das so schnell herausgefunden?«

Dass es sich um einen Zufallstreffer handelte, behielt ich für mich. »Als Kriminalbeamter bin ich es gewohnt, Sachverhalte schnell zu erkennen, auch wenn sie noch so unübersichtlich dargestellt sind.«

»Sie finden meinen Plan unübersichtlich?« Er blickte auf seine Tapete, die glatt als Frühwerk von Kandinsky durchgehen konnte.

Ich versuchte, auf die sachliche Ebene zu wechseln. »Erklären Sie mir, warum Herr Stiess den Leiter des Tourismusbüros in den Kühlraum gesperrt haben soll?«

»Intuition«, gab Landgraf zu. »Einen stichhaltigen Beweis habe ich leider noch nicht.« Er machte eine Spannungspause. »Es ist der Rotwein, Herr Palzki.«

»Wie bitte?«

»Ich meine die Flasche Rotwein, die bei Franck gefunden wurde. Oliver Stiess hat in der vorletzten Montagsrunde von diesem Rotwein geschwärmt, obwohl das ein italienischer Wein ist, den er normalerweise nicht so schätzt, und er am liebsten Weißwein trinkt. Das kann doch kein Zufall sein, oder?«

»Leider hat Ihr Hinweis einen kleinen logischen Fehler«, enttäuschte ich ihn. »Es könnte genauso gut jeder Gast sein, der bei dem Treffen anwesend war. Vielleicht hat unser Täter sogar nur indirekt von dem Rotwein erfahren, weil einer der Gäste ihm davon erzählt hat?«

Landgraf seufzte. »Klar! Es könnte jeder gewesen sein, der in der Weinrunde war oder davon gehört hat. Und ich dachte, wir wären heute einen großen Schritt weitergekommen.«

»Der Tag ist noch lang«, beruhigte ich den Museumsleiter. »Verlassen Sie sich auf meine Intuition. Wir sind dem Mörder dicht auf der Spur.« Er bemerkte meinen verlegenen Gesichtsausdruck nicht.

Landgraf sah auf die Uhr. »Dann fahren wir am besten nach Grünstadt zu Bernd Dieffenbacher. Ich habe unseren Besuch nicht angekündigt, es wird also ein Überraschungsbesuch.«

»Sehr gut«, lobte ich ihn. »Wie sieht der weitere Tagesplan aus?«

»Ob es mit der Fahrt nach Landau klappt, kann ich im Moment noch nicht sagen«, erklärte Landgraf. »Elisabeth Hamatschek geht nicht ans Telefon. Es wäre aber sehr wichtig, mit ihr zu sprechen.«

Ich sah ihn fragend an, worauf er weitersprach. »In Jochens Manuskript fehlen zwei Seiten.«

»Können Sie aus dem Zusammenhang erschließen, worum es sich bei dem fehlenden Teil handeln könnte?«

»Das ist ja das Merkwürdige«, sagte der Museumsleiter. »In dem fehlenden Teil geht es nicht um die Grundsteinlegung von 1871, sondern um die Gründung der Weinbruderschaft der Pfalz.«

Damit hatte ich nicht gerechnet. »Wer mordet wegen ein paar Flaschen, die vor 70 Jahren zur Gründung dieser Vereinigung eingemauert wurden? Das ergibt doch keinen Sinn.«

»Es muss in der Gründungsphase noch etwas anderes passiert sein«, mutmaßte Landgraf.

»Oder es ist ein Irrweg«, fügte ich hinzu. »Fahren wir erst einmal nach Grünstadt.«

»Das Navi können Sie auslassen«, sagte mein Beifahrer. »Wir fahren durch die Weindörfer entlang der Weinstraße. Das ist landschaftlich schöner als die B271.«

Wir fuhren durch gefühlt ein Dutzend kleiner, malerischer Orte, die ich zwar größtenteils vom Namen her kannte, in denen ich aber mit Sicherheit noch nie oder nur selten war: Mußbach, Deidesheim, Wachenheim. Nur in Bad Dürkheim, auf halber Strecke, war ich schon öfter gewesen.[*]

Landgraf navigierte mich durch Ungstein, wo er einen kurzen Vortrag zum römischen Weingut Weilberg hielt, und Kallstadt. »Hier kommen übrigens die Familien von Donald Trump und die des Gründers von *Heinz-Ketchup* her«, kommentierte er. Weiter ging es über Bobenheim, Kleinkarlbach und Sausenheim, bis wir einen schmalen Tunnel erreichten, der unter der vielbefahrenen A6 hindurchführte.

---

[*] Palzki, Band 11 Weinrausch

»Jetzt sind wir fast da«, sagte Landgraf, der mir in der letzten halben Stunde sein exorbitantes Wissen über die Weinstraße und jeden einzelnen Ort nähergebracht hatte, alles dokumentiert in seinem Buch *Glücksorte an der Deutschen Weinstraße*.

Mir hingegen taten die Arme weh vom vielen Lenken, so viele Kurven und Abzweigungen hatte ich noch nie in so kurzer Zeit fahren müssen. Überrascht war ich von der Vielzahl der Weingüter, die alle paar Meter mit Fahnen und Plakaten für ihre Produkte warben.

»Auf dem Rückweg nehmen wir die Autobahn«, unterbrach ich seine Ausführungen über Grünstadt. »Ist es noch weit?«

»Keine 200 Meter mehr. Bernd wohnt am Ortsrand in einer leichten Hanglage. Leider auch in der Nähe der Autobahn.« Er deutete auf ein Eckgrundstück mit vielen Grünpflanzen. Ohne eigenen Gärtner würde ich mit so einem Garten verzweifeln.

»Wenigstens gibt es keine Parkplatznot«, sagte ich und stellte den Wagen ab.

»Wollen wir uns anschleichen?«, flüsterte mir Landgraf noch im Auto zu.

»Haben Sie das von diesem Becker?«, fuhr ich ihn an. »Anschleichen ist was für Anfänger. Vielleicht auch für Karl-May-Leser, aber die sterben langsam aus.« Manchmal hatte ich wirklich gute sarkastische Gedanken, obwohl ich als Kind selbst gerne Karl May gelesen hatte.

»Dann eben nicht«, brummte mein Beifahrer und öffnete die Tür.

Es war ganz einfach. Ich klingelte an der Haustür, und kurz darauf öffnete ein überraschter Bernd Dieffenbacher. »Hallo«, sagte er kurz. »Kommen Sie rein. Du auch, Michael. Mit euch habe ich gerechnet, aber nicht so schnell.«

Er führte uns in ein geräumiges, gemütlich eingerichtetes Wohnzimmer, dessen Panoramafenster den Blick in den Garten freigaben.

»Viel Grün«, sagte ich mit einem Blick aus dem Fenster, als wir uns auf das Sofa setzten.

»Eines meiner Hobbys«, freute sich Dieffenbacher. »Ich finde Gartenarbeit entspannend.«

Um nicht von vornherein eine persönliche Barriere aufzubauen, verzichtete ich darauf, ihm zu sagen, dass Gartenarbeit für mich die Hölle war. »Wenn man den entsprechenden grünen Daumen hat«, antwortete ich in neutralem Ton.

Der Hausherr ging ein paar Minuten in die angrenzende Küche und kam dann mit einer Kaffeekanne und Tassen zurück. Schließlich öffnete er eine Metalldose, die bereits auf dem Wohnzimmertisch stand. »Diese Kekse hat meine Frau gebacken. Himmlisch, muss ich sagen. Leider sehr kalorienreich, wie man sieht.« Er tätschelte sich grinsend den Bauch.

Meine Magensäureproduktion hatte mich sofort und unwiderruflich im Griff. Selbst wenn sich Dieffenbacher als Mörder herausstellen sollte, gab es für mich keinen Grund, die Kekse seiner Frau zu verschmähen. »Wrklisch voragend«, murmelte ich mit übervollem Mund, denn mein innerer Trieb hatte sich nicht mit einem Keks zufriedengegeben.

Landgraf hatte sich zunächst mit dem Kaffee begnügt, sodass er die erste Frage stellen konnte: »Bernd, wir haben dich in den letzten Tagen mehrfach knapp verpasst. Wolltest du uns aus dem Weg gehen?«

»Nein, natürlich nicht, äh, ja, vielleicht ein bisschen«, korrigierte er sich sofort. »Ach, ich weiß auch nicht, es ist alles so kompliziert und vor allem tragisch. Zwei Tote, das ist doch nicht normal.«

Er überlegte kurz und wandte sich dann an mich. »Herr Palzki, Sie wissen sicher, dass ich der Chronist der Weinbruderschaft bin.« Als er mein Nicken bemerkte, fuhr er fort. »In dieser Funktion bin ich nicht nur für die Protokolle zuständig, sondern ich trage auch, gemeinsam mit dem Archivar, für die Pflege des schriftlichen Erbes des Vereins Verantwortung.«

»So weit, so gut«, sagte ich zwischen zwei Keksen.

»Seit dem Sommer arbeite ich an einer großen Chronik der Weinbruderschaft. Einzelne Abhandlungen gibt es natürlich schon lange. Aber ich möchte ein Gesamtwerk schaffen und dazu gehören vor allem die Anfangsjahre der Weinbruderschaft mitsamt ihren Vorgängerorganisationen.«

»Das ist richtig«, bestätigte Landgraf. »Bernds Vorhaben ist mir bekannt und ergänzt ein Buch, das Jochen Hamatschek gerade herausgebracht hat.«

»Natürlich«, sagte Dieffenbacher. »Es ist ja kein Geheimnis.« Er sah uns kurz an. »Mein Fehler war, dass ich mich mit Jochen Hamatschek in Verbindung gesetzt habe. Eigentlich war es kein Fehler, denn woher sollte ich wissen, dass er kurz darauf ermordet wird?«

»Deshalb sind Sie uns aus dem Weg gegangen?« Seine Begründung erschien mir ziemlich konstruiert.

Der Chronist nickte. »Bei unserem letzten Treffen hat mir Jochen eine seltsame Geschichte erzählt, die sich in der Gründungsphase der Weinbruderschaft im *Künstlerkeller* zugetragen haben soll.«

»Und bevor er Ihnen die Geschichte erzählen konnte, wurde er ermordet«, ergänzte ich. Wieder kamen wir nicht weiter.

»Nein, nein«, widersprach Dieffenbacher. »Ich kenne die Einzelheiten nicht, aber zumindest die Grundzüge. Jochen war über den Tod eines frühen Mitglieds gestolpert, der eines Tages ermordet im Keller des Saalbaus aufgefunden wurde.«

»Was wissen Sie noch?« Hatten wir endlich den entscheidenden Ansatz?

»Georg Treber hieß das Mitglied. Ich habe seinen Namen in einer alten Mitgliederliste gefunden. Aber mehr weiß ich nicht. Jochen wollte noch eine Quelle dazu befragen. Ob ihm das vor seinem Tod gelungen ist, weiß ich nicht.«

»Und deshalb warst du bei Elisabeth Hamatschek in Landau?«

Der Chronist bestätigte Landgraf in seiner Frage. »Jochen hat mir letzte Woche einige Unterlagen über die Vorgängerorganisationen der Weinbruderschaft zur Verfügung gestellt. Deshalb wollte ich wissen, ob es in seinem Büro Unterlagen über Georg Treber gibt. Darum habe ich der Witwe meine Hilfe angeboten.«

Ich sah ihn fragend an, sodass er weitersprach. »Ich habe wirklich keine weiteren Informationen über Georg Treber. Ich habe sogar seine damalige Meldeadresse aufgesucht, aber das Haus wurde in den 70er Jahren abgerissen. Vielleicht könnte man über das Einwohnermeldeamt etwas herausfinden. Jochen hatte eine Kopie der Polizeiakte, fragt mich nicht, woher er sie hatte, aber die Polizei hatte den Fall nur sehr oberflächlich untersucht. Die Akte ist absolut nichtssagend.«

Während ich den am Gaumen klebenden Keksbrei mit einer sehr heißen Tasse Kaffee auflöste, dachte ich nach. Bernd Dieffenbachers Aussage klang für mich sehr plausibel, außerdem machte er auf mich alles andere als den Eindruck eines Schwerverbrechers. Im Gegenteil, es kristallisierte sich immer mehr heraus, dass unsere Ermittlungen mit dem ermordeten Weinbruder aus den 1950er Jahren zu tun hatten. Hatte dieser Georg Treber damals zufällig den Saalbau-Gründungswein und den Schatz entdeckt? Wir mussten unbedingt mehr über das damalige Verbrechen herausfinden. Ich hoffte auf eine gründliche Recherche meines Kollegen Jürgen.

Landgraf schien ebenfalls zufrieden. »Haben Sie noch weitere Fragen, Herr Palzki? Wenn nicht, können wir uns verabschieden. Bernd Dieffenbacher kommt als Täter wohl eher nicht infrage. Oder sehen Sie das anders?«

»Warum so eilig?«, fragte ich ihn. Bevor ich dieses Haus verließ, musste ich ein weiteres Geheimnis lüften, das allerdings nichts mit den aktuellen Ermittlungen zu tun hatte. Längst hatte ich bemerkt, dass Landgraf die ganze Zeit ungewohnt nervös an seiner Kaffeetasse schlürfte.

Ich schob mir zwei weitere Kekse in den Mund, um die Spannung zu steigern, während die beiden mich erwartungsvoll ansahen.

»Kennen Sie meinen Chef?«, fragte ich Dieffenbacher.

»Ihren Chef? Nicht, dass ich wüsste. Ich verstehe Ihre Frage nicht.«

»Doch, doch«, entgegnete ich. »Sie wissen genau, worauf ich hinauswill. Mein Chef, Klaus P. Diefenbach, hat Sie verklagt, nicht wahr?«

»Woher wissen Sie das?«

»Von mir nicht«, mischte sich Landgraf ein und sah mich betreten an. »Ich wollte Sie aus dieser blöden Geschichte raushalten, Herr Palzki«, begann er zu erklären. »Nach dem Theater bei unserer letzten Untersuchung in der Stiftskirche mit Ihrem Chef wollte ich dieses unsägliche Thema so weit wie möglich von Ihnen fernhalten. Es hat auch nicht das Geringste mit unserem aktuellen Auftrag zu tun.«

»Diefenbach hält sich immer noch für den einzigen legitimen Nachkommen der Wittelsbacher? Ist das der Grund?«

Landgraf nickte. »Ich sollte für ihn diese Urkunde beglaubigen, die sich als Fälschung herausgestellt hat.«

»KPD, äh, Diefenbach glaubt immer noch an die Echtheit der Urkunde?«

»Eher nicht«, gab Landgraf zu. »Aber daran, dass er der Haupterbe der kurpfälzischen Linie der Wittelsbacher ist.«

»Sie wissen doch, dass mein Chef verrückt ist.«

»Wer oder was ist KPD?«, fragte Dieffenbacher dazwischen, aber ich winkte nur verärgert ab.

»Das kann und will ich nicht beurteilen«, sagte Landgraf vorsichtig. »Er ist schon sehr speziell, keine Frage. Aber seine Ableitung von den Wittelsbachern ist nicht ganz von der Hand zu weisen. Zumindest in Teilbereichen.«

Mit einer solchen Aussage hatte ich wirklich nicht gerechnet. Ich überlegte, ob ich dieses Geheimnis überhaupt lüften sollte. Aber meine Neugier siegte. »Ging es nicht um ein Dorf namens Diefenbach?«

»Ganz recht, Herr Palzki. Diefenbach ist ein Ortsteil der Gemeinde Sternenfels und liegt östlich von Bretten im Städtedreieck Heilbronn, Pforzheim und Stuttgart. Diffenbach, wie der Ort früher hieß, wurde 1023 erstmals urkundlich erwähnt. Viele Grundstücke waren im Besitz verschiedener Bischöfe. Auch die Klöster Maulbronn und Herrenalb waren ständig im Ort präsent. Das war lange bevor die Wittelsbacher 1356 Kurfürsten wurden und durch die Goldene Bulle das Recht der Kaiserwahl bekamen.«

»Gut, ein Dorf«, sagte ich. »Aber daraus einen Erbanspruch zu konstruieren, das geht doch sehr weit ...«

Landgraf nickte zustimmend. »Herr Diefenbach, also Ihr Chef, vermutete, dass sich aus dem Geschlecht der Diefenbachs die Vorfahren der Wittelsbacher entwickelten. Einer seiner Vorfahren in direkter Linie soll der Namensgeber des Dorfes sein.«

»Was natürlich völliger Blödsinn ist. Schließlich kenne ich meinen Chef zur Genüge.«

»Die gefälschte Urkunde hat mir keine Ruhe gelassen«, fuhr Landgraf fort. »Ich habe den Historiker ausfindig gemacht, der Ihrem Chef damals die ganze Geschichte sehr glaubhaft aufgetischt und die Urkunde besorgt hat. Der Historiker hat bei seinen Recherchen viele korrekte Fakten mit einigen alternativen Fakten vermischt. Ich war selbst sehr überrascht, als ich feststellen musste, dass es tatsächlich einen Nachfahren des Namensgebers gibt, der heute der einzige legitime Nachfahre der Wittelsbacher ist. Und nun raten Sie mal, wer das sein könnte.«

»Diefenbach? Niemals!«, rief ich aufgeregt.

Landgraf lächelte. »Sie haben vollkommen recht, Herr Palzki. Der Historiker hat das Ergebnis Ihrem Chef zugeschrieben, schließlich wurde er für seinen Auftrag fürstlich entlohnt.«

Ein Gedanke schoss mir durch den Kopf. »Sie?« Ich starrte den Chronisten an.

Bernd Dieffenbacher nickte. »Michael hat die Recherchen des Historikers noch einmal Revue passieren lassen«, erklärte er stolz. »Der gesuchte Erbe ist nicht Diefenbach, sondern Dieffenbacher seit dem 18. Jahrhundert. Meine Vorfahren hatten damals ihren Familiennamen dem ursprünglichen Ortsnamen mit doppeltem F angepasst.«

»Ich konnte den Stammbaum aller Dieffenbacher seit dem 18. Jahrhundert ermitteln«, sagte Landgraf. »Die Linie endet eindeutig bei Bernd.«

»Natürlich werde ich meinen Titel zunächst nicht gerichtlich durchsetzen«, fügte Dieffenbacher hinzu. »Ich habe mit Michael vereinbart, dass wir meinen Anspruch sicherheitshalber noch einmal unabhängig überprüfen lassen. Bis dahin sollte sich diese dumme Geschichte mit Herrn Diefenbach erledigt haben.«

»Herr Diefenbach? Ach so, Sie sprechen von meinem Chef«, vergewisserte ich mich sicherheitshalber. »Wie ich ihn kenne, wird er schweres Geschütz auffahren.«

»Das haben wir schon zu spüren bekommen«, stimmte Landgraf zu. »Mich hat er gleich mitverklagt. Wenn Sie demnächst mit Ihrem Chef sprechen, erwähnen Sie besser nicht, dass Sie mit mir unterwegs waren.«

Da ich davon ausging, dass Landgraf alles akribisch überprüft hatte, konnte ich mit diesem Teilaspekt abschließen. Auch Bernd Dieffenbacher kam als Mörder eher nicht infrage. Sein Kontakt zu Jochen Hamatschek war kein Motiv für ein Kapitalverbrechen. Vom Tod Martin Francks ganz zu schweigen.

Der Chronist wirkte sichtlich erleichtert. »Ich kann es

noch gar nicht fassen, dass mir vielleicht bald das Mannheimer Barockschloss und das Schwetzinger Schloss samt Park gehören«, spekulierte er. »Und eigentlich auch das Heidelberger Schloss, um nur ein paar prominente Immobilien in der Umgebung zu nennen«, fügte er hinzu.

Ein Hauch von Erinnerung stieg in mir auf. »War da nicht etwas mit Bayern, das beinahe von der Kurpfalz aus regiert worden wäre, wenn da nicht ...«

»Das stimmt«, sagte Landgraf mit ernster Miene. »Hätte Kurfürst Carl Theodor 1799 auf den Umzug von Mannheim nach München verzichtet, hieße die bayerische Landeshauptstadt heute Mannheim. Und wenn man es noch weitertreibt, käme sogar Heidelberg infrage. Dort residierten die Wittelsbacher vor ihrer Mannheimer Zeit. Und im 14. Jahrhundert war Zentrum für die pfälzische Linie der Wittelsbacher sogar Neustadt. Daher ist die Stiftskirche eine wichtige Grablege der Wittelsbacher, die in ihrer Neustadter Zeit als Pfalzgrafen bey Rhein sogar den Titel Kurfürsten erhielten. Übrigens haben die pfälzischen Linien der Wittelsbacher immer wieder Bayern übernommen – so war Maximilian, der erste König von Bayern, ebenfalls ein Pfälzer aus Zweibrücken.«

»Nach dieser These würde Bayern heute von der Pfalz aus regiert«, schmunzelte Dieffenbacher. »Und da Neustadt heute Verwaltungszentrum ist, hätte ich es nicht so weit zum Regierungssitz.«

Ich schnappte mir ein paar der leckeren Kekse und leitete die Verabschiedung ein.

Während ich mit Landgraf zu meinem Auto ging, überlegte ich, ob ich dem Chronisten Jürgens Forschungskarton über die Weinbruderschaft überlassen sollte. Auf einen Schlag hätte er mehr als genug Informationen für seine Chronik. Gerade noch rechtzeitig fiel mir ein, dass sich in dem Karton auch persönliche Exposés einiger Weinbrüder befanden.

15 KÖNIGINNENWAHL

»Ich sehe gerade, dass Barbara angerufen hat«, sagte Landgraf, als wir im Auto saßen und er sein stumm geschaltetes Handy wieder aktivierte. Er hielt sich das Gerät ans Ohr und hörte die Nachricht ab. »Wir sollen zu mir nach Hause kommen«, sagte er danach. »Marc Weigel will uns sprechen. Meine Frau weiß leider nicht, worum es geht.«

Die Rückfahrt verlief verkehrstechnisch einfacher. Dadurch blieben uns einige Ortsdurchfahrten erspart, aber die Landschaft war dennoch äußerst reizvoll.

»Sein Auto parkt bereits vor dem Bibelhaus«, stellte mein Beifahrer am Ende der Fahrt fest. »Ich bin gespannt, was er will.«

Der Oberbürgermeister saß in Landgrafs Büro und aß Muffins. »Deine Frau hat für mich gesorgt«, wandte er sich an den Museumsleiter und schüttelte mir gleichzeitig die Hand.

»Ich habe eine gute und eine schlechte Nachricht«, begann Weigel. »Polizeioberkommissar Joachim Specht verzichtet nach Rücksprache mit dem Polizeipräsidium endgültig auf die Schließung des Saalbaus. Die beiden Veranstaltungen können unter verschärften Sicherheitsbedingungen stattfinden. Er selbst wird sich mit seinen Beamten vor Ort darum kümmern.«

»Gut«, unterbrach ich ihn. »Dann haben wir unser vorläufiges Ziel erreicht. Ich kann morgen mit meiner

Frau zur Wahl und Krönung der Pfälzischen Weinkönigin fahren, und die Neustadter Polizei ermittelt mit etwas Glück nächste Woche den Täter.«

»Na ja«, wiegelte Marc Weigel vorsichtig ab. »Ich sehe die Sache eher zwiespältig. Natürlich freue ich mich, dass die Veranstaltungen stattfinden können. Andererseits habe ich Zweifel, dass Herr Specht den Mörder von Hamatschek und Franck alleine findet. Er behauptet zwar, man sei einen großen Schritt weitergekommen, aber ich sehe eher, dass die Beamten ziellos im Nebel stochern.«

Eigentlich waren wir auch nicht viel weiter, aber ich schwieg.

Der OB sah mich an. »Ich habe Herrn Specht daran erinnert, dass Sie und Ihre Frau morgen bei der Wahl zu Gast sind. Er hat das zur Kenntnis genommen und mich ausdrücklich davor gewarnt, dass ›dieser Palzki‹, wie er sich ausdrückte, an dem Abend sicher woanders herumschwirren würde als auf seinem Platz im Saal.«

»Und wenn ich auf die Toilette muss? Ich lasse mir doch nicht vorschreiben, wo ich mich aufhalten darf!«, empörte ich mich.

»Das meint er sicherlich nicht wörtlich«, beschwichtigte der OB. »Specht will Sie nur nicht dabei erwischen, wie Sie hinter den Kulissen herumschnüffeln. Er wird mit mehreren Zivilbeamten vor Ort sein.«

»Ich schnüffle nicht, ich ermittle«, stellte ich klar.

»Das weiß ich«, besänftigte mich der OB weiter. »Ich bitte Sie nur um Zurückhaltung, damit es nicht zu einer Eskalation kommt.« Er machte eine kurze Pause. »Aber ich hätte nichts dagegen, wenn Sie nächste Woche mit Herrn Landgraf …«

»Morgen ist mein letzter Urlaubstag«, unterbrach ich den Oberbürgermeister. »Ich bin sicher, dass die Verbrechen auch ohne mich aufgeklärt werden können.«

Weigel schoss mir unbeabsichtigt einen verbalen Giftpfeil entgegen. »Das ist schade, Herr Palzki. Ich habe heute Morgen mit Ihrem Freund Dietmar Becker gesprochen. Er wird in der nächsten Woche zusammen mit Steffen Boiselle seine eigenen Spuren verfolgen.«

»Becker ist nicht mein Freund«, entgegnete ich scharf. Verärgert holte ich tief Luft. Dann beschloss ich, diese Kränkung zu ignorieren. Wenn der Schreiberling den Mörder fand, sollte er von mir aus einen seiner unrealistischen Krimis darüber schreiben. Es wäre das erste Mal, dass seine literarischen Ergüsse auf einem wahren Fall beruhten. »Ich kann Ihnen leider nicht weiterhelfen, Herr Weigel. Sie können natürlich meinen Chef, den Dienststellenleiter Diefenbach, um Hilfe bitten. Aber davon würde ich eher abraten.«

»Um Himmels willen!«, rief der OB und hob abwehrend die Hände. »Ich bin froh, dass wir Ihren Chef morgen Abend nicht im Saalbau ertragen müssen. Er hat mir einen mehrseitigen Brandbrief ins Rathaus geschickt. Aber damit kann ich leben.«

»Dann bleibt uns nicht mehr viel Zeit, um unsere Ermittlungen abzuschließen«, sagte Landgraf mit einem Blick auf die Uhr. »Herr Palzki und ich müssen noch …«

»Du hast mich nicht verstanden, Michael«, fuhr ihn der OB an. »Ihr müsst eure Ermittlungen sofort einstellen. Die Gefahr ist zu groß, dass Joachim Specht oder einer seiner Zivilbeamten euch erwischt. Und dann könnte ich für nichts mehr garantieren.«

»Wir sollen aufhören?« Landgrafs Stimme überschlug sich. »So kurz vor dem Erfolg?«

Der OB horchte auf. »Kennt ihr den Täter?«

»Nein, nein«, korrigierte ich ihn. »Wir haben zwar ein paar erfolgversprechende Ansätze, aber das war es auch schon.«

»Dann stelle ich die Ermittlungen hiermit ein«, entschied der OB. »Ich werde mich für die Hilfe erkenntlich zeigen. Herr Palzki, ich freue mich, morgen mit Ihnen und Ihrer Frau an einem Tisch zu sitzen. Gleiches gilt natürlich für dich, Michael.«

»Ich hätte Marc meine Skizzen auf dem Tisch im Bibelmuseum zeigen sollen«, sagte Landgraf, nachdem sich der Oberbürgermeister verabschiedet hatte.

»Sie können ihm die Tapeten ja am Montag im Rathaus zeigen.«

»Gute Idee, Herr Palzki. So schnell gebe ich nicht auf.«

»Dann bis morgen Abend«, verabschiedete ich mich mit Handschlag.

Auf der Heimfahrt bedauerte ich zwar das plötzliche Ende der Untersuchungen, freute mich aber auf das Wochenende. Endlich konnte ich meinen Urlaub genießen und gleichzeitig Stefanie mit der Krönungsfeier eine Freude machen. Dass es uns nicht gelungen war, den Täter zu fassen, ärgerte mich zwar ungemein, aber auch dieser Ärger würde vergehen.

Während der Rückfahrt beschloss ich, noch eine letzte kleine Aktivität im Neustadt-Fall zu unternehmen. Ein kurzer Abstecher zur Dienststelle konnte nicht schaden. Es wäre nicht das erste Mal, dass Jürgen mit seinen Recherchen entscheidende Impulse für den Ermittlungserfolg geben könnte. Zumindest dann, wenn seine Ergebnisse weniger als etwa ein Prozent des gesamten Weltwissens ausmachten.

»Du kommst genau richtig!«, rief mir Jutta schon auf dem Flur der Kriminalinspektion zu. »Du kannst gleich beim Schleppen helfen.«

»Ich bin im Urlaub«, antwortete ich, wunderte mich aber über den Karton, den meine Kollegin durch den Flur trug. Ich folgte ihr in Jürgens Büro.

»Gut, ich brauche noch vier oder fünf Kartons«, sagte Jürgen zu Jutta, bevor er mich entdeckte. »Da bist du ja, du Gauner«, schimpfte er, wohl halb im Scherz. »Deine Nachbarin sollte man einsperren. Ich musste nach der Begegnung zum Hals-Nasen-Ohren-Arzt, um mir Cortison verschreiben zu lassen. Wie hältst du das aus mit dieser verbalen Waffe?«

»Das kann auch Vorteile haben«, antwortete ich. »Bei uns klingeln keine Vertreter, es gibt keine Einbruchsversuche ...« Ich unterbrach mich selbst, um nicht unnötig Zeit zu verlieren. »Was machst du da?«

»Deinen Auftrag erledigen«, entgegnete er müde. »Von wegen, ich soll nur kurz etwas nachschlagen. Die Recherchen sind so umfangreich, dass wir im Zentrallager des Präsidiums Druckerpapier nachbestellen mussten.« Er sah mich an. »Hast du die Unterlagen über die Weinbruderschaft schon gelesen?«

Ich war kurz davor zu antworten, dass ich dafür mehrere Jahre bräuchte, aber ich beherrschte mich rechtzeitig. »Die wichtigsten Daten, mehr Zeit hatte ich bisher nicht. Woran arbeitest du gerade?«

Jürgen zeigte mir ein einzelnes Blatt mit handschriftlichen Notizen. »Das sind die Punkte, die du mir genannt hast.« Er zeigte auf den hinteren Teil seines Büros, in dem etwa 20 Kartons standen, die laut Aufdruck jeweils fünf Packungen mit je 500 Blatt Kopierpapier enthielten. Ich hob den Deckel eines der Kartons an: Er war randvoll mit bedrucktem Papier.

Ich schaute Jutta an, die nur mit den Schultern zuckte.

»Kannst du mir einen kurzen Überblick über deine Recherchen geben?«

Jürgen sah mich mit großen Augen an. »Das ist die Zusammenfassung, Reiner. Die ausführlichen Exposés kann ich dir leider erst nächste Woche geben. Das Präsidium will vorher eine Erklärung, warum wir plötzlich so viel Papier brauchen.«

Jutta setzte noch einen drauf. »Diesen Papierberg hat unser Jürgen seit heute Morgen produziert. Gestern ging das nicht, wegen der Party.«

»Habt Ihr mir wenigstens was übriggelassen?«

In diesem Moment kam Gerhard ins Büro. Er hielt ein angebissenes Schinkenbrötchen in der Hand. »Das war das letzte, Reiner. Wer zu spät kommt …«

»Sei froh, dass du nicht dabei warst«, sagte Jutta.

»Orgie?«, riet ich.

»Quatsch«, antwortete Jutta. »Wir hatten kaum angefangen, die Live-Band spielte ›Hells Bells‹ von *AC/DC*, da stand plötzlich KPD vor der Tür. Er hatte sich selbst aus dem Krankenhaus entlassen.«

Ich grinste schadenfroh. »Abmahnungen an alle?«, riet ich erneut.

»Das haben wir zuerst auch gedacht«, erklärte Jutta. »Zu unserem Glück hat KPD den Grund der Feier falsch interpretiert. Er dachte, das Krankenhaus hätte uns informiert, dass er auf dem Weg zur Dienststelle sei und wir für ihn eine Willkommensparty veranstalten.«

»Was wir natürlich nie gemacht hätten«, ergänzte Gerhard. »Davon abgesehen hätte die Zeit nie gereicht. Aber durch das Missverständnis ging alles gut aus. KPD ließ die ganze Nacht zwei Streifenwagen durch die Gegend fahren, um Präsenz zu zeigen. KPD war überglücklich und nach zwei Stunden so betrunken, dass er telefonisch beim Partyservice nachbestellte. Keinen Schinken, sondern Kaviar und so.«

»Salziges Zeug«, sagte ich und verzog das Gesicht. Den Weg ins Büro hätte ich mir sparen können. Frustriert öffnete ich einen Karton nach dem anderen. Immerhin hatte Jürgen für jeden Karton ein Inhaltsverzeichnis erstellt. Der Aufwand war geringer, als ich anfangs vermutet hatte. Ich wählte einige Teilrecherchen aus, von denen ich mir etwas versprach. Redundante Stapel mit 2000 Seiten zu Michael Landgraf oder 500 Seiten zu seiner Frau Barbara ließ ich ebenso unangetastet wie die Lebensläufe samt Steuererklärungen der letzten zehn Jahre aller Neustadter Stadträte. Meine Zusammenstellung war trotzdem sehr gewichtig. »Das nehme ich mit nach Hause, um den Rest kümmert sich der Schred, äh, kümmere ich mich nächste Woche.«

»Da sind Sie ja, Palzki!« Die laute, prägnante Stimme war mir wohlbekannt. »Sie hätten gestern durchaus zu meiner Begrüßungsparty kommen können, trotz Urlaub!« Die Papierberge in Jürgens Büro bemerkte KPD nicht. »Kommen Sie doch gleich am Montag früh in mein Büro, Herr Palzki. Dann stelle ich Ihnen das neue Projekt vor, das ich Ihnen anvertraue. Es soll mir keiner nachsagen, ich kümmere mich nicht um meine schwächeren Untergebenen.«

»Das werde ich«, antwortete ich tonlos. »Dann gehe ich jetzt. Bis Montag, Herr Diefenbach.«

Er nickte mir zufrieden zu, dann fiel ihm noch etwas ein. »Kommen Sie doch morgen Abend in den Sozialraum unserer Dienststelle«, sagte er. »Ich habe auch alle anderen Untergebenen eingeladen. Es ist noch Champagner übrig.«

»Immer noch feiern?«, fragte ich zögernd.

»Ach was, natürlich ohne Live-Band und Musik. Ich habe Ihnen doch erzählt, dass ich mit den Neustadtern auf Kriegsfuß stehe. Die haben es tatsächlich gewagt, mich nicht zur Wahl und Krönung der Pfälzischen Weinkönigin einzuladen.«

»Und das wollen Sie feiern?« Irgendetwas stimmte hier nicht.

»Natürlich nicht«, echauffierte sich KPD. »Das Problem mit den Neustadtern werden meine Fachanwälte lösen. Ich und meine Untergebenen schauen uns auf der Leinwand im Sozialraum den *SWR*-Livestream von der Feier im Saalbau an.«

Ich schluckte einen Medizinball hinunter, der sich spontan in meinem Hals materialisiert hatte. »Ich kann leider nicht«, stammelte ich, schnappte mir Jürgens Papierstapel und verließ das Gebäude.

Tatsächlich konnte ich den Freitagvormittag auf der Terrasse in Ruhe genießen. Während Stefanie im Wohnzimmer die Kleidung für den Abend sortierte und vorbereitete, stöberte ich etwas unkonzentriert in Jürgens Recherchen. Ich fand durchaus interessante Querverweise, die mir bisher entgangen waren. Mehrere Indizien entlasteten die eine oder andere Person, im Gegenzug gab es belastendes Material zu anderen Personen. Wie vermutet, fand ich in den Papierbergen keine eindeutigen Beweise, aber dennoch wiesen die Fakten meist in eine Richtung: Das auslösende Motiv für die Verbrechen musste im Jahr 1871 liegen, die Gründung der Weinbruderschaft in den

5oer Jahren des letzten Jahrhunderts im *Künstlerkeller* war nur ein Nebenschauplatz, der alles komplizierter machte. Trotz des Wühlens in den Papieren gelang es mir nicht, die Lösung zu finden. Mindestens ein Puzzleteil weigerte sich hartnäckig, entdeckt zu werden.

»Reiner!«

Ich zuckte zusammen.

»Unglaublich, du schnarchst sogar tagsüber auf der Terrasse wie eine Diesellok. Kannst du dich bitte langsam fertig machen? Ich habe alles für dich vorbereitet.«

Ein Blick auf die Uhr verriet mir, dass ich in den zurückliegenden drei Stunden ein immenses Schlafdefizit teilweise ausgeglichen haben musste. Ohne zu murren, ging ich ins Bad und zog mich um.

»Muss die Krawatte wirklich so eng sein?«, krächzte ich in Richtung Stefanie, die mir mit dem Knoten half.

»Stell dich nicht so an«, schimpfte sie, »da haben mindestens zwei Finger Platz.«

Eine geschlagene Stunde musste ich auf dem Sofa warten, bis auch meine Frau so weit war. Sie sah wunderschön aus. Ich stand auf und wollte etwas sagen, aber meine Stimme versagte.

Sofort bekam sie es in den falschen Hals. »Gefällt dir nicht, was ich anhabe?« Sie schaute kurz in den Spiegel und stellte dann eine weitere Frage, die man als Mann ausschließlich falsch beantworten konnte: »Findest du, dass mir die Farbe des Kleides steht?«

Selbst ein tausendfaches »Ja!« würde ihre Selbstzweifel nicht zerstreuen.

»Ich mag dich so, wie du bist«, antwortete ich stattdessen. Diesen Satz hatte mir Jutta kürzlich für solche brenzligen Situationen empfohlen.

Stefanie sah mich kurz an und seufzte. »Dann will ich dir das dieses eine Mal glauben.« Sie kam auf mich zu und zupfte an meiner Krawatte. »Vielleicht solltest du lieber die Krawatte mit den grün-weißen Streifen nehmen. Die passt farblich besser zu meinem Kleid.«

»Wir müssen los«, blockte ich ihren Versuch ab.

»Was machen wir wegen unserer Nachbarin?«, fragte Stefanie.

Lächelnd führte ich sie zum Seitenfenster unseres Wohnzimmers. »Ich habe unser Auto bei den Nachbarn auf der anderen Seite geparkt. Wir nehmen die Terrassentür, gehen durch den Garten und kommen ohne verbalen Kontakt zum Auto.«

»Und die Terrassentür?«

»Die ziehen wir von außen zu«, sagte ich. »Niemand weiß, dass sie nicht abgeschlossen ist. Frau Ackermann ist der beste Schutz vor Einbrechern.«

»Wenn du meinst?«, fragte sie vorsichtig.

»Meine Pläne funktionieren immer.«

»Wenn du meinst«, wiederholte sie unsicher.

»Du kannst dich auf mich verlassen, meine liebe Frau. Ich habe noch eine Überraschung für dich: Ich werde fahren, damit du heute Abend etwas trinken kannst.«

Sie sah mich mit großen, leuchtenden Augen an: »Wirklich?«

»Ich opfere mich gerne für dich«, schleimte ich weiter. Wenigstens würde mir heute das Sodbrennen erspart bleiben.

Stefanie wollte mich küssen, hielt sich aber wegen ihres Lippenstiftes zurück. »Ich ziehe mir flache Schuhe an und dann in der Garderobe im Saalbau die richtigen.«

»Nicht nötig, wir parken im Parkhaus gegenüber vom

Saalbau. Ich habe alles mit dem Oberbürgermeister abgesprochen.«

»Du denkst wirklich an alles«, schmachtete sie mich an. Solche Töne war ich von meiner Frau seit Jahren nicht mehr gewohnt. Ob jetzt eine neue Ära anbrach?

Eine Dreiviertelstunde später stiegen wir die Stufen zum Saalbau hinauf. Hinter uns das laute Treiben des Weinlesefestes, vor uns ein hoffentlich unvergesslicher Abend. Wir standen beim Einlass inmitten von Anzugträgern mit weißen Hemden und Schlips sowie Damen mit Abendkleid. Ich war im Nachhinein froh über die Einkaufsaktion, zu der mich meine Frau genötigt hatte.

Wir betraten den großen Saal, der festlich geschmückt und mit großen runden Tischen bestückt war. Leicht konnte man da mit anderen Gästen ins Gespräch kommen. Die Bühne war mit üppigem Blumenschmuck, mit einer kleinen Theke sowie mit Mikrofonen ausgestattet.

Kaum hatten wir den Saal betreten, kam auch schon Oberbürgermeister Marc Weigel auf uns zu. »Guten Abend, Frau Palzki«, flötete er in ihre Richtung. »Schön, dass Sie mit Ihrem Mann kommen konnten. Darf ich Sie auf Ihren Platz führen?« Für einen kurzen Moment zeigte er ein verschmitztes Lächeln in meine Richtung. Dann flüsterte er mir zu: »Ich setze sie neben meine Begleiterin, wenn Sie nichts dagegen haben.«

»Nur zu«, flüsterte ich zurück. Alles, was Stefanie den Tag angenehmer machte, war willkommen.

»Darf ich Ihnen einen Wein empfehlen?«, fragte er mich, nachdem die Begrüßungszeremonie vorüber war und wir uns gesetzt hatten.

»Ich muss leider auf meinen Magen achten«, entschuldigte ich mich. »Deshalb muss ich ausnahmsweise auf

Alkohol verzichten. Aber meine Frau wird sich über Ihre Empfehlung freuen. Vor allem, wenn es ein süß… äh, lieblicher Wein ist.«

Noch während des Bedauerns des Oberbürgermeisters kamen Michael und Barbara Landgraf, und der ganze Begrüßungsreigen begann von vorne.

»Na, haben Sie den Weg gut gefunden?«, begrüßte ich Landgraf humorvoll.

»Kurz hinter dem Hambacher Schloss haben wir gemerkt, dass wir in die falsche Richtung gefahren sind«, erwiderte er ebenso fröhlich.

Wider Erwarten war die Stimmung locker. Meine Befürchtung, eine steife und konservative Veranstaltung zu erleben, hatte sich schon vor Beginn in Luft aufgelöst. Überall blickte ich in freundliche und entspannte Gesichter. Einzig das Kamerateam, das an mehreren Stellen Kameras aufbaute, war mir ein Dorn im Auge. Ich musste unbedingt vermeiden, von einer der Kameras erfasst zu werden. KPD würde mich in der Luft zerreißen, wenn er mich mit Landgraf an einem Tisch sitzen sehen würde.

Mit Freude sah ich, dass Stefanie bereits das zweite Glas Wein trank und sich intensiv mit der Begleiterin des OBs und Barbara Landgraf unterhielt.

Weitere Unterbrechungen von jeweils ein bis zwei Minuten störten mich nicht. Im Gegenteil, ich war sehr erstaunt, wie viele Menschen mich erkannten und begrüßten.

Ich begann, mich wohlzufühlen. Ein Gefühl, das ich nur selten erleben durfte. Eher unbewusst betrachtete ich von meinem Platz aus den Saal und seine Ausstattung im Detail. Berufsbedingt beobachtete ich auch zufällig vorbeigehende Gäste, ohne jedoch den Hauch einer Gefahrensituation zu entdecken.

»Sehr gut«, sprach mich plötzlich von hinten Joachim Specht an, der einen Anzug trug. »Bleiben Sie sitzen, dann sind wir alle zufrieden.«

Ich verzichtete auf eine Antwort, obwohl ich ihn zu gerne gefragt hätte, ob ich über ihn eine Toilettenbesuchskarte bekommen könnte.

Es wurde dunkler im Saal, und eine Frau betrat die Bühne. Nach großem Applaus stellte sich die Moderatorin des Abends vor, deren Namen ich leider nicht verstand. Dann rief sie die drei Kandidatinnen auf die Bühne, die ich einige Tage zuvor bei der Probe gesehen hatte. Jede der drei jungen Damen wurde ausführlich vorgestellt. Ich war beeindruckt, was die Kandidatinnen in ihrem jungen Alter schon alles geleistet und erlebt hatten.

Von Konkurrenz untereinander war nichts zu spüren. Im Gegenteil, die drei zeigten sogar ein gemeinsam produziertes Video. Inhaltlich schaltete ich nach wenigen Sekunden gedanklich ab, das vorgetragene Fachwissen über Wein überforderte mich schlichtweg.

Während ich eifrig an meiner Traubensaftschorle nippte, verließen die Kandidatinnen die Bühne, und die Moderatorin rief die drei noch amtierenden Weinhoheiten, die Weinkönigin und ihre beiden Prinzessinnen, auf die Bühne. Mit viel Wehmut berichteten sie über ihre Amtszeit und zeigten viele Fotos des vergangenen Jahres. Ich blickte zu Stefanie und sah sie mit strahlenden Augen die noch gekrönten Häupter anhimmeln.

Danach begann die von der Moderatorin angekündigte Fachbefragung. Ein Professor des in Neustadt ansässigen Weincampus stellte mit bayerischem Dialekt die erste

Frage. Dann folgten weitere Fragen der noch amtierenden Damen, eine davon sogar auf Englisch. Ich muss gestehen, dass ich keine dieser Fragen auch nur ansatzweise hätte beantworten können, und das lag sicher nicht an meinen Englischkenntnissen.

Zum Abschluss der Fachbefragung kündigte die Moderatorin eine Blindverkostung an. Alle Gäste würden an ihren Plätzen eine Weinprobe erhalten, die nach der nun folgenden Pause von den Kandidatinnen zu erraten sei.

Als auch in mein Glas eine kleine Kostprobe eingeschenkt wurde, nahm ich das Glas in die Hand, schnüffelte wie ein Profi und schaute vielsagend hinein. Dann verkündete ich mit sonor klingender Stimme mein gewichtiges Urteil: »Weißwein!«

Landgraf und Weigel lachten. »Das muss schon genauer sein«, unkte der OB. Als ich ihn fragend anschaute, hakte er nach: »Riesling, Weißburgunder, Grauburgunder, Silvaner – Sie haben doch sicher schon eine Idee.« Wieder steckte ich meine Nase in das Glas und wäre gerne hineingekrochen. Um einer konkreten Antwort auszuweichen, machte ich eine vage, nicht interpretierbare Geste.

Inzwischen war das Licht im Saal heller geworden, und Unruhe machte sich breit. Einige standen auf und streckten die Beine, andere gingen in das Foyer.

»Sie entschuldigen mich«, nutzte ich die Gunst der Stunde und stand ebenfalls auf. »Keine Sorge wegen unseres Polizeikommissars. Ich muss nur kurz auf die Toilette.« Die Begründung stimmte, der Traubensaft war sehr nierenfreundlich.

Nach erfolgreichem Toilettengang im Untergeschoss rannte ich dort im Vorraum der Garderobe beinahe den Ordensmeister der Weinbruderschaft, Oliver Stiess, um.

»Herr Palzki!«, rief er erfreut aus. »Sie kommen wie gerufen!« Erst jetzt sah ich Volker Schmidt hinter ihm stehen.

Gut gelaunt wollte ich einen witzigen Kommentar von mir geben, doch die ernsten Mienen der beiden ließen mich davon Abstand nehmen. »Ist etwas passiert?« Von einer Sekunde auf die andere war ich in Alarmbereitschaft.

Stiess nickte stumm. »Wir wollten gerade den OB informieren, aber ich denke, wir machen nichts falsch, wenn wir es zuerst Ihnen zeigen.« Er sah sich in alle Richtungen um. »Hast du gesehen, wo er hin ist?«, fragte er den Saalbauleiter.

»Er ist die Treppe hoch«, antwortete dieser. »Kurz bevor Herr Palzki aus der Toilette kam.«

»Man kann auch Glück haben«, antwortete der Ordensmeister.

»Wen meinen Sie?«, fragte ich irritiert.

»Polizeioberkommissar Specht«, antwortete Volker Schmidt. »Ich glaube, er kann Sie nicht besonders leiden. Jedes Mal, wenn er mir heute über den Weg lief, hat er mich gefragt, ob ich ›den Palzki‹ gesehen habe.«

»Paranoia«, sagte ich lächelnd, ärgerte mich aber trotzdem. »Sie wollen mir etwas zeigen?«

»Ja, ja, kommen Sie.« Stiess ging zum hinteren Ende der Garderobe, wo sich eine Tür zum nichtöffentlichen Teil des Kellers befand. Den Küchenbereich mit dem Kühlhaus ließ er links liegen. In einem breiten Gang stand mitten im Weg eine gepackte Europalette von der Größe einer Industriewaschmaschine. Da das Paket mit schwarzer Folie umwickelt war, konnte man den Inhalt nicht erkennen.

»Das brauchen wir morgen für die Pfalzweinprobe«, erklärte Schmidt im Vorbeigehen. Sekunden später waren wir im Gewirr der Techniräume angekommen, wo ich wie schon beim letzten Mal sofort die Orientierung verlor.

Auf den letzten Metern übernahm Schmidt die Führung. Er öffnete vorsichtig eine Tür einen Spaltbreit und schaute hinein. »Alles in Ordnung«, flüsterte er uns zu und öffnete die Tür ganz.

Wir betraten den Raum, in dem die Statikerin die Außenwand untersucht hatte. Gleich dahinter musste die Baustelle beginnen. Auf dem Boden lag ein Mann, dem gerade von einer Frau ein Kopfverband angelegt wurde.

»Alles in Ordnung?«, fragte der Saalbauleiter.

Der Verletzte nickte vorsichtig. »Es sind wohl nur eine Platzwunde und eine Gehirnerschütterung«, sagte er leise. »Zum Täter kann ich leider keine Angaben machen, ich habe ihn nicht gesehen.«

Die Dame, die sich um den Verletzten kümmerte, war eine Mitarbeiterin des Saalbaus. »Ich bringe ihn zur Sicherheit ins Krankenhaus.«

»Können wir das ohne großes Aufsehen machen?«, fragte Stiess die beiden. »Natürlich informieren wir die Polizei, aber nicht sofort.« Er zeigte auf mich. »Herr Palzki ist sogar Polizist, nur leider nicht für Neustadt zuständig.«

Während die Dame dem Verletzten aufhalf, erklärte der Ordensmeister, was passiert war.

»Während oben der erste Teil der Wahl stattfand, hat jemand versucht, mit einem Bohrhammer die Wand einzureißen.« Wir folgten seinem Blick in Richtung Außenwand. Auf dem Boden lag ein Bohrhammer, rundherum Betonbrocken und kleine Kieselsteine.

»Hat das keiner gemerkt?«, fragte ich schockiert. Ich kam mir vor wie in Ephraim Kishons *Blaumilchkanal*. Während oben Hunderte von Menschen feierten, versuchte ein Verrückter, den Keller des Gebäudes zu zerstören. Aber vielleicht war es gar kein Irrer, schoss es mir durch den Kopf. Vielleicht war es die Gelegenheit für den Mörder, mit dem lauten Gerät zu arbeiten, ohne dass jemand im Saalbau es merkte. Sicherlich hatte er einkalkuliert, dass sich während der Wahl niemand im Untergeschoss des Saalbaus aufhielt, sondern alle Mitarbeiter, sofern sie nicht ohnehin aktiv beteiligt waren, die Veranstaltung im Saal verfolgten. Ich ging zu der Stelle an der Außenwand, die mit dem Bohrhammer malträtiert worden war. Ein paar ordentliche Stücke fehlten, aber bei der Dicke der Wand war das nicht mehr als ein kosmetischer Kratzer. Was hätte der Täter in den zwei, drei Stunden auch anderes erreichen können als ein etwas größeres Loch?

Stieß und Schmidt standen jetzt neben mir. »Da ist nichts zu sehen außer Beton und Armierungseisen. Das verstehe ich nicht«, sagte der Ordensmeister kopfschüttelnd.

Ich wandte mich dem Überfallenen zu, der inzwischen wieder einigermaßen auf den Beinen war. »Was genau ist passiert?«, fragte ich ihn.

»Routinemäßig wollte ich die Lüftungsanlage im Nebenraum kontrollieren. Ab und zu verstopfen die Filter. Als ich durch den Flur ging, hörte ich das Geräusch eines Bohrhammers. Ich wusste aber noch nicht definitiv, was das für ein Geräusch war. Zwei oder drei Meter vor der Tür hörte das Geräusch plötzlich auf. Ich zögerte einen Moment, entschloss mich dann aber doch, sicherheitshalber nachzusehen. Nach dem Öffnen der Tür schien zunächst alles normal, sogar das Licht war aus. Da die Flurbeleuchtung bis in den Raum schien, entdeckte ich dann den Bohrhammer auf dem Boden. Ich ging auf die Maschine zu, und in diesem Moment wurde ich niedergeschlagen.«

»Seltsam«, resümierte ich. »Wie konnte der Täter wissen, dass jemand draußen war, und dann noch rechtzeitig das Licht ausmachen und sich verstecken?« Einer Ahnung folgend, ging ich in den Flur. Auf Anhieb entdeckte ich den kleinen Bewegungsmelder, der mit Klebeband oben am Türrahmen befestigt war. »Unser Freund hat vorgesorgt.« Schmidt und Stiess sahen mich fassungslos an. Ich bat den Saalbauleiter, das Gerät vorsorglich zu sichern, ohne eventuelle Fingerabdrücke zu verwischen.

Ich fragte den Verletzten: »Wie lange waren Sie bewusstlos?« Ich merkte sofort, wie dumm diese Frage war. »Weniger als fünf Minuten«, antwortete die Frau für ihn. »Ich habe in der Küche auf ihn gewartet, weil wir, äh, weil …«, sie brach ab.

»Interessiert mich nicht«, sagte ich, um die peinliche Situation zu beenden. »Wie lange?«

»Ich habe ihn nach fünf Minuten angerufen, da muss er gerade zu sich gekommen sein. Nachdem ich ihn gefunden und erstversorgt hatte, bin ich nach vorne gerannt, wo ich Sie getroffen habe.«

Oliver Stiess nickte. »Das stimmt.«

Mehr war aus den beiden nicht herauszubekommen. Wir beschlossen, den Anschlag vorerst geheim zu halten, was die beiden auch versprachen, bevor sie sich auf den Weg ins Krankenhaus machten.

»Herr Palzki, ich habe Angst, wenn ich an morgen denke.«

»Sie sollten mit Herrn Specht sprechen«, sagte ich mangels einer besseren Alternative. »Ich bin heute Abend zum letzten Mal in Neustadt, der Oberbürgermeister hat die inoffiziellen Ermittlungen von Herrn Landgraf und mir eingestellt. Außerdem muss ich ab Montag wieder in Schifferstadt Dienst tun.«

Oliver Stiess schaute mich mit einem flehentlichen Blick an. »Sie wissen genauso gut wie ich, dass Specht die Pfalzweinprobe sofort verbieten wird. Ich kann es ihm nicht einmal verübeln, denn es ist ein Sicherheitsrisiko. Auch wenn es nur ein kleines Loch ist.« Er blickte kurz zur Wand.

»Haben Sie eine bessere Idee?«, fragte ich ihn. »Heute Abend wird unser Täter sicher nicht mehr zurückkommen. Deshalb schlage ich vor, dass Sie Herrn Specht erst nach Ende der Veranstaltung informieren.«

»Und wenn wir es erst morgen Abend tun?«, flüsterte der Ordensmeister. »Bitte verstehen Sie das nicht als Bestechungsversuch.« Während ich verdutzt dreinschaute, zog er eine Karte aus seinem Jackett. »Das ist eine der begehrten Pressekarten für die große Pfalzweinprobe am morgigen Samstag. Sie sitzen direkt vor der Bühne.«

»Ich kann nicht«, antwortete ich schnell, während mir der Schweiß über den Rücken lief. Die Veranstaltung zur Wahl und Krönung der Pfälzischen Weinkönigin, da hatte ich Stefanie zuliebe zugesagt, aber eine Weinprobe? Auf keinen Fall!

»Ich habe zurzeit Magenprobleme und kann keinen Alkohol trinken«, bedauerte ich. »Das habe ich dem Oberbürgermeister vorhin auch schon gesagt. Tut mir leid, Herr Stiess.«

Der Ordensmeister sah mich mitleidig an. »Wie schade, Herr Palzki. Aber Sie können trotzdem kommen. Niemand wird zum Weintrinken gezwungen. Und wenn Ihnen einer der Weine, die natürlich ausführlich vorgestellt werden, trotzdem schmeckt, dann können Sie auch nur einen winzigen Schluck trinken.«

»Das ist kein Problem, Herr Palzki«, fiel mir nun Volker Schmidt in den Rücken. »Sie passen im Saal auf, und ich patrouilliere mit meinen Mitarbeitern im Keller. Morgen Abend wird niemand unbefugt mit einem Bohrhammer im Keller Unfug treiben.«

»Also abgemacht?«, fragte Stiess, obwohl ich mit keiner Silbe mein Einverständnis gegeben hatte. »Wenn der Abend reibungslos verläuft, wird es mir eine Ehre sein, Sie als Bürge für eine Mitgliedschaft in der Weinbruderschaft vorzuschlagen. Bis dahin wird auch der Schriftsteller Dietmar Becker seinen Krimi veröffentlicht haben. Vielleicht können wir dann im Rahmen unserer Kulturevents eine gemeinsame Veranstaltung auf die Beine stellen. *Realität trifft Fiktion*, was halten Sie von dem Motto?«

Billionen von Abwehrzellen in meinem Körper bereiteten sich darauf vor, dieses Ansinnen abzulehnen.

»Huch«, sagte Schmidt. »Die Pause ist längst vorbei.«

Der Ordensmeister blickte mir direkt in die Augen. »Wir müssen dringend hoch in den Saal. Vielen Dank, Herr Palzki. Ich freue mich, Sie morgen bei der Pfalzweinprobe zu sehen.«

Selten bin ich so spektakulär überrumpelt worden, auch wenn ich die Dringlichkeit des Ordensmeisters nachvollziehen konnte. Ich beschloss, erst einmal den weiteren Verlauf der Wahl zu genießen und dann die Karte an Stiess zurückzugeben.

»Wo haben Sie denn so lange gesteckt?«, flüsterte mir der OB zu, als ich mich auf meinen Platz geschlichen hatte. »Herr Specht hat dreimal nach Ihnen gefragt.«

Ein tosender Applaus half mir, Weigels Frage unbeantwortet zu lassen.

»Ja«, rief die Moderatorin ins Mikrofon, »du hast den Riesling richtig erraten.« Die Kandidatin, die neben ihr stand, freute sich sichtlich. Mir fiel auf, dass sich die drei Kandidatinnen umgezogen hatten und nun festliche Kleider trugen. Neben ihnen saßen die noch amtierenden Hoheiten und der Weinfachmann.

Die Moderatorin kündigte nun den Showteil an, der in drei Spielrunden aufgeteilt war. Zunächst bekamen die Kandidatinnen von den amtierenden Hoheiten je eine Frage gestellt, die sie spontan beantworten mussten. Auch hier zeigte sich mein nur rudimentär ausgeprägtes Wissen über die Welt des Weines. In einem Publikumsspiel mussten die Kandidatinnen verpixelte Fotos erkennen, die alle mit dem Thema Wein oder der Region zu tun hatten. Ich freute mich, da ich das Hambacher Schloss auf Anhieb erkannte.

Zwischendurch gab es zwei weitere Weinblindverkostungen, die ebenfalls mit Bravour gemeistert wurden. Im letzten Spiel mussten alle drei Kandidatinnen gemeinsam eine Rede halten und dabei spontan eingeblendete Begriffe einbauen.

Ich schaute über den Tisch zu Stefanie, die sich köstlich amüsierte und den Abend genoss. Hoffentlich hatte ich damit nicht meine persönliche Büchse der Pandora geöffnet und meine Frau würde mich öfter zu solchen Veranstaltungen nötigen.

»Jetzt kommt die Jury an die Reihe«, flüsterte mir der OB zu.

Ich hatte keine Ahnung, nach welchen Kriterien ich als Jurymitglied hätte entscheiden sollen. Alle drei Kandidatinnen hatten ihre Aufgabe sehr gut gemeistert, ihr profundes Wissen unter Beweis gestellt, und sie machten auf mich einen äußerst sympathischen Eindruck. Nichts wirkte aufgesetzt oder unauthentisch.

»Die 70 Jurymitglieder werden in den nächsten 90 Sekunden mit ihren Fernbedienungen ihre Wahl treffen«, erklärte die Moderatorin. »Nach der Pause steht die Siegerin fest.«

Ein Discjockey schob eine mobile Musikanlage auf die Bühne, gleichzeitig wurde es im Saal heller. Ich sah, dass auch der OB zu der Jury gehörte und eine Fernbedienung in der Hand hielt. »Kann man damit auch das Programm umschalten?«, fragte ich ihn amüsiert.

Er lächelte mich kurz an. »Ich wähle schnell meine Favoritin, dann können Sie mir erzählen, was in der letzten Pause passiert ist.«

Woher wusste Marc Weigel das? Oder ahnte er es nur, weil er vielleicht gesehen hatte, dass auch der Ordensmeister zu spät in den Saal gekommen war?

»Müssen Sie nicht auf die Toilette?«, wurde ich von hinten angesprochen.

Nachdem ich mich von dem Schreck erholt hatte, antwortete ich Joachim Specht: »Danke, dass Sie mich daran erinnern.« Ich stand auf, um einerseits den Polizeioberkommissar zu ärgern und andererseits das dringend notwendige Gespräch mit dem Oberbürgermeister hinauszuzögern.

»Sie waren in der letzten Pause ziemlich lange auf der Toilette«, sagte Specht und folgte mir in den Keller.

»Trinken Sie mal so viel Traubensaftschorle wie ich«,

erklärte ich ihm. »Ich muss nachher noch fahren, deshalb trinke ich keinen Alkohol. Übrigens, wie sieht es bei Ihnen aus?«

»Ich bin im Dienst«, antwortete er kurz angebunden.

»Und ich hatte Durchfall«, log ich. »Sie hätten ruhig auf die Toilette gehen können, um olfaktorische Beweise zu sammeln.«

Specht blieb natürlich vor der Toilette stehen und wartete auf meine Rückkehr.

»Es gibt leider keinen Hinterausgang«, sagte ich bei meiner Rückkehr. »Schade eigentlich«, fügte ich hinzu. Ich versuchte, meine Neugier zu stillen. »Haben Sie heute Abend neue Erkenntnisse über unseren Mörder gewonnen? Bisher scheint ja nichts passiert zu sein.«

»Und das soll auch so bleiben«, antwortete er mürrisch. »Ich werde Sie überwachen lassen, Herr Palzki, auch nachher, wenn die Veranstaltung vorbei ist. Bis zum Parkhaus. Ja, ich weiß sogar, wo Sie Ihr Auto abgestellt haben.«

»Zum Glück ist der TÜV nicht abgelaufen«, sagte ich. Langsam reichte es mir. »Ich drücke Ihnen die Daumen, dass Sie den oder die Täter ganz schnell schnappen. Das meine ich ernst, Herr Specht.« Mit diesen Worten ging ich zurück in den Saal.

Dort erwartete mich die nächste Überraschung. Oliver Stiess saß auf meinem Platz und unterhielt sich angeregt mit Marc Weigel.

»Ich habe ihm alles erzählt«, sagte mir der Ordensmeister, der sofort aufgestanden war, als er mich sah. »Es ist alles im grünen Bereich.« Ein leichtes Lächeln huschte über seine Lippen.

»Da haben Sie aber was erlebt«, meine der OB, als ich auf meinem Platz saß.

»Dafür war ich gerade wie in Ketten gelegt«, antwortete ich ihm. »Der offizielle Ermittlungsleiter hat mich nicht aus den Augen gelassen.«

»Um Herrn Specht kümmere ich mich«, meinte der OB gelassen. »Wichtig ist, dass Sie morgen bei der Pfalzweinprobe dabei sind. Ich freue mich, dass Sie angesichts der Lage sofort zugesagt haben und …«

»Halt …«, unterbrach ich ihn, doch der OB ließ mich nicht zu Wort kommen. »Ich werde gleich nach Ende der Veranstaltung mit Michael Landgraf sprechen. Er wird Sie morgen unterstützen, denn er wird als Bruderschaftsmeister die frisch gekrönte Weinkönigin in den Saal geleiten. Danach kann er mit Ihnen am Pressetisch sitzen. Von dort aus hat man, abgesehen von der Bühne, den besten Überblick über das Geschehen im Saal.«

Meine aufkommende Panik konnte ich nicht mehr mit einer Gegenrede kontern, denn in diesem Moment betraten die Moderatorin und die Kandidatinnen die Bühne und wurden mit Applaus begrüßt.

In weniger als zwei Minuten war das Geheimnis gelüftet, die neue Weinkönigin stand fest. Alle drei Kandidatinnen lagen sich in den Armen, Freudentränen flossen. Die scheidende Weinkönigin setzte ihrer Nachfolgerin die Krone auf, dann gab es Blumen für alle. Solche emotionalen Momente gingen nicht nur an Stefanie nicht spurlos vorüber, die begeistert aufstand und klatschte. Trotz aller Willenskraft konnte auch ich mich der feuchten Augen nicht erwehren. Ein minutenlanger Applaus beendete den offiziellen Teil der Veranstaltung, der direkt in die angekündigte After-Show-Party überging.

Ich deutete Stefanie über den Tisch hinweg mit einem Fingerzeig auf meine Uhr, dass es Zeit sei, nach Hause zu gehen, doch sie zeigte mir nur den Vogel und vertiefte sich sofort wieder in ein Gespräch mit den beiden Frauen neben ihr.

Da der Oberbürgermeister von anderen Leuten in Beschlag genommen wurde, fühlte ich mich irgendwie allein. Ich erhob mich, um mir die Füße zu vertreten und das unzumutbare Risiko zu vermeiden, von Stefanie zum krönenden Abschluss des Abends zum Tanzen aufgefordert zu werden.

Ich merkte schnell, dass ich keinen Schritt machen konnte, ohne von mindestens einer Person beobachtet zu werden. Die Beamten in Zivil verhielten sich so unprofessionell auffällig, als wären sie Schauspieler in einem Krimispiel der Mittelstufe einer Schule. Ohne konkretes Ziel durchquerte ich betont langsam das Foyer und den großen Vorraum im Untergeschoss. Den Saal mit den tanzenden Partygästen mied ich aus Selbstschutz. Vor Jahren waren Stefanie und ich zu einer Hochzeitsfeier in einem Hotel eingeladen. Irgendwann kam der tanzbegeisterte Brautvater auf die Idee, vor allen Gästen sogenannte Tanzspiele anzukündigen. Sekunden später war die Herrentoilette völlig überfüllt. Einige kauerten aus Platzmangel sogar unter den Waschbecken. Hoffentlich schlug der Pfarrer bei meiner Beerdigung nicht irgendwann Räuber und Gendarm vor.

Irgendwann kam ich auf die Idee, den Saalbau zu verlassen und über das Weinlesefest zu laufen. Meine Verfolger konnte ich schnell abschütteln, was mir zumindest eine kleine Genugtuung versprach. Trotz der starken Lärm- und Geruchsbelästigung ließ ich mich durch die Gänge treiben und versuchte, meine grüblerischen Gedanken abzuschalten. Ich ließ den Abend gedanklich

Revue passieren und kam zu dem Schluss, dass es eine gelungene und professionelle Veranstaltung war, bei der alles richtig gemacht wurde. Nur die polizeiliche Überwachung meiner Person empfand ich als unangemessen. Specht tat so, als wäre ich der Täter. Immer wieder ging mir die Szene im Keller mit dem Bohrhammer durch den Kopf. Das *Warum* konnte ich mir beim besten Willen nicht erklären.

Irgendwann machte sich mein hoher Traubensaftkonsum wieder bemerkbar. Ich beschloss, in den Saalbau zurückzukehren. Dass ich am Eingang sofort von einem der Zivilbeamten erkannt wurde, war mir egal.

»Da bist du ja!«, rief Stefanie durch das Foyer. »Ist dir was passiert?« Sie kam mit großen Schritten auf mich zu und musterte meinen unversehrten Anzug. »Bist du verletzt?«

Irritiert sah ich sie an. »Warum sollte ich? Ich war nur ein paar Minuten draußen, um frische Luft zu schnappen. Nirgendwo ist es heute Abend so friedlich wie in Neustadt.«

Stefanie schaute sich um, im Hintergrund sah ich den OB und Michael Landgraf auf uns zukommen.

»Herr Palzki, alles in Ordnung?«, fragten nun auch die beiden.

»Ich weiß nicht, was Sie meinen«, antwortete ich.

»Herr Specht behauptet, Sie seien wieder auf Mördersuche«, sagte Landgraf.

Ich war verblüfft. »Da hat er sich wohl etwas eingebildet«, erklärte ich das offensichtliche Missverständnis. »Es ist mir gelungen, einen seiner Beamten abzuschütteln, mehr nicht. Ich habe mir das Weinlesefest angesehen.«

Stefanie atmete hörbar auf. »Und ich dachte …«

»Es ist nicht immer meine Schuld«, sagte ich zu meiner Frau. »Wenn der Kommissar mich in Ruhe gelassen hätte, wäre das nicht passiert.«

Stefanie hatte noch ein anderes Problem. »Herr Weigel hat mir erzählt, dass du vom Ordensmeister der Weinbruderschaft gebeten wurdest, morgen an der Pfalzweinprobe teilzunehmen.«

»Das ist ein weiteres Missverständnis«, wiegelte ich ab. »Die haben das in den falschen Hals bekommen.«

»Ach was«, fiel mir jetzt auch noch meine Frau in den Rücken. »Ich habe dir einen so schönen Abend zu verdanken, mein lieber Mann! Natürlich gehst du morgen zur Weinprobe und amüsierst dich mal so richtig. Du nimmst selbstverständlich die S-Bahn, damit das klar ist.«

Alle, aber wirklich alle waren gegen mich und drängten mich gegen meinen Willen zu einer Weinprobe – und das auch noch mit 21 Weinen. Ich musste schwerere rhetorische Geschütze auffahren, um mich zu wehren. Aber dazu kam es nicht mehr.

»Herr Palzki!«, rief in diesem Moment eine Männerstimme durch das Foyer. »Ich werde Sie jetzt …«

»Komm, Stefanie.« Schnell zog ich meine Frau am Oberarm in Richtung Ausgang. »Bis morgen«, sagte ich zu Weigel und Landgraf, bevor ich merkte, was ich da eben gesagt hatte.

16 EXPLOSIVE PFALZWEINPROBE

So glücklich hatte ich Stefanie schon lange nicht mehr erlebt. »Ich hoffe, du hast den Abend genauso genossen wie ich«, schwärmte sie auf dem Heimweg.

Ich wollte ihr gerade zustimmen, als sie fortfuhr: »Wir müssen unbedingt öfter zusammen ausgehen, Reiner. Im Frühjahr kommt Helene Fischer nach Mannheim in die SAP-Arena. Soll ich mal schauen, ob es noch Karten gibt?«

Da selbst ich wusste, dass diese Fischer eine Schlagersängerin war, knurrte ich abwehrend, was Stefanie sofort als Zustimmung interpretierte.

Frustriert entgegnete ich mit sarkastischem Unterton: »Zu den *Chippendales* musst du dann ohne mich gehen.«

»Wow!«, rief Stefanie. »Du kennst dich in der Showszene aus. Sogar die *Chippendales* kennst du. Aber keine Sorge, wenn ich hingehe, nehme ich Jutta mit.«

»Jutta?« Fast hätte ich das Lenkrad verrissen.

»Ja, deine Kollegin. Sie hat mich vor einer Weile gefragt, ob ich Interesse daran hätte.«

Um den Abend nicht negativ ausklingen zu lassen, schwieg ich, bevor meine Frau mir von einem Konzert der *Regensburger Domspatzen* im Speyerer Dom vorschwärmte.

Durch meinen Terrassentürtrick kamen wir unbemerkt ins Haus. Schnell riss ich mir den Anzug vom Leib und warf mich ins Bett.

»Du hast noch gar nicht richtig gelegen, da hast du schon angefangen zu schnarchen«, meinte Stefanie am nächsten Morgen, der schon weit fortgeschritten war.

Als wir am Frühstückstisch saßen und Stefanie vom letzten Abend erzählte, klopfte es plötzlich am Küchenfenster.

»Ich bin's, Jürgen«, rief mein Kollege. »Mach mal auf.«

Nachdem ich einige Blumentöpfe weggeräumt hatte, öffnete ich das Fenster. »Warum kommst du nicht zur Haustür rein?«

»Ich bin doch nicht lebensmüde«, erklärte Jürgen und rollte mit den Augen. »Deine Nachbarin tut so, als würde sie den Bürgersteig fegen.«

»Tut sie das nicht?«

»Mit einem Fernglas? Der Besen ist nur Tarnung, sie sucht die Straße nach unschuldigen zweibeinigen Opfern ab.«

»Dann nimm sie fest und sperr sie in die Arrestzelle.«

»Haha«, lachte Jürgen gekünstelt. »Vielleicht solltet ihr lieber ausziehen. Aber mit so einer Nachbarin ist euer Haus unverkäuflich.«

»Was willst du überhaupt?« Ich wollte endlich den Grund für seinen Besuch wissen.

Er bückte sich und hob einen Karton auf. »Das ist ein Teil der restlichen Unterlagen, die du im Büro hast liegen lassen. Soll ich dir auch die anderen zwölf Kartons durchs Fenster reichen?«

»Und wann soll ich das alles lesen?«, fragte ich ihn.

Dann hatte ich eine Idee. »Geh durchs Gartentor und stell mir die Kartons auf die Terrasse. Ich kann dir leider nicht helfen, weil ich mich gestern verhoben habe.«

Mein Kollege grinste. »Sportlich und beweglich wie eine Koralle«, lästerte er. »Wie weit bist du mit deinen Ermittlungen?«

»Ich muss nur noch diese zwölf Kartons durchgehen«, sagte ich.

»13«, verbesserte Jürgen. »Dann viel Spaß damit. Wir sehen uns am Montag. KPD ist übrigens mächtig sauer auf dich. Er hat ein Disziplinarverfahren gegen dich angekündigt, weil du dich während deines Urlaubs in polizeiliche Ermittlungen eingemischt hast.«

»Woher weiß er das?«, fragte ich erschrocken.

»Wir haben es alle gesehen«, erklärte Jürgen. »Gestern Abend in unserem Sozialraum. Wir durften mit KPD den Livestream von der Wahl der Pfälzischen Weinkönigin anschauen. Schon beim ersten Schwenk der Kamera über die Zuschauer haben wir dich entdeckt, Reiner. KPD hat wie wild getobt, sag ich dir. ›Ausgerechnet am Tisch des Oberbürgermeisters sitzt er, der Palzki. Und dann auch noch mit diesem Verräter Landgraf!‹«

»Der ist nur neidisch, weil er keine Einladung bekommen hat. Ich war nur Zuschauer, da kann KPD nicht einfach behaupten, ich sei irgendwie in polizeilicher Funktion unterwegs gewesen.«

»KPD sieht das anders«, entgegnete Jürgen. »In der Pause hat einer vom *SWR* den Polizeioberkommissar Joachim Specht interviewt. Und der hat auf deinen leeren Platz gezeigt und gesagt, dass sich unbefugte Polizeibeamte in Zivil in die Mordfälle einmischen, die seit Tagen die Neustadter Bürger beunruhigen.«

»Der spinnt«, sagte ich zu diesem Supergau. »Ich war doch nur auf dem Klo.«

»Das kannst du am Montag mit KPD klären. Übrigens konnte ich das Handy von Martin Franck entsperren, das du mir netterweise gegeben hast.«

»Ich hoffe, du hast niemandem davon erzählt, Jürgen. Nicht, dass ich noch eine Anzeige wegen Unterschlagung von Beweismitteln bekomme.«

»Die Beamten in Neustadt sind selber schuld, weil sie nicht auf das Handy geachtet haben.«

»Der Täter hat die SIM-Karte entfernt«, erklärte ich Jürgen. »Damit ist das Handy unbrauchbar.«

»Dann bist du genauso altmodisch wie die Kollegen in Neustadt. Ohne SIM-Karte kannst du zwar nicht mehr telefonieren, aber immerhin noch fotografieren.«

»Und?« Hatte ich endlich das verlorene Puzzleteil in der Hand?

»Das Opfer hat den Text, den er mit Ketchup an die Wand geschrieben hat, mit seinem Handy fotografiert.«

»Ja, und? Jetzt mach's doch nicht so spannend.«

»Nichts und«, sagte Jürgen. »Der Mörder hat nicht nur den Text von der Wand gewischt, sondern auch das Foto auf dem Handy gelöscht.«

»Scheiße!«, entfuhr es mir. »Wieder eine Sackgasse.«

»Warum Sackgasse?«, fragte mein Kollege zurück. »Gelöschte Dateien sind meine Spezialität. Es ist nicht ganz einfach, aber in den nächsten Stunden werde ich das Foto rekonstruiert haben.« Er sah mich mit einem breiten Grinsen an. »Sobald ich damit fertig bin, schicke ich es dir auf dein Handy.« Er winkte mir noch einmal zu, dann war er verschwunden.

Stefanie hörte erstaunt zu. »Ich möchte aber nicht, dass

die Kartons den ganzen Winter über auf der Terrasse stehen.«

»Keine Sorge, ich lasse sie am Montag von den Beamten aus Neustadt abholen. Das ist schließlich deren Sache.«

»Und wenn heute wieder etwas passiert?«, fragte Stefanie vorsichtig.

»Bei einer Weinprobe? Kann ich mir nicht vorstellen. Wenn Jürgen mir das Foto schickt, zeige ich es natürlich sofort Herrn Specht. Ich will nur in Ruhe diese Pfalzweinprobe hinter mich bringen, dann ist das Thema Neustadt für mich erst einmal gestorben.«

Meine Frau schaute mich besorgt an, sagte aber nichts.

Ich setzte mich noch eine Weile auf die Terrassensitzgruppe und wühlte relativ unsystematisch in den Kartons.

Plötzlich wurde ich aufmerksam: Ich hielt ein Paket mit Informationen über den Schatzmeister der Weinbruderschaft, Thomas Huber, in der Hand. Den ersten Seiten mit verwirrenden Excel-Tabellen schenkte ich keine Beachtung, aber der erklärende Prosateil war mehr als interessant. Jürgen hatte es tatsächlich geschafft, aus den wenigen Blättern Hubers Geheimnis zu entschlüsseln. Es war ein großes Geheimnis, auch wenn ich noch nicht wusste, ob seine Tat vielleicht am Rande etwas mit den Todesfällen zu tun haben könnte.

In einem anderen Karton fand ich einen weiteren Hinweis. Mein Kollege hatte über Georg Treber recherchiert, den Weinbruder, der Anfang der 50er Jahre im Saalbau ermordet aufgefunden worden war. Die Akte war für Jürgens Verhältnisse erstaunlich dünn, was mich zunächst überraschte. Im Großen und Ganzen beschrieb sie das Leben eines einfachen Handwerkers, der nie mit dem Gesetz in Konflikt gekommen war. Nur ein kleiner Hinweis auf der vorletzten Seite ließ mich aufhorchen. Würde mich dieser kurze Satz zum Täter führen? War es Zufall oder hatte ich gerade eines der fehlenden Puzzleteile in der Hand?

»Du musst los«, sagte Stefanie in diesem Moment. »Soll ich dir noch schnell die Krawatte binden?«

»Keine Krawatte«, wehrte ich ab. »Das habe ich gestern Abend geklärt«, log ich.

»Dann eben nicht. Pass bitte gut auf deinen neuen Anzug auf. Du weißt, was der gekostet hat.«

Wenige Minuten später fuhr sie mich zum Bahnhof. Auch den notwendigen Fahrkartenkauf hatte ich inzwischen verinnerlicht.

Aufgewühlt erreichte ich pünktlich den Neustadter Hauptbahnhof. Das Weinlesefest war wie immer in vollem Gange.

»Das glaubst du nicht!«, rief mir Doktor Metzger zu, der mit seinem Kumpel Günter Wallmen vor den Stufen des Saalbaus stand und Flyer verteilte. »Palzki geht zur Pfalzweinprobe«, rief er seinem Partner zu. »Ausgerechnet Palzki, der Wein nicht von Bier und Kaffee unterscheiden kann.«

»Lass ihn doch«, verteidigte mich Wallmen. »Ich würde selbst gerne an der Pfalzweinprobe teilnehmen, wenn ich eine Karte hätte.«

Ich war fast versucht, ihm meine Karte zu geben.

»Nächstes Jahr bin ich sicher mit dabei«, so Wallmen. »Ich habe schon zwei Mitglieder als Bürgen bestochen. Bald bin ich selbst einer der Weinbrüder.«

Ohne ein Wort zu sagen, wollte ich an den beiden vorbei zum Eingang gehen, doch Metzger stellte sich mir in den Weg. »Nehmen Sie sich einen unserer Flyer, Palzki.

Heute gibt es zehn Prozent Rabatt. Wir rechnen mit einem erhöhten Kundenaufkommen in unserem Doppeldeckerbus. Übrigens parken wir jetzt auf der anderen Straßenseite. Direkt am Hetzelplatz vor dem Eingang zur Tourist-Info. Dort ist auch die Wasserversorgung gesichert, und unsere Kunden müssen nur einmal durch die Unterführung stolpern, um zu uns zu kommen.«

Ich hatte genug von den beiden Chaoten. Ich machte einen taktischen Schritt zur Seite und konnte ohne Widerstand nach oben gehen.

Im Vorraum des Foyers bildete sich eine kleine Schlange. Ich zeigte meine Karte.

»Der Pressetisch ist vom Eingang aus gesehen rechts vor der Bühne«, sagte eine Dame.

Der Saal war schon mehr als zur Hälfte gefüllt. Ständig strömten weitere Menschen herein. Am Pressetisch begrüßten mich Michael Landgraf und Bernd Dieffenbacher.

»Michael schreibt Artikel für die regionale Presse, falls kein Redakteur kommt«, erklärte mir Dieffenbacher, »und ich führe das Protokoll für die Chronik der Weinbruderschaft. Wir erwarten noch einen Fotografen.«

Als die Bedienung kam, bestellte ich eine Flasche Mineralwasser. Ich wunderte mich über das viele Essen auf den Tischen der anderen Teilnehmer.

»Das Essen bringen die Leute selbst mit«, erklärte mir Landgraf, der ein kleines Lunchpaket vor sich liegen hatte. »Meist Brot und Käse, aber sehen Sie selbst, die Vielfalt ist riesig.«

Inzwischen hatte ich eine Karte entdeckt, auf der die Weine, die heute verkostet wurden, mit kurzen Informationen aufgelistet waren. »So viele Weine werden ausgeschenkt?«, fragte ich verblüfft. »Das wird kaum einer überleben«, ergänzte ich.

Landgraf und Dieffenbacher lachten. »Es gibt immer nur kleine Schlucke«, erklärte man mir. »Und wenn man zwischendurch was isst, geht es schon.«

Wenn nicht, stehen draußen Metzger und Wallmen, dachte ich.

Erst jetzt bemerkte ich die Bühne, auf der eine lange Tischreihe für etwa ein Dutzend Personen stand, die hinter den Tischen mit Blick auf den Saal Platz nehmen konnten. Vor jedem Platz befand sich ein Namensschild. Einige Namen kannte ich inzwischen, so auch den des Ordensmeisters Oliver Stiess, der in der Mitte seinen Platz hatte. Doch der saß gerade nicht auf seinem Stuhl, sondern am Rand der Tischreihe direkt neben dem Schatzmeister Thomas Huber. Aha, Huber war also inzwischen wieder aufgetaucht. Ich nutzte die Gelegenheit, dieses Problem sofort zu lösen, und stand auf. »Entschuldigung«, sagte ich zu Landgraf und Dieffenbacher.

Niemand hinderte mich daran, eine der seitlichen Treppen zur Bühne hinaufzusteigen. Den Blick in den Saal konnte ich nur kurz genießen, denn sofort sah ich an einem der Tische zwei Leute sitzen, die mich im selben Augenblick auch erkannten und von ihren Sitzen aufsprangen. Gehässig, wie ich manchmal war, winkte ich KPD und Joachim Specht zu. Es war mir völlig egal, was sie in diesem Moment von mir dachten. Unbegreiflich, dass sich die beiden Erzfeinde augenscheinlich verbrüdert hatten.

»Herr Palzki«, sagte der Ordensmeister überrascht, als ich mich ungefragt zu ihm setzte. Thomas Huber neben ihm sah nicht gerade glücklich aus. »Schön, dass Sie da sind«, sagte Stiess. »Ich bin gleich mit Herrn Huber fertig, dann komme ich zu Ihnen an den Pressetisch.«

Ich hörte gar nicht richtig zu, denn ich kramte in meiner Tasche und zog schließlich die Mappe Huber hervor. Kommentarlos reichte ich ihm die Tabellen und die Erläuterungen dazu.

Ein kurzer Blick genügte. »Wie haben Sie das herausgefunden?«, fragte der Schatzmeister bestürzt.

»Ich bin ein gut ausgebildeter Polizist«, antwortete ich.

»Davon bin ich schon lange überzeugt«, sagte Stiess anerkennend. »Thomas hat mir das Problem vor ein paar Minuten gebeichtet, ich bin selbst bestürzt.« Stiess wandte sich an Huber: »Das kriegen wir hin, keine Sorge.«

»Geld aus der Kasse der Weinbruderschaft in Bitcoins anzulegen, ist kein Kavaliersdelikt«, sagte ich.

Huber wehrte sich. »Das war keine Absicht, Herr Palzki. Das kann ich beweisen. Ich wollte eigentlich Festgeld anlegen und hatte bei der Wertpapiernummer einen Zahlendreher, den ich leider erst zwei Tage später bemerkte.«

»Und dann kam der Hammer«, sagte ich.

Huber nickte. »Ich war sprachlos, als mich die Bank informierte. Dass so etwas passieren würde, hätte ich mir im Leben nicht vorstellen können.«

»Eine knappe Million Euro«, mischte sich Stiess ein. »Innerhalb von nur zwei Tagen. Wenn mir das passiert wäre …«

»Und wie wollen Sie das jetzt wieder in Ordnung bringen?«, fragte ich die beiden.

»Das werden wir morgen in Ruhe besprechen«, erklärte Stiess. »Rein rechtlich gehört das Geld komplett der Weinbruderschaft.«

»Es ist so viel Geld«, sagte Huber.

»Ich verstehe«, unterbrach ich den Schatzmeister. »Sie haben versehentlich 10.000 Euro vom Konto der Weinbruderschaft in einer dubiosen Kryptowährung angelegt und innerhalb von zwei Tagen rund 960.000 Euro Gewinn erzielt.«

Huber und Stiess nickten. »Ich wusste zunächst nicht, was ich tun sollte«, so Huber. »Zufällig kennt meine Cousine Beate den Schriftsteller Dietmar Becker. Ihn bat ich um Hilfe, um ein überzeugendes Konzept zu entwickeln, wie ich möglichst unbemerkt das Geld in die Kasse der Weinbruderschaft transferieren könnte. Im Gegenzug habe ich Becker versprochen, seinen Krimi über Neustadt und die Weinbruderschaft zu unterstützen.«

»Anfangen!«, rief jemand von hinten.

Stiess schaute auf die Uhr. »Meine Güte, wie die Zeit vergeht. Herr Palzki, können wir das nach der Weinprobe besprechen?«

Ich nickte ihm zu, denn ich erkannte immer noch keinen direkten Zusammenhang mit den Kapitalverbrechen. Auf dem Weg zurück zum Pressetisch sah ich trotz des vollen Saales meinen Chef immer noch mit Joachim Specht zusammenstehen, was ich schulterzuckend zur Kenntnis nahm.

Landgraf saß nicht am Pressetisch.

»Er ist mit der frisch gekürten Weinkönigin im Foyer«, erklärte mir Dieffenbacher. »Er wird gleich die Hoheit in den Saal geleiten.«

Ich wusste, dass KPD mich am liebsten aus dem Saal geworfen hätte, aber dazu war keine Zeit mehr. Der Ordensmeister sprach in ein Mikrofon und begrüßte die Gäste. Dann kündigte er den Einzug der Weinkönigin und der beiden Prinzessinnen an und erklärte, dass dies deren erster offizieller Auftritt sei.

Die Bühne wurde leicht abgedunkelt, dafür wurde der Mittelgang des Saales mit zusätzlichen Scheinwerfern beleuchtet. Eine Fanfare ertönte, gefolgt von einer eingängigen Melodie. Alle Besucher erhoben sich und applaudierten. Von meinem Platz am Pressetisch hatte ich einen exklusiven Blick auf Michael Landgraf, der sichtlich stolz mit der frisch gekrönten Weinkönigin und den beiden Prinzessinnen den Saal betrat und würdevoll den Mittelgang entlangschritt. Mehrere Fotografen nutzten die ungewöhnliche Perspektive und knipsten, was das Zeug hielt.

Die Prozession ging hinauf auf die Bühne, wo rechts neben der Tischreihe ein Pult mit Mikrofon stand. Die drei Damen und Landgraf stellten sich vor das Pult und genossen den fast nicht enden wollenden Applaus. Schließlich erhob sich auch der Ordensmeister von seinem Platz, um den Hoheiten ebenfalls zu gratulieren. Er kam nicht weit.

Auf halbem Weg zwischen seinem Tisch und dem Rednerpult brach die Welt zusammen. Eine gewaltige Explosion mitten auf der Bühne ließ den Saal erbeben. In der ersten Schrecksekunde dachte wohl nicht nur ich, es müsse ein Asteroid eingeschlagen haben. Der Schalldruck der Explosion brach sich an den Wänden und vervielfachte für einen Moment die ursprüngliche Lautstärke. Eine sich schnell ausbreitende Staubwolke verdeckte die Sicht auf die Bühne, von der, nachdem der Knall verklungen war, vielstimmige Hilferufe zu hören waren. Die Besucher schrien in Panik und strömten aus dem Saal. Klirrende Gläser, umstürzende Stühle und vieles mehr waren lautstarke Begleiterscheinungen dieses schrecklichen Unglücks.

Wie durch ein Wunder funktionierte die Saalbeleuchtung noch. Nachdem auch ich den Schrecken überwunden hatte, registrierte ich, dass es durch die Explosion wohl keine Verletzten unter den Besuchern gegeben hatte. Das Zentrum der Detonation lag eindeutig in der Mitte der Bühne. Hinter der immer kleiner werdenden Staubwolke hörte ich Husten und Schreie. Ohne nachzudenken rannte ich die Treppe zur Bühne hinauf und sah das Elend: Genau dort, wo der Tisch des Ordensmeisters gestanden hatte, befand sich ein Loch von etwa zwei Metern Durchmesser. Die Umgebung war von Staub und Holzstücken verwüstet. Erst jetzt erkannte ich schemenhaft die kleine Menschenmenge im Hintergrund der Bühne.

»Alles in Ordnung?«, rief ich. »Ist jemand verletzt?«

Die Menschen, die sich zum Zeitpunkt der Explosion auf der Bühne befunden hatten, waren bis auf ein paar Schrammen unverletzt. Ihre Anzüge beziehungsweise die Kleider der Hoheiten waren sicherlich nicht mehr zu gebrauchen. Aber das war das geringste Problem.

»Was war das denn?«, stammelten mir mehrere Leute entgegen.

»Gehen Sie vorsichtig am Bühnenrand entlang zur Treppe. Dann bitte so schnell wie möglich den Saal verlassen.«

Endlich kam Bewegung in die Gruppe. Während sie meinen Rat befolgten, sah ich mir den Ort der Detonation an. Der Staub hatte sich größtenteils gelegt, sodass ich durch das Loch im Bühnenboden nach unten sehen konnte. Aber ich konnte nichts erkennen, alles war schwarz. Eines war mir klar: Hätte Oliver Stiess zum Zeitpunkt der Explosion auf seinem Platz gesessen, wäre nicht viel von ihm übrig geblieben.

Der Saal war inzwischen menschenleer. Nur im Foyer standen noch ein paar Leute, die von der Security und einer Handvoll Polizisten mühsam nach draußen gedrängt wurden.

»Herr Palzki!«, rief mir plötzlich Joachim Specht zu.

Mir blieb keine Wahl, ich ging auf ihn zu. »Folgen Sie mir nach unten.« Im Hintergrund sah ich KPD mit wutverzerrtem Gesicht auf uns zukommen. »Bringen Sie meinen Chef mit«, ergänzte ich autoritär und rannte die Treppe hinunter.

Auch im Keller waren mehrere Beamte damit beschäftigt, unvernünftige Besucher davon abzuhalten, ihre Garderobe zu holen.

Ohne mich um die Evakuierung zu kümmern, ging ich nach hinten in den Personalbereich, wo ich auf Oberbürgermeister Marc Weigel und Volker Schmidt traf, die sich gerade hektisch mit der Witwe Elisabeth Hamatschek unterhielten.

»Palzki!«, schrie KPD von hinten. »Sie sind mit sofortiger Wirkung vom Dienst suspendiert! Sie sind der unfähigste Beamte, den dieser Planet je gesehen hat.«

Während KPD weitere beleidigende Tiraden von sich gab, stellte sich Joachim Specht lächelnd neben ihn und nickte zustimmend. Nach und nach kamen weitere Mitglieder der Weinbruderschaft hinzu: Thomas Huber, Bernd Dieffenbacher, Michael Landgraf und andere, deren Namen mir im Moment nicht einfielen.

»Nehmen Sie ihn fest«, befahl mein Chef in Richtung Polizeioberkommissar Specht.

Mutig ging ich auf KPD zu. »Wollen Sie nicht erst wissen, wer für die Explosion verantwortlich ist, Herr Diefenbach? Ich kann Ihnen den Namen des Mörders nennen, wenn Sie einen Augenblick Zeit haben.«

KPD öffnete und schloss mehrmals den Mund. »Sie haben, äh, Sie wissen, wer das, äh, war?«

»Natürlich«, behauptete ich mit Nachdruck. »Schließlich habe ich von Ihnen, meinem Vorbild in Sachen Verbrechensbekämpfung, das nötige Rüstzeug gelernt, um böse Verbrecher zu schnappen.«

KPD reagierte wie erwartet. »Wirklich, Herr Palzki?« Er schien geschmeichelt und sah Specht an: »Herr Palzki ist ein sehr gut ausgebildeter Polizist. Ich persönlich nehme ihn oft unter meine Fittiche. Das ist die beste Ausbildung für ihn.« Breitbeinig stellte er sich vor mich hin. »Herr Palzki, dann klären Sie uns mal auf. Ich hoffe, wir waren auch diesmal schneller als die Kollegen aus Neustadt.« Mit diesem Satz war sein neuer Freund Joachim Specht wohl wieder zu seinem alten Feind geworden.

In meiner Hosentasche vibrierte mein Handy, was so selten vorkam, dass ich es automatisch herauszog. Jürgen hatte mir das versprochene Foto geschickt. Als ich es betrachtete, atmete ich erleichtert auf. Meine bisherige Theorie hatte sich als Volltreffer erwiesen. Das war der entscheidende Beweis.

»Wollen Sie jetzt telefonieren?«, reagierte Specht säuerlich. »Brauchen Sie einen Telefonjoker?«

Ich ließ seine Bemerkung unbeantwortet. »Herr Dieffenbacher«, begann ich und deutete auf den Chronisten, der nun hervortrat. Leider hatte ich nicht mit der Reaktion von KPD gerechnet.

»Ist das der Halunke, der es wagt, mir meinen Titel als Alleinerbe der Wittelsbacher streitig zu machen?«

Ich hatte keine Chance. KPD steigerte sich in wüste Beschimpfungen und absurde Erklärungen. Erst nach mehreren Minuten konnte ich eine Atempause nutzen, um meinen Chef zu unterbrechen. »Herr KP, äh, Diefenbach, lassen Sie uns das später klären. Sie wollen doch sicher mit mir gemeinsam den Mörder überführen? Herr Dieffenbacher ist es nämlich nicht.«

KPD grummelte noch ein wenig, ließ mich aber fortfahren.

»Auch Thomas Huber, den Schatzmeister der Weinbrüder, hatte ich unter Verdacht. Aber es war schnell klar, dass er ein anderes Geheimnis zu hüten versucht.« Ich zwinkerte ihm zu, während er sich betont zurückhielt.

»Kommen wir zu Marc Weigel, dem Oberbürgermeister der Stadt Neustadt«, fuhr ich fort. »Obwohl er sich mehrfach sehr suggestiv in die Ermittlungen eingemischt hat, gilt für ihn die Unschuldsvermutung, auch wenn mir das bei Politikern oft seltsam vorkommt. Aber ich kann alle Anwesenden beruhigen: Ihr OB hat zumindest in diesem Punkt eine weiße Weste.«

Die Reaktion von Marc Weigel konnte ich nicht richtig deuten, irgendwie reagierte er sehr gelassen, was mir seltsam vorkam.

»Der nächste Verdächtige ist Michael Landgraf.« Dem Museumsleiter fielen fast die Augen aus dem Kopf, als er seinen Namen hörte.

»Ich?«, rief er.

»Das war nur ein kleiner Spaß zur Auflockerung«, sagte ich schnell. »Denn der Spaß wird uns schnell vergehen, wenn wir gleich das Motiv des Mörders erfahren.«

Ich konnte mir ein Grinsen nicht verkneifen. »Für den Pseudoschriftsteller Dietmar Becker und den Cartoonisten Steffen Boiselle gilt dasselbe wie für Landgraf«, sagte ich als Nächstes, da die beiden inzwischen zu unserer Gruppe gestoßen waren. »Andere Leute zu belästigen und die Ermittlungen zu behindern, ist leider keine Straftat«, ärgerte ich die beiden, die das Gesicht verzogen, aber schwiegen.

»Den Ordensmeister Oliver Stiess habe ich besonders gründlich untersuchen lassen.« Mindestens zwei Kartons enthielten Unterlagen ausschließlich über ihn.

»Ich bin doch kein Mörder«, ereiferte sich Stiess und baute sich vor mir auf. »Außerdem wäre ich vor ein paar Minuten beinahe das dritte Opfer geworden.«

»Sie haben recht, Herr Stiess«, beruhigte ich ihn. »Es gibt nur wenige Menschen, die weniger auf dem Kerbholz haben als Sie.«

»Was meinen Sie damit?«

»Mein Kollege, eine Koryphäe auf dem Gebiet der Recherche, hat herausgefunden, dass Sie in Ihrem bisherigen Leben lediglich zwei Verwarnungen wegen geringfügiger Geschwindigkeitsübertretung und Parkens im Halteverbot kassiert haben.«

»Das ist über 20 Jahre her«, empörte sich der Ordensmeister.

»Mein Kollege Jürgen findet alles heraus«, entgegnete ich.

»Jetzt kommen Sie endlich zum Motiv«, mischte sich Joachim Specht ein, dem es schwerfiel, den passiven Zuhörer zu spielen.

»Genau darauf wollte ich hinaus.« Ich nickte ihm freundlich zu.

»Alles dreht sich um den Gründungswein, der im 19. Jahrhundert bei der Grundsteinlegung eingemauert wurde. Der Legende nach soll damals ein am Bau beteiligter Handwerksmeister einen Teil seines Vermögens zusammen mit dem Wein eingemauert haben.«

Ich blickte kurz in die Runde. »Die meisten von Ihnen wissen das inzwischen. Legenden verbreiten sich schnell.«

»Das ist doch nur ein Märchen«, wiegelte der Ordensmeister ab. »Ich gebe zu, dass auch ich mich in den letzten Tagen auf die Suche nach dem Ort der Grundsteinlegung gemacht habe. Aber nur, weil ich den Wein in einer Vitrine im Ordenshaus ausstellen wollte.«

»Wissen Sie was, Herr Stiess? Ich glaube Ihnen sogar.«

Ich sah mich ziellos um. »Mein Kollege Jürgen konnte nicht herausfinden, wo genau sich der Ort der Grundsteinlegung befindet, falls er nach dem Brand in den 1980er Jahren überhaupt noch existiert. Er hat keinen Hinweis auf den Gründungswein gefunden und damit auch keinen Hinweis auf ein eventuell verstecktes gemeinsames Vermögen. Ich bin daher der Meinung, dass die Person, die höchstwahrscheinlich auch der Mörder ist, über nicht öffentliche Detailkenntnisse verfügen muss.«

»Ist das nicht ein bisschen viel Spekulation?«, fragte der OB.

»Überhaupt nicht, Herr Weigel. Aber ich weiß, dass Volker Schmidt nachweislich nach dem Versteck suchte, nachdem er ein altes Heft über den Saalbau und in der Folge weitere Hinweise gefunden hat.«

Alle Blicke richteten sich auf den Saalbauleiter.

»Das stimmt, Herr Palzki«, gab er sofort zu. »Ich war von der Geschichte wirklich angetan. Aber das habe ich

Ihnen ja schon alles erzählt. Außerdem haben mehrere Leute nach diesem geheimnisumwitterten Ort gesucht.«

»Sie haben nicht alles erzählt«, korrigierte ich ihn. »Ja, es haben sich mehrere Leute auf die Suche gemacht. Manche mehr, manche weniger erfolgreich.«

Ich wartete ein paar spannungsgeladene Sekunden ab. »Mein Kollege hat herausgefunden, dass der Weinbruder Georg Treber, der Anfang der 50er Jahre im Saalbau ermordet wurde, ein Nachfahre des Handwerksmeisters war, der damals sein Vermögen einmauerte.« Ich sah Schmidt an. »Und das haben Sie herausgefunden.«

Der Saalbauleiter reagierte gelassen. »Und wenn schon, diese Information hat mir keinen Vorteil gebracht. Über das Leben dieses Georg Treber ist so gut wie nichts bekannt.«

»Seltsam«, konterte ich, »schließlich war er Ihr Großvater.«

»Na und?« Schmidt reagierte trotzig.

»Nachdem Sie die Verbindung zu Ihrem Großvater herausgefunden hatten, haben Sie, wo auch immer, weitere Hinweise zu dem Ort der Grundsteinlegung gefunden. Sie wussten oder ahnten zumindest, wo der Schatz zu finden war: Genau dort, wo sich die Baustelle befindet. Sie konnten Ihr Glück kaum fassen, doch dann lüftete Jochen Hamatschek das Geheimnis. Da er mit einem Küferschlegel erschlagen wurde, ist eine Affekthandlung wohl ausgeschlossen.«

Volker Schmidt schaute sich um, aber Joachim Specht stand schon neben ihm.

»Und dann die Explosion im Keller«, fuhr ich fort. »Das ist wohl auf Ihren leichtsinnigen Umgang mit Sprengstoff zurückzuführen. Zum Glück gab es keine Verletzten.«

»Scheiße!«, schrie Schmidt laut. Er gab auf. »Es ist alles schiefgegangen, was schiefgehen konnte. Hätte Hamatschek nicht einen Tag später in die Baugrube steigen können? Dann hätte er mich nicht überrascht.« Er sah mich an. »Wollen Sie wissen, woher ich den Ort der Grundsteinlegung kenne? Ganz einfach: Ich habe die Information in dem unbeachteten Nachlass meines Großvaters gefunden, der jahrzehntelang auf dem Dachboden meines Elternhauses lag. Opa Georg hatte damals die entscheidenden Hinweise gefunden. Wahrscheinlich wurde er deswegen ermordet.«

»Liegt der Grundstein dort, wo wir ihn vermuten?«, fragte ich Schmidt.

Er nickte. »Direkt hinter der Betonwand befinden sich historische Mauerreste des ursprünglichen Gebäudes. Von außen käme man schneller und bequemer dran, aber das konnte ich nach Hamatscheks Tod nicht riskieren.«

»Stattdessen haben Sie es mit Sprengstoff und Bohrhammer versucht.«

»Erfolglose Versuche, ich weiß«, versuchte er, sich zu entschuldigen. »Das mit dem Bohrhammer tut mir leid, das mit dem Sprengstoff auch.« Er sah den Ordensmeister an. »Dass die Palette mit dem Sprengstoff direkt unter der Bühne explodierte, war natürlich keine Absicht. Wie gesagt, ich bin im Umgang mit solchem Material nicht geübt. Ich wollte eigentlich nicht noch mehr Menschenleben aufs Spiel setzen.«

»Ihren Chef Martin Franck hat es trotzdem erwischt.«

»Ach der«, wiegelte Schmidt ab. »Martin hat die Hefte auf meinem Schreibtisch gefunden. Zufällig lagen auch die Unterlagen meines Großvaters dabei. Er hat sofort geahnt, dass ich der Mörder bin. Ich konnte nicht anders, als ihn ins Kühlhaus zu sperren. Als letztes Geschenk gab ich ihm eine Flasche Rotwein.«

»Und ein paar Stunden später haben Sie nachgesehen, ob er wirklich tot ist.«

»Natürlich«, bestätigte er sofort. »Ich musste auch seine Nachricht an der Wand entfernen.«

»Und die Fotos auf seinem Handy löschen.«

»Das auch«, gab er zu.

Grinsend zog ich mein Handy aus der Tasche und zeigte ihm das Bild, das Jürgen wiederhergestellt hatte. »Wir Schifferstadter Polizisten sind echt gut, oder?« Ich wandte mich an Joachim Specht. »Sie können ihn jetzt festnehmen.«

E N D E

EPILOG

Der folgende Montag war für mich ein Tag wie jeder andere. KPD strafte mich an meinem ersten Arbeitstag mit Nichtbeachtung, indem er in seinem Großraumbüro eine gut besuchte Pressekonferenz abhielt, die sich endlos hinzog. Leider vergaß er, mich dazu einzuladen. Die Presseberichterstattung fiel dementsprechend aus: KPD hatte in Neustadt wieder einmal im Alleingang einen Serientäter überführt.

Die Neustadter Beamten weigerten sich hartnäckig, Jürgens Recherchen, die immer noch auf meiner Terrasse lagen, abzuholen. In den regionalen Medien rund um Neustadt war der Fall natürlich von den dortigen Beamten aufgeklärt worden.

Auf Ordensmeister Oliver Stiess und Schatzmeister Thomas Huber sowie auf Michael Landgraf und Oberbürgermeister Marc Weigel war dagegen Verlass. Nach drei Wochen erhielten meine Frau und ich eine Einladung zu einer Montagsrunde im Ordenshaus. Natürlich hätte ich die Einladung abgelehnt, aber da meine Frau ebenso eingeladen war, konnte ich nicht absagen. Hoffentlich sprechen sich solche gemeinen Manipulationsversuche nicht herum.

Ob absichtlich oder nicht: Man hatte vergessen, mir vorher zu sagen, dass ich über die Ermittlungen im Fall Volker Schmidt referieren sollte. Ich liebte solche Überraschungen nicht, aber Stefanie nahm mich zur Seite und flüsterte mir zu: »Jetzt kannst du beweisen, dass du wirklich so spontan bist, wie du immer sagst.«

Mit diesem immensen Druck konnte das eigentlich nur schiefgehen. Entsprechend negativ war mein persönlicher Eindruck nach der Rede. Ich habe mich gefühlt in jedem zweiten Satz dafür entschuldigt, dass ich mein Redemanuskript zu Hause vergessen habe. Nichtsdestotrotz wurde ich mit großem Applaus bedacht.

»Jetzt wissen wir alle, wie es wirklich war«, bedankte sich Ordensmeister Oliver Stiess anschließend mit einer Flasche Wein, die er Stefanie überreichte.

Da ich in meiner verstümmelten Rede das Thema Wittelsbacher kurz angeschnitten hatte, trat nun Landgraf nach vorne, um seine Meinung zu diesem Thema kundzutun. Ich hatte den starken Eindruck, dass das letzte Wort in der Frage der Alleinerbschaft der Wittelsbacher noch nicht gesprochen war.

An der Stirnseite des Ordenshauses war in der vergangenen Woche eine neue Vitrine aufgestellt worden, in der der Gründungswein des Saalbaus präsentiert wurde.

»Vielen Dank, Herr Palzki, dass Sie uns bei der Suche geholfen haben«, sagte Stiess stolz.

Eigentlich war es ja Volker Schmidt, dachte ich. Aber wer kommt schon auf die Idee, sich bei einem mehrfachen Mörder zu bedanken?

Marc Weigel stellte sich neben den Ordensmeister. »Die eigentliche Pointe, wenn man bei dieser Geschichte überhaupt von einer Pointe sprechen kann, ist, dass sich das mit dem Gründungswein versteckte Vermögen des Handwerksmeisters als wertloses Aktienpaket entpuppt hat.«

Als Stefanie und ich am späten Abend das Ordenshaus verließen, fiel meiner Frau noch etwas ein: »Reiner, ich habe ganz vergessen, dir zu sagen, dass ich für die Weihnachtstage ein Wellnesshotel für uns gebucht habe. Stell dir mal vor: Im Hotel kann man sogar E-Bikes ausleihen.«

DANKSAGUNG

Palzkis 24. Fall konnte nur entstehen, weil mir wieder einmal viele Menschen geholfen haben. Wie es bei Palzki seit Langem üblich ist, sind die realen Personen in diesem Roman in der Überzahl. Hinzu kommt, dass ich mich bei der Beschreibung der Handlungsorte fast immer an die Realität gehalten habe. Man könnte das vorliegende Buch also einen Palzki-Tatsachenbericht nennen, wenn nicht die notwendigen Verbrechen in der Geschichte vorkommen würden.

Ich möchte mich bei folgenden Personen für ihre Mitarbeit bedanken:

Michael Landgraf, Leiter des Pfälzischen Erlebnis-Bibelmuseums und des Religionspädagogischen Zentrums in Neustadt, Bruderschaftsmeister der Weinbruderschaft der Pfalz, um nur einen winzigen Ausschnitt seines Schaffens zu nennen, kannte ich lose als Schriftstellerkollegen seit ein paar Jahren. Als solcher hat er bereits über 100 Bücher verfasst, ist der meist übersetzte Autor in Rheinland-Pfalz und seit 2022 Generalsekretär der Schriftstellervereinigung *PEN*. Dank Michaels Beziehungen zu gefühlt sämtlichen Einwohnern Neustadts konnten wir zahlreiche prominente Mitwirkende aus dem öffentlichen Leben dazu gewinnen, in einer Echtrolle mitzuspielen. Und die, die dieses Mal nicht zum Zuge kamen, werden vielleicht in einem späteren Band auftauchen.

Michael hat dem Rohtext mit seinem Expertenwissen das Sahnehäubchen aufgesetzt und mich vor einigen inhaltlichen Fehlern geschützt. Mein Dank gilt natürlich auch seiner Frau Barbara, die als Informatiklehrerin tätig ist. Den angedrohten *Cobol*-Auffrischungskurs müssen wir irgendwann noch nachholen.

Es lohnt sich, den folgenden Link nachzuverfolgen: https://www.michael-landgraf.de/

Marc Weigel, seit 2018 Oberbürgermeister Neustadts, sagte sofort zu, als er zum zweiten Mal nach *Der Bibel-Code* für eine Gastrolle in diesem Roman angesprochen wurde. Er ist allerdings nicht der erste Bürgermeister, der Einzug in das unsterblich machende Palzkiversum findet.

Oliver Stiess, seit 2014 Ordensmeister der Weinbruderschaft der Pfalz, ist seit 2017 auch Präsident der Gemeinschaft deutschsprachiger Weinbruderschaften (GDW) und steht als Präsident seit 2019 dem Bundesverband der Deutschen Weinkommissionäre e.V. vor. Stiess wurde zudem 2021 als Mitglied in den Verwaltungsrat des Deutschen Weinfonds gewählt. Weitere Informationen finden Sie hier: https://www.weinkommission-stiess.de/

Joachim Specht ist ein Geheimtipp von Michael Landgraf. Ein Polizeibeamter (seit 1978), der gleichzeitig ehrenamtlich als Leiter der katholischen Gemeinde des alten Ritus (Lateinische Messe) tätig ist, passt hervorragend in den Plot dieses Krimis. Joachim Specht war sofort damit einverstanden, ebenfalls zum zweiten Mal nach *Der Bibel-Code* als »Bad-Guy« mitzuwirken und Palzki das Leben schwer zu machen. Die temporäre Versetzung des Polizeioberkommissars aus Grünstadt nach Neustadt kann als vernachlässigbare dichterische Freiheit gelten.

Seine Freizeit füllt er aus als heimat- und kirchengeschichtlicher Autor, Vorsitzender des Altertumsvereins Grünstadt sowie Leiter des dortigen Stadtmuseums im Alten Rathaus.

Specht gilt als ausgewiesener Indienexperte, ist mit einer Inderin verheiratet und besitzt neben dem deutschen einen indischen Pass. Jeder, der ihn kennt, kennt automatisch auch den typischen Geruch seiner italienischen *Toscano Antico* Zigarren.

Bernd Dieffenbacher, Chronist der Weinbruderschaft. Bernd und seine Frau habe ich bei einer Geburtstagsfeier von Michael Landgraf kennen und schätzen gelernt. Seine Namensähnlichkeit mit KPD passt zu einer aberwitzigen Geschichte über die Alleinerbschaft der Wittelsbacher.

Auch Thomas Huber, Schatzmeister der Weinbruderschaft, war sofort bereit, eine Rolle in diesem Krimi zu übernehmen. Seine Tat ist natürlich rein fiktiv und hat nichts mit seiner Tätigkeit als Schatzmeister der Weinbruderschaft zu tun. Wie es der Zufall will, hatte seine Cousine Beate bereits eine kleine reale Rolle im *Hambacher Frühling*.

Martin Franck, Geschäftsführer der *Tourist, Kongress und Saalbau GmbH*. Ich bin froh, dass ich den Leiter der Tourist-Info »mit im Boot« habe. Als Bindeglied zwischen Saalbau, Rathaus und Touristik konnte ich ihn gut als Verdächtigen platzieren.

Volker Schmidt, Leiter des Saalbaus. Die Idee, Volker in die Geschichte einzubinden, entstand spontan bei einem Recherchebesuch mit Michael Landgraf in der Neustadter Altstadt und im Saalbau. Die im Roman beschriebenen alten Hefte zur Geschichte des Saalbaus gibt es tatsächlich und sie waren einer der Auslöser für die Entstehung der Handlung.

Jochen Hamatschek, Autor von Fach- und Sachbüchern im Bereich Wein und Lebensmittel, zur Erholung schreibt er selbst Krimis. Seine brutale Ermordung will er nicht auf sich sitzen lassen! Er promovierte unter anderem an der Weinbauschule Weinsberg über eine Methode zur Rotweinherstellung, war einige Jahre Professor für Kellerwirtschaft an der Forschungsanstalt in Geisenheim und danach viele Jahre im Top-Management eines Unternehmens im Maschinen- und Anlagenbau.

Leider hat Jochen Hamatschek in diesem Roman keine Dialogrolle, da er als erstes Opfer mit einem Fassbinderhammer erschlagen wird.

Elisabeth Hamatschek, Ehefrau von Jochen Hamatschek, hat viele Jahre in Neustadt gelebt. Sie war 15 Jahre Leiterin eines Weinlabors und auch als Sachverständige in der Weinszene kellertief verwurzelt. Inzwischen ist sie intime Kennerin von Landau samt aller Baustellen.

Mein ganz spezieller Dank gilt erneut dem unerschütterlichen Mediziner und Mitglied der Weinbruderschaft Günter Wallmen aus Speyer. Ohne sein Fachwissen in Kombination mit seiner grenzenlosen Fantasie in medizinischen Grenzerfahrungen hätte ich den Notnotarzt Doktor Matthias

Metzger vermutlich längst in Rente geschickt. Doch seit dem erstmaligen Auftreten des im realen Leben in Speyer praktizierenden Oberarztes und Unfallchirurgen Günter Wallmen in dem Band *Hambacher Frühling* haben sich bereits informelle Fangruppen rund um das Medizinerduo gebildet. Die Entwicklung wäre nicht möglich gewesen, wenn Günter mich nicht für jeden Band von Neuem mit passenden abstrusen medizinischen Konzepten versorgen würde, die wir die beiden fiktiven Ärzte ausleben lassen.

Da Günter als Unfallchirurg eher der Experte fürs Grobe ist (Hammer, Meißel, Säge, Sekundenkleber, Schraubzwingen), hat er sich zum Thema Dialyse Kollegenrat eingeholt. Wir wollen schließlich, dass sämtliche Dienstleistungen, die im Roman das Duo Metzger/Wallmen anbietet, medizinisch »korrekt« dargestellt werden.

Daher bedanken wir uns für den medizinischen Input bei Dr. med. Manfred Schmitt, ze:roPRAXEN, Facharztpraxis mit Dialysezentrum am Diakonissen-Stiftungskrankenhaus in Speyer.

Steffen Boiselle ist ein weiterer Stammgast der Palzki-Reihe. Zeitungsleser kennen seine wöchentlichen Cartoons in der *RHEINPFALZ AM SONNTAG*. In seinem Verlag finden Sie alles rund um den *100 % PÄLZER!*, reinschauen lohnt sich. Falls Sie vorhaben, demnächst (wieder mal) zu heiraten: Als Hochzeitszeichner ist Steffen viel gefragt.

https://www.agiro.de/
https://steffenboiselle.de

Einen herzlichen Dank auch an Matthias Hahn aus Bad Dürkheim. Für die eine oder andere Einladung auf einen

Palzki-Burger bei dem Speyerer Kultimbiss *Currysau* war er wieder bereit, das Rohmanuskript vor der Weitergabe an den Verlag auf inhaltliche Mängel zu untersuchen.

Wenn Ihnen dieser Roman gefallen hat, finden Sie auf der Website des Palzkiversums viele weitere Informationen und einige Ratekrimis mit unserem Kommissar. Außerdem können Sie sich kostenlos und unverbindlich für einen Newsletter anmelden. Unter allen Abonnenten verlose ich regelmäßig Originalrollen in einem Palzki-Roman. Mehrere Dutzend Leserinnen und Leser sind so schon literarisch verewigt worden.

https://www.palzki.de
https://www.palzki-kids.de

ERNSTE WORTE ZUR DIALYSE

Ich komme nicht umhin, einige persönliche Bemerkungen des Dirndlnotarztes Günter Wallmen zu veröffentlichen, die mich sehr berührt haben. Günter schrieb mir während der Entwicklung der Nebengeschichte Metzger/ Wallmen folgende Zeilen:

»Viele meiner Ideen entstanden und entstehen aus eigenen Erlebnissen. So auch diesmal. Aber warum Dialyse? Und Alkohol?

Ein Rückblick ins Jahr 1983: Zwei Wochen nach einem 15-monatigen Aufenthalt mit viel Wandern und Zelten in Hessen, die Haare waren schon wieder etwas länger, kam ich mit Anfang 20 endlich wieder in Karlsruhe an. Ich wollte meine Mutter in ihrem Geschäft besuchen, aber es war geschlossen, niemand zu erreichen. Auch wenn man sich das heute kaum noch vorstellen kann – es gab keine Handys.

Nachdem ich Polizei, Rettungsdienst und die vielen Krankenhäuser angerufen hatte, fand ich sie im Klinikum. Sie lag mit Nierenversagen auf der Intensivstation und musste von da an dreimal die Woche zur Dialyse.

Das war eine Qual für meine Mutter, dieser ewige Durst – man durfte kaum etwas trinken. Keine Kirschen essen wegen des Kaliumgehalts. Und, und, und!

Schließlich wurde sie transplantiert und hatte noch ein paar schöne Jahre. Diese Abhängigkeit und die Krankheit des kompletten Nierenversagens ist schrecklich. Ich weiß also, wovon ich spreche.

Die Idee zum heutigen Geschäftsmodell mit Doktor Metzger hat sie mir aber selbst vermittelt. Vor gut 40 Jahren erzählte sie mir, dass der eine oder andere Patient fast betrunken zur Dialyse kam und danach wieder nüchtern war. Sie hatte den Eindruck, dass manche Patienten vor der Dialyse eine ausgedehnte Kneipentour gemacht hatten. Es soll sogar hartnäckige Fälle gegeben haben, die während der Dialyse ihren sinkenden Alkoholspiegel mit einem versteckten Flachmann ausglichen.

Wie gesagt, ich spreche von den frühen 1980er Jahren. Eine Ähnlichkeit mit heutigen Patienten ist natürlich ausgeschlossen.

Was machen wir als Duo Metzger/Wallmen: Labor (Blutwerte) abnehmen und den Blutdruck messen. So einfach können Sie Ihre Nierenwerte regelmäßig überprüfen. Nierenversagen tut nicht weh! Wenn die ersten Symptome auftreten, ist es zu spät! Die häufigsten Ursachen für ein chronisches Nierenversagen sind Bluthochdruck und Diabetes.

In Deutschland gibt es etwa 80.000 Dialysepatienten und 25.000 Nierentransplantierte. Etwa neun Millionen Menschen sind chronisch nierenkrank. (Deutsche Gesellschaft für Nephrologie 2019)

Glauben Sie mir – Sie wollen nicht dazugehören!

Also: am besten einen Termin beim Hausarzt oder beim Notnotarzt-Bus machen bei »Dres. Metzger & Wallmen«

BONUS RATEKRIMI 1 -
BAD NEUSTADT -
FIKTION ODER REALITÄT

Es hätte so ein schöner Tag werden können.

Die Statistik belegt es: Seit anderthalb Jahrzehnten steigt die Zahl der Straftaten im Bereich der Schwerkriminalität in Neustadt kontinuierlich an. Bei den aufgeklärten Schwerverbrechen wohlgemerkt. Ich bin fest davon überzeugt, dass das nur daran liegt, dass ich vor fast 15 Jahren meinen Dienst als Kriminalhauptkommissar angetreten habe. Meine Aufklärungsquote ist legendär, auch wenn unser Chef und Dienststellenleiter KPD, wie wir Klaus P. Diefenbach wegen seiner Initialen nannten, dafür immer die Lorbeeren einheimste.

Natürlich gibt es in Neustadt nicht jede Woche einen Schwiegermuttermörder, und auch die anderen Kapitalverbrechen verteilen sich recht ungleichmäßig über das Jahr. Deshalb nutzen wir Polizisten die ruhigen Tage für wichtige interne Aufgaben wie das Entkalken der Kaffeemaschine oder das Entsorgen leerer Pizzakartons.

Doch hin und wieder erleidet einer meiner Kollegen einen unerklärlichen Motivationsschub und mischt sich in harmlose Delikte ein, die normalerweise kommentarlos bis zur Verjährung im Aktenschrank vergilben würden. Auch ich habe in dieser Hinsicht in den letzten Tagen wieder ein äußerst skurriles Erlebnis gehabt.

»Ein gestohlenes Schild – ist das dein Ernst?« Verwirrt schaute ich meinen Kollegen Gerhard Steinbeißer an. »Seit wann bearbeiten wir Ordnungswidrigkeiten?«

Er lächelte verschmitzt. »Von wegen Ordnungswidrigkeit, Reiner. Das ist ein ganz besonderes Schild. Das steht, beziehungsweise stand an der Landstraße L540 westlich von Duttweiler zwischen dem Schlossgraben und dem Kropsbach. Ach, komm doch mal mit, ich zeig dir alles.«

Auf der Höhe des Sportvereins *VFL Duttweiler* und des Schwimmbades hielt Gerhard an. Auf der anderen Straßenseite begann ein lang gezogenes Wäldchen. »Hier irgendwo verläuft die Gemarkungsgrenze zwischen Neustadt und dem Landkreis Südliche Weinstraße«, erklärte mir Gerhard.

»Aha«, antwortete ich betont gelangweilt und vermutete kommunale Grenzstreitigkeiten.

Nach dem Aussteigen zeigte Gerhard auf einen Brunnen, den ich noch nie gesehen hatte. »Ich sehe kein Schild«, sagte ich genervt, nachdem ich das gute Stück in Augenschein genommen hatte. Er seufzte und antwortete: »Kannst du auch nicht. Weil das Schild schon wieder geklaut wurde.« Ich verstand immer noch nicht, was er mir damit sagen wollte. »Ist das vielleicht ein Elvis-Presley-Gedenkschild, weil der King während seiner Militärzeit mal in Duttweiler war?«

»Dummkopf«, antwortete Gerhard schmunzelnd. »Auf dem Schild stand, dass das Trinkwasser nur für Wanderer bestimmt ist und nicht in Kanister abgefüllt werden darf. Wahrscheinlich hängen die gestohlenen Schilder jetzt in irgendeinem Partykeller.«

Ich wollte gerade einen humorvollen Kommentar zu diesem äußerst tragischen Verbrechen abgeben, als ein junger Mann mit auffallend roten Haaren auf uns zukam. »Was machen Sie denn hier?«, fragte er neugierig in die Runde. Gerhard zeigte ihm seinen Dienstausweis und deutete dann auf mich: »Das ist mein Kollege Reiner Palzki. Wir sind hier, um den Diebstahl des Schildes am Brunnen zu untersuchen.«

Der Rothaarige schaute ernst. »Der Fall ist gelöst, ich habe das Schild selbst abmontiert.«

Die Verblüffung stand uns ins Gesicht geschrieben. So schnell haben wir noch nie ein so brutales Verbrechen aufgeklärt, dachte ich sarkastisch und grinste. Bevor Gerhard nach weiteren Hintergründen fragen konnte, erklärte der Mann seine Tat. »Ich bin seit einigen Monaten Eigentümer der umliegenden Grundstücke auf der Gemarkung Neustadt. Das Wasser, das hier gefördert wird, kommt eindeutig aus einer Quelle auf meinem Grundstück. Sehen Sie die Leitung dort hinten?« Halb amüsiert fragte ich den Schilderdieb: »Haben Sie mal mit den Wasserwerken gesprochen? Was sagen die dazu?«

»Natürlich«, antwortete er, »die sehen das ganz anders. Aber egal, ach, da kommt ja mein Bruder.«

Es musste sein eineiiger Zwillingsbruder sein. »Bernie, gibt es Probleme?«, fragte der Neuankömmling. Bernie schüttelte den Kopf. »Es ist nur die Polizei, Franz. Es geht wieder um den Brunnen.«

Franz schüttelte verärgert den Kopf. »Mein Name ist Doktor Franz Sälters, ich bin freiberuflicher Lebensmittelchemiker. Der Brunnen steht zwar auf öffentlichem Grund, aber das Wasser kommt von meinem Bruder.« Langsam wurde mir die Sache zu blöd. »Und was soll das ganze Theater?«, fragte ich genervt. Der Chemiker lachte. »Wissen Sie was? Das Trinkwasser aus dem Brunnen hat Heilwasserqualität. Ich habe es selbst in meinem Labor untersucht. Mein Bruder und ich stehen bereits in Kontakt mit der Stadt Neustadt und der zuständigen Wasserbehörde, um die Rechte an dem Heilwasser zu vermarkten. Der Stadtrat ist sehr daran interessiert, die Stadt als ›Bad Neustadt‹ zu adeln. Das haben sich die Verantwortlichen der Südlichen Weinstraße auch schon auf die Fahne geschrieben, aber die Quelle liegt eindeutig auf Neustadter Gemarkung.«

Gerhard und ich sahen uns zum zweiten Mal verdutzt an. »Hast du davon gehört, Gerhard?«, fragte ich meinen Kollegen. Er schüttelte den Kopf. »Das ist im Moment noch streng geheim«, sagte Doktor Sälters leise und zog einen mehrseitigen Bericht aus seiner Tasche. »Hier.« Er gab Gerhard und mir eine Wasseranalyse, mit der wir nichts anzufangen wussten. Zum Glück begann der Chemiker, das Papier für uns zu übersetzen. »Achten Sie vor allem auf den extrem hohen Natriumgehalt von 870 Milligramm pro Liter. Einen besseren Blutdrucksenker kann man sich nicht vorstellen. Aber auch die Calcium- und Magnesiumwerte sind außergewöhnlich hoch.« Stolz zeigt er auf einen weiteren Posten. »Über 1.900 Milligramm Sulfat pro Liter, das ist fast ein Rekord in Deutschland.«

Grundstückseigentümer Bernie Sälters fing an zu lachen. »Sehen Sie, meine Herren von der Polizei, hier geht es um die Zukunft von Neustadt!«

»Ich habe den Eindruck, hier geht es eher um Ihren gut gefüllten Geldbeutel«, antwortete ich verärgert.

»Wollen Sie uns etwa des Betrugs bezichtigen? Passen Sie auf, was Sie sagen, sonst verklagen wir Sie!« Siegessicher stellten sich die rothaarigen Zwillinge nebeneinander.

Während Gerhard das Gutachten noch einmal genau studierte, war für mich der Fall bereits erledigt. »Für einen promovierten Lebensmittelchemiker lehnen Sie sich ganz schön weit aus dem Fenster, Herr Doktor Sälters. Das Gutachten ist eindeutig falsch, und den Chemiker nehme ich Ihnen auch nicht ab. Mal sehen, ob bei Ihnen wenigstens der Doktortitel stimmt.« Ich wandte mich an Gerhard. »Tut mir leid, aus *Bad* Neustadt wird im Moment wohl nichts.«

Frage: Was hat Reiner Palzki bemerkt? Wer hat gelogen?

BONUS RATEKRIMI 2 – PALZKI UND DIE PAPAGEIENZUCHT

Es hätte so ein schöner Tag werden können.

Es ist jeden Sommer dasselbe: Kaum hält die Hitze länger als ein paar Tage am Stück an, fangen nicht nur in Neustadt die Leute an durchzudrehen. Auch wenn manche offizielle Statistik besagt, dass die meisten Ehen an Weihnachten in die Brüche gehen, ich wusste es besser. Die brütende Sommerhitze lässt die Aggressionsschwelle bei nicht ganz so charakterfesten Menschen deutlich sinken. Und das nicht nur im zwischenmenschlichen Bereich. Auch randalierende Autofahrer, die sich durch eine vermeintlich zu lange rote Ampel provozieren lassen, oder sonst friedliche Kneipenbesucher, denen das erste Bier wetterbedingt zu Kopf steigt, sind ein Problem.

Jedenfalls habe ich mir heute nach den letzten doch recht stressigen Wochen einen arbeitsfreien Freitagnachmittag gegönnt, in der Hoffnung, dass die Neustadter Ganovenszene das Wochenende von uns Kriminalbeamten respektiert.

Um diese seltene Freiheit nicht ungenutzt vor dem Fernseher mit banalem Quatsch verstreichen zu lassen, machte ich mich auf den Weg, um meinen Freund Lukas in Haßloch zu besuchen. Haßloch liegt keine zehn Kilometer Luftlinie von Neustadt entfernt.

In der Himmelsgasse besaß mein Bekannter ein kleines Häuschen am Ortsrand mit Blick ins freie Feld. »Hallo, Reiner«, begrüßte er mich fröhlich. »Schön, dass es mit deinem Besuch heute geklappt hat. Wir haben uns ja ewig nicht gesehen. Ich habe uns eine Kleinigkeit zum Trinken und Knabbern auf die Terrasse gestellt.«

Da die Kleinigkeit ziemlich üppig ausfiel, vergewisserte ich mich, dass ich meine Großpackung Sodbrennentabletten dabei hatte, und stürzte mich auf die Schüssel mit den Keksen. »Ganz schön laut bei dir«, sagte ich wegen des vielstimmigen Vogelgezwitschers, das vom Nachbargrundstück herüberschallte. Mein Freund Lukas blickte erstaunt auf. »Fritz Belinger, mein Nachbar, hat eine Papageienzucht. Aber so laut wie jetzt war es bei ihm noch nie.« Er überlegte kurz. »Normalerweise sehe ich den Fritz jeden Tag, aber heute habe ich ihn komischerweise noch nicht gesehen.« Als erfahrener Kriminalbeamter kombinierte ich sofort und stand auf. »Lass uns zu deinem Nachbarn gehen, vielleicht ist ihm etwas zugestoßen.«

In der Hofeinfahrt der Papageienzucht Belinger stand ein roter Kastenwagen mit auswärtigem Kennzeichen. Die hintere Tür stand offen, im Wagen waren mehrere Käfige mit den unterschiedlichsten Papageien zu sehen. »Den Wagen kenne ich nicht«, meinte Lukas, als im selben Moment ein Mann mit Glatze und ungepflegtem Vollbart auf uns zukam. »Wer sind Sie?«, blaffte er uns an. »Sie haben hier nichts zu suchen!« Mein Freund ließ sich von dem rauen Ton des Unbekannten nicht beirren. »Wer sind Sie denn? Ich bin Fritz Belingers Nachbar und Freund. Wo ist er eigentlich?«

»Ach so«, stotterte der Fremde. »Ich bin Walter Belinger, der Bruder von Fritz.«

»Fritz hat einen Bruder? Das hat er mir noch nie erzählt.«

Irgendetwas kam mir spanisch vor, und es war an der Zeit, mich einzumischen. »Herr Belinger, würden Sie uns bitte sagen, wo Ihr Bruder ist?«

Ohne zu zögern, antwortete er: »Fritz ist bei mir, weil es ihm nicht gut geht. Vielleicht hat er die Sommergrippe. Ich bin übrigens Papageienzüchter, genau wie mein Bruder. Er hat mich gebeten, ein paar seiner Tiere abzuholen, weil wir bei der Zucht zusammenarbeiten.«

»Wohin bringen Sie die Tiere?«, erkundigte ich mich.

»Das kommt darauf an. Manche kommen zu mir, andere hat Fritz verkauft, und ich bringe sie zu den Kunden. Kommen Sie mit, ich zeige Ihnen ein paar der Papageien.« Wir folgten Herrn Belinger über den Hof in den hinteren Teil des Hauses. Dort sah es aus wie in einem Vogelpark. Fast das ganze Freigelände war mit Vogelvolieren bebaut. »Auf diese Kakadus sind mein Bruder und ich besonders stolz. In Südamerika, wo sie leben, sind sie eine Landplage und werden gejagt, aber bei uns sind sie sehr beliebt.« Er deutete zur nächsten Voliere. »Oder was halten Sie von diesen Aras? Sind die nicht schön?« Walter Belinger geriet ins Schwärmen. Er zeigte auf eine Voliere, in der graue Vögel mit roten Schwanzspitzen herumflogen. »Mit diesen beiden Prachtexemplaren haben wir unsere Zucht begonnen«, erklärte er.

»Interessant«, nickte ich und betrachtete die Tiere. Schließlich kam mein Freund Lukas auf mich zu.

»Komm, Reiner, lass uns wieder zu mir gehen, sonst wird unser schönes kaltes Bier noch warm.« Ich schüttelte energisch den Kopf. »Nein, Lukas, das machen wir nicht. Wir werden stattdessen meine Kollegen verständigen, denn dieser angebliche Bruder deines Nachbarn ist auf keinen Fall ein Papageienzüchter!«

Frage: Woher wusste Reiner Palzki, dass er keinen Papageienzüchter vor sich hatte?

Hauptkommissar Palzki ermittelt:

SPANNUNG

GMEINER

Weitere Bücher von **Harald Schneider** finden Sie unter www.gmeiner-verlag.de

WWW.GMEINER-VERLAG.DE
Wir machen's spannend

Olaf Müller
Adiós, Aachen
Kriminalroman
208 Seiten, 12,5 x 20,5 cm,
Broschur
ISBN 978-3-8392-0669-0

Eine tote Spanierin und ein ermordeter Bischof geben
den Aachener Kommissaren Rätsel auf. Wurde der Bischof Opfer einer Intrige? Wer ist die Spanierin mit den
vielen Identitäten? Sie hatte Beziehungen zu einem Ab-
geordneten, einem Offizier vom Fliegerhorst Nörvenich und stammte aus Fuerteventura. Plötzlich schalten
sich in beide Fälle Geheimdienste ein. Da erkennen die
Kommissare Fett und Conti die riesige Bedrohung für
die Region: Heiligtumsfahrt und Reitturnier absagen?
Oder gilt die Drohung dem Fliegerhorst Nörvenich?

GMEINER SPANNUNG

WWW.GMEINER-VERLAG.DE
Wir machen's spannend